魅丽文化 花火工作室

# 若你若恒星

临渊鱼儿
/著

江苏凤凰文艺出版社
JIANGSU PHOENIX LITERATURE AND
ART PUBLISHING

图书在版编目（CIP）数据

若你若恒星 / 临渊鱼儿著. -- 南京：江苏凤凰文艺出版社，2020.10
ISBN 978-7-5594-5186-6

Ⅰ. ①若… Ⅱ. ①临… Ⅲ. ①长篇小说－中国－当代
Ⅳ. ①I247.5

中国版本图书馆 CIP 数据核字 (2020) 第 179403 号

# 若你若恒星

临渊鱼儿 著

责任编辑 张 倩
特约编辑 朵 爷 夏 沅
装帧设计 苏 茶
封面绘制 陶 然
出版发行 江苏凤凰文艺出版社
南京市中央路 165 号，邮编：210009
网 址 http://www.jswenyi.com
印 刷 湖南凌宇纸品有限公司
开 本 880mm×1230mm 1/32
印 张 9
字 数 197 千字
版 次 2020 年 10 月第 1 版
印 次 2020 年 10 月第 1 次印刷
书 号 ISBN 978-7-5594-5186-6
定 价 42.80 元

CONTENTS 目录


第一章 喜我归有期 001

第二章 第三种绝色 039

第三章 月光照流水 072

第四章 花影轻轻摇 103

CONTENTS 目录


134 可颠倒众生 第五章

166 若怦然心动 第六章

201 我的心上人 第七章

233 欢言冬雪晚 第八章

# 第一章

## 喜我归有期

秋意渐浓。

晴朗的夜空上，弯月如钩，周边零零星星缀着几颗亮星。

东山影视城依然人声鼎沸，灯火通明。

木鹤换下戏服，裹着外套从化妆间出来就接到钟明玉打来的电话，说是有事耽搁了，要晚一会儿，让她先点东西吃，背景音里还有男人暴躁的吼声："不拍完就别想收工！"

木鹤的耳朵被震得嗡嗡响，还没来得及回应，那边胡乱地"嗯"了两声就匆匆挂断了。

她收好手机，出门刚拐了个弯，听到身后传来奶声奶气的声音："喂，你给朕站住！"

木鹤回过头，看到一道明黄身影，正是在戏中扮演小皇帝的小正太浩浩。他虽然站在那儿只有矮矮的一截，可帝王的权威不容忽视。她恭敬地走到他的跟前，缓缓地蹲下，微微弯腰，算是行礼："皇上有何吩咐？"

两人的身高一下被拉到同一水平线，小正太抬高了下巴，有模有样地背着双手，悄悄地打量她。

木鹤疑惑地等了好几秒，才等来小皇帝稚嫩却故作威严的金口玉言："虽然你没有台词，也没有几个镜头，还、还下毒毒死了朕……"

在戏里，木鹤演的是被安排在小皇帝身边的细作，在最后关头，喂他吃了一碗下了毒的粥。将他毒死后，她自己也被杀了，然后两人就一起杀青，领盒饭了。

木鹤面露愧疚之色："对不起啊，皇上。"

小正太没被打断，下巴抬得更高了："可是，我觉得你演得比那位只会说ABCD的小姐好多了。"

木鹤微微一愣后，顺着他指的方向看过去，摄影棚里，饰演护国长公主的秦栀正和摄政王激烈地争吵，宫女太监们惶恐地跪了一地，监视器后，是面无表情的导演……

小正太一锤定音：“你以后一定会比她有出息的！”

木鹤收回视线，浅笑着问：“为什么对我这么有信心啊？”

“因为，因为……”小正太难得吞吞吐吐，似乎有些羞涩地避开她的目光，抿了抿小嘴巴，嘟囔，“因为你不仅演技好，还长得比她好看呗。”

木鹤扑哧一笑，她伸出手，想去摸摸他可爱的小脸，又意识到手凉，于是上前抱了抱他，眼底忽然涌上一阵莫名的热意，声调也软了下来：“谢谢你啊。”

小家伙的脸上浮现薄薄的红晕，他别扭地挣了两下，就乖乖地任她抱着了：“好好加油，别给朕丢脸啊。”

木鹤松开他，眸中柔光流转：“遵命，皇上。”

小家伙满意地点点头，余光瞥到妈妈正拿着牛奶四处找他，立刻挺直腰杆：“那个，时间不早了，你跪安吧。”

说完，他一溜烟儿地跑开了。

木鹤站起身，看到他被他妈妈抱了起来，小手捧着奶瓶，咕噜咕噜地喝了一大口。她蓦地失笑，刚刚那么暖心鼓励自己的人，其实还是个要喝奶的孩子呢。

夜风带着丝丝凉意袭来，她忍不住打了个哆嗦，摸了摸空空如也的肚子，脚步轻快地往外走，抄近路来到附近的小吃店，点了一碗番茄牛腩面，额外要了一个煎蛋。

木鹤吃面吃到过半，钟明玉终于姗姗来迟——她这几天跟的是灵异片剧组，衣服换了，妆还没卸，和木鹤打过招呼后，顶着吓人的厉鬼妆去点单了。

老板在影视城做了两年生意，什么妖魔鬼怪没见过，对着那张刷得比墙还白的脸，还有那咧到耳根后的大红嘴巴，自然是见怪不怪了。等她点好一份麻辣烫，他敲了敲玻璃窗上贴着的收款码，示意她先埋单。

没办法，能来他这儿的客人大多是跑龙套的，油水捞不到多少且不说，有时他们吃着吃着，接到剧组的电话，眨眼间就不见人影了，他的小本生意可折腾不起。

钟明玉不喜欢他这种态度，虽然她穷，但不缺这碗麻辣烫的钱，她扫码付了款，凶巴巴地将手机戳到他的眼皮底下去，让他睁大眼看清楚：“付了，付了！”

老板一点都不生气，给钱的就是大爷，他还露了笑脸，夸她厉鬼妆化得非常逼真，简直是居家旅行、止小儿夜哭必备。

钟明玉也回以一笑，白面红唇，阴森森的，看起来特别恐怖，老板手里的筷子抖了两下。

她不再理他，拉开椅子在木鹤的对面坐下，别有深意地问：“和当下炙手可热的女星秦栀搭戏，感觉怎么样？”

木鹤听出钟明玉这是在调侃，垂眸回想了下那一幕戏。她毒死小皇帝后，等在外面的长公主手执长剑冲进来，看到小侄子倒地身亡，震惊、愤怒、难以置信，还有暗藏的篡国阴谋得逞的窃喜，所有情绪叠加，到达了爆发的高潮部分。长公主咬牙切齿，面目狰狞，一剑刺穿了她的胸口，接着念出台词：“ABCDEFG！”

钟明玉直接噗的一下将茶水吐了出来：“……人才啊。”她又问，“导演就没说什么？”

“说了。”木鹤清清嗓子，一本正经地模仿导演的港普腔调，“过！非常好，非常棒！秦小姐辛苦了，赶快去休息吧。”

其实，那部网剧就是秦栀家的公司投资的，她带资进组，连导演都要看她的脸色。

钟明玉想想也是，秦氏的小公主，家里有的是钱，她爸爸还是东辰影视的大股东，没演技又怎样？她连台词都不用记，全靠二十六个字母，就轻轻松松地被捧到了令人艳羡的高位。

钟明玉幽幽地叹了一声，尽管极力掩饰，说出来的话还是字字泛着酸意："谁让人家会投胎呢。"

有些人拼爹能力之高，远远不需要用上演技，就能横行娱乐圈。

木鹤笑了笑，没说什么。

一时静默，老板把麻辣烫端上桌，钟明玉拆开筷子，吃了两口，心情复杂地看向对面。眼前的女孩子明艳动人，肌肤白皙胜雪，杏眸清澈，顾盼生辉，是那种让人看一眼就觉得惊艳的长相。

在这个圈子里，可以没有演技，但一定要有美貌，而木鹤是两者兼备的，偏偏沦落到只能跑龙套的境地。

钟明玉就是在当群演那会儿和她认识的，也算是惺惺相惜，三个月前两人还合租住到了一起。

之前，钟明玉就听说过，木鹤刚出道时小红过一阵，后来有人要"潜"她，她坚决不肯，因此得罪了人，从此就被压在底层，籍籍无名。

只要她愿意，就凭着这张脸，还怕没有好的出路吗？

"木鹤，你以后有什么打算？就一直……这样下去？"钟明玉已经从她的眼神里看到答案，更加不解了，问出压在心里许久的疑惑，"你有那么好的学历，为什么要进娱乐圈？"

梦想吗？现实不是早就证明了它的荒唐与可笑。

木鹤低头看着木桌上的纹路，想起六岁那年，山城来了个剧组，她被导演临时选中去演一个牧羊的小女孩。只是简单地在山坡上把羊赶过来、赶过去，她就拿到了五十块钱。

那时，当村主任的爸爸一个月的工资只有三百块。

后来，她成了山城有史以来第一个考上大学的女生，从深山来到繁华的城市，巨大的差异让她清楚地意识到，问题的根本不在于她竭尽全力改变的个人命运，而是在于钱。

——很多很多的钱。

见她沉默，钟明玉直接圈定范围：“为名，为利，哪个？”

木鹤回过神：“利吧。”

闻言，钟明玉紧绷的某根心弦悄悄地松了：“哈哈，天下熙熙，皆为利来；天下攘攘，皆为利往。不过，我比较贪心，两个都想要。”

她举起一次性塑料杯：“祝我们都成功！”

木鹤笑着举杯和她碰了碰，茶水入口，已是冰凉。

夜更深了，她们吃完夜宵，回到住处，洗漱好后，各自回房睡觉。

木鹤一夜好眠。

连轴转了几天，她今天打算休息，睡到中午才起床，饥肠辘辘，出来找吃的，惊讶地发现钟明玉也在：“你怎么没去片场？”

“别提了。”钟明玉垂头丧气地说，“我被人替换了。”

这年头，龙套的竞争也很大，别人不仅愿意自降二十块钱的身价，还不要盒饭，而且收工后自愿留下来搬道具。

呵呵，干脆连脸都不要得了。

反正下午闲着无事，钟明玉就提议到郊外的般若寺去上香转转运，木鹤欣然应下。

般若寺位于半山腰，一场霜后，满山的树都悄然染了秋色，树叶或挂在树梢随风轻舞，或在地上堆积成金，在阳光的照耀下，闪着金灿灿的光，格外绚丽。她们一路赏着景，进了寺门，一座殿一座殿虔诚地去拜。

后院某禅房。

身穿灰袍的僧人临窗端坐，口中念念有词，在他斜对面的木榻上，卧着一具修长精瘦的身体。那是一个年轻男人，闭着双目，眉心微蹙，长指有一下没一下地在榻边轻敲着。

念经声停了。

僧人看向他的手，白皙，骨节分明，没人知道上面到底染了多少阴暗，正如他这个人，生着一张过分招摇的脸，表面上看似无害，实际上危险到了极点。

郎艳独绝，世无其二。

“你这面相，属天煞孤星，命定无妻无子，孤独终老。”

男人不以为意地轻笑：“那又如何。”

说着，他睁开了眼，眼底并无半分笑意：“霍二。”

霍斯南懒得再提醒他，自己已经出家为僧，法号觉明，和红尘俗世无关了。

“你最近又失眠了？”

霍斯衡从榻上坐起，抬手揉了揉脖子，轻描淡写地反问：“不然，你以为我是闲着没事来听你念经？”

霍斯南双手合十，微笑不语。

霍斯衡起身：“走了。”

霍斯南额上青筋浅露，似乎在隐忍着什么，等霍斯衡把门打开，阳光一拥而入，将一面斑驳的旧墙照得亮堂堂，他才出声：“有些人的血，一旦沾上，就一辈子都洗不干净了。”

霍斯衡没有回头，光芒太盛，他眯了眯眼，又黑又长又浓密的睫毛掩住了光以及眼底所有的情绪。他漫不经心地勾起嘴角，语气淡淡：“不是说不再管俗事了？”

霍斯南一噎，无言以对，只能目送着他离去。

霍斯衡生性不喜热闹，准备从后山走，刚穿过一道半月形拱门，便听到女生的说笑声，于是面无表情地拿出口罩戴上。

院中长着一棵高大的树，是般若寺的姻缘树，上面挂满了红丝带，木鹤手里也拿着一根，是她刚刚从月老那求来的。

“说来也奇怪，这寺里有求平安的、健康的、长寿的、姻缘的……就是没有求事业的。”

她偏头对着钟明玉俏皮又得意地一笑，眼底落着细细碎碎的金光：“所以我刚刚跟月老商量过了，提前跟他预支三年的桃花运，统统转换成事业运。”

钟明玉感到无语又好笑，轻咬着唇反驳：“桃花运也很好啊。

“木鹤，你想想，现在不是入秋了吗？如果有男朋友的话，晚上睡觉的时候……抱着，就没那么冷了。”

耳尖地捕捉到“木鹤”二字，霍斯衡停下脚步，抬眸看了过去。

年轻女孩背对着他，小步后退着，仰头去找树上合适的位子，黑发如瀑，垂在腰间，随着她的走动，盈盈摆动。他听到她带笑的声音：“多一床棉被就能解决的事，为什么要这么麻烦？”

对木鹤来说，和陌生男人从相识到相恋，再到能睡在一张床上，需要一个漫长的过程。

钟明玉正要说什么，不经意地瞥见木鹤身后站着一个陌生男人——也不知道是什么时候出现的。她有些近视，看得不是很清楚，只知道他个子很高，身形挺拔，还戴着口罩，浑身散发着生人勿近的凛冽气息。

似乎连周遭的空气都冷了几分。

她本能地察觉到了危险：“木鹤……”

“怎么了？”

话音刚落，木鹤的后背就撞上了障碍物。咦？她转过身，直直地撞入一道幽深的视线中。

气温偏低，男人只是穿着单薄的黑色衬衫和长裤，漫天漫地的温暖秋光中，他是最鲜明的冷色调，清冷疏离，却宣告着强烈的存在感。

距离那么近，木鹤能清晰地看到他的眼睛是深棕色的，眉骨高，衬得眼窝很深，眼角微扬着，高挺的鼻梁被口罩遮住一部分。

这上半部分的面部轮廓让她莫名地觉得熟悉，有生之年，她只在那个男人身上见过这么一双独特又漂亮的桃花眼。再次对上他的视线，她的心跳不受控制地乱了节奏。

从西南角传来钟声，一下又一下，悠远绵长，仿佛来自九天之外。

木鹤犹如置身梦境，心生恍惚之感，似乎怕他只是幻影，她眨了眨眼，上前轻轻揪住他的袖口："这位先生，我们是不是在哪里见过？"

什么情况？！

在看到木鹤拉住那男人的袖口时，钟明玉惊得瞪大了眼睛，听到她问对方是不是在哪里见过，就有些明白过来了，恨不得通过心灵感应提醒她，这种搭讪方式早就过时了啊。

不对，这不是重点。

重点是，即使看不到男人整张脸，可他通身的气质都昭示着他不是那种她们招惹得起的人。

但木鹤好像根本没发现这点，男人没有回答，钟明玉听到她又追问了一遍，隐隐替她捏了一把汗。

霍斯衡不动声色地观察着面前的女孩，视线从她的脸移到那抓着自己袖子的手上——既细又白，拇指指甲修剪得整整齐齐，透着淡淡的粉色。

他深眸微敛，半晌后，才说："不曾。"

木鹤不知道的是，他说这话时，黑色口罩后，薄唇微扬，是笑着的。

男人的声线低沉，带着几分磁性，和记忆中的完全不一样。

木鹤的脸上飞快地掠过一丝失望之色，眸底的亮光跟着暗淡下去，她松了手，后退一步："对不起，我认错人了。"

"无妨。"

这惜字如金的习惯，倒是和他有几分相似。

男人越过她，往院门走去，她怅然若失地站在原地，好一会儿才转过身，那道黑色身影被暖阳笼罩着，轮廓都虚化了，她的目光紧紧地追随，直到他彻底消失在视野中。

真的不是他吗？这世上真的会有人长着一模一样的眼睛？

钟明玉即使目睹了全程，也还是云里雾里的。她走到木鹤的身旁，喊了几声，木鹤才有反应，不由得担忧地问：“没事吧。”

“没事。”木鹤摇摇头，“认错人了。”

原来是这样。钟明玉轻抚着手里的红丝带，笑着说：“一看就知道，那男人和我们不是一个世界的人。”

木鹤沉浸在自己的思绪里，没听清她说了什么，心不在焉地“嗯”了一声。

两人挂好红丝带后，去捐了点香油钱，然后沿着原路下山。

天色暗得早，下午六点出头，夕阳就在天际收尽了最后一缕光亮。她们吃过饭回到住处，远远就看到一个眼生的中年女人在她们屋门口徘徊。

女人身量不高，长得很是富态，最引人注目的是她戴的金耳环、金项链和金戒指，连一张口都是满嘴金牙。从她口音浓重的方言讲述中，木鹤和钟明玉意识到彼此都掉进了二房东的陷阱。

所谓二房东，就是指先从房东手里租下房子，然后转租给他人，从中获利的人。

她们都不是刚出社会的新人，租房经验也算丰富，没想到还是被坑了。这个房子之前是钟明玉的朋友住的，住了三年都没出什么问题，后来朋友改行回老家，有些家具不好处理，就顺水推舟地介绍给了当时正在找房子的钟明玉……

眼下，摆在面前的问题就是，东窗事发，二房东卷款跑路，真正的房东怒火冲天，唾沫星子横飞，要求她们立刻从自己的房子里搬出去！房东是真的气得不轻，连带着迁怒同是受害者的她们，甚至都不考虑跟她们续租的提议。

重新找房子哪里是一件容易的事？她们把好话说尽，赔笑到脸酸，才说服房东把搬家期限推迟到了明天。

房东得到满意的结果，甩手而去。

钟明玉疲惫地瘫倒在沙发上，胸口堵着气，太阳穴也一抽一抽地疼："这都是什么倒霉事啊，烦死了！"

木鹤捧着保温杯喝了两口水："你先休息，我出去一下。"

"出去做什么？"

"报警。"

对哦，那该死的二房东，卷走了她们的钱，还不知道在哪家医院的 ICU 病房逍遥快活呢。钟明玉一个鲤鱼打挺坐起来："我也去。"

尽管钱不一定拿得回来，至少报警后，心情没那么郁闷了。

返回的路上经过便利店，钟明玉进去买了一打啤酒，打算今晚来个一醉方休。

木鹤也正有此意。

她们一边聊天，一边喝酒，喝到半夜，都醉得不轻。

悲伤不会被醉意稀释，在夜深人静时分，反而被放大了无数倍。钟明玉骂了句粗口，声音都哽咽了，她透过阳台的窗户望出去，这座辉煌的城市沉浸在一片灰蒙蒙中。

它依然是繁华的，灰蒙蒙的是窗户，是她的眼睛。

灯光被在她眼眶里打转的泪水泡得模糊，她不想再住在这种狭小阴暗、令人窒息的地方，过这种永远看不到光亮的日子了。

钟明玉捂着脸啜泣起来："木鹤，你知道吗？前两天，华阳的王总给了我一张金叶会所的房卡……"

她断断续续地说着，却得不到回应，偏头看去，木鹤已经趴在桌上睡着了，呼吸轻缓而均匀。

钟明玉自嘲地一笑，闭上了眼。

窗外飘起了雨，一场秋雨一场寒。

天色微明，木鹤醒过来，发现自己睡在客厅，头疼欲裂。她揉了揉眉心，宿醉的滋味太难受了，可今天还有早戏——一个无关紧要的小角色，却是好不容易争取到的。

钟明玉趴在沙发上睡得很沉，木鹤到她房间抱了棉被出来，给她盖上，掖好被角，轻手轻脚地去洗漱。

四十分钟后，木鹤到达片场，导演和其他演员都没到，只有道具组的工作人员在忙碌着，她打完招呼就到一边坐下。

天色阴沉沉的，似乎有要下大雨的迹象。

果然，戏拍到一半，就下起了雨。这一场刚好是外景戏，只能被迫中断，转拍另一场。

演员们有些不在状态，道具也跟着捣乱，连灯光都出了问题……各种状况频出，导演拿着大喇叭一次次地喊“咔”，脸色越来越差，折腾来折腾去，不知不觉天就黑了。导演手一挥：“收工！”

木鹤结束工作，到后勤组那儿领了盒饭，回到住的地方，看到门外孤零零地立着的行李箱，才反应过来自己已经无家可归了。她从外套口袋拿出手机，按了按，没亮，昨晚没有充电，自动关机了。

行李箱显然是钟明玉帮忙收拾的。能带走的东西都在里面了，木鹤找到充电宝，连接上手机，充了几分钟，手机屏幕自动亮了，她立刻拨通钟明玉的电话。

“明玉，你在哪儿？”

几秒后，那边才有声音回答她：“金叶会所。”

木鹤依稀记得昨夜意识消失前听她说过这个地方，心中出现某个不太好的猜测：“你去那儿做什么？”

“做我不得不做的事。”

钟明玉靠在走廊的墙上，望着头顶华丽的壁画，泪水从眼角滑落：“木鹤，我等不起了。”

久久的沉寂中，她压抑着哭腔：“我真的没有别的路可以走了……求求你，别用任何话评价我，求你了。”

通话结束，钟明玉收拾好情绪，走进洗手间补妆，极尽耐心地描眉画唇，打扮成最美的模样，等待着今晚的化茧成蝶，同时，也迎接今后全新的生活。

外面有人走过，脚步声被柔软的地毯吸收，只有橘色灯光随着人影晃动几下，旋即又恢复平静。

走廊尽头，将通话内容全部听入耳中的霍斯衡发出一声意味不明的嗤笑，指间夹着的烟有了长长的一截灰，断裂落地。他把烟摁灭，丢进垃圾桶，拿出手机，滑开屏幕。

作为富春城百年大家族，霍家积累了不少资源，形成一个宏大而隐秘的资源网络，而他，拥有最高的访问权限。

登录后，他输入“木鹤”，不到十分钟，那边就发送过来一份详细的资料，他一目十行地看完，抿着嘴角“啧”了一声。

看来，她这两年混得不太好啊。

木鹤拖着行李箱来到附近的公交站点。天气不好，等车的人不多，她坐在长椅上，眼神放空，感到前所未有的孤独与疲倦。

明明说好要一起努力的人，最后选择了另一条捷径。

即使心里明白，别人的选择，自己无权干涉，然而她还是会觉得痛心、难过。

生于山区的单亲家庭，哪怕生活清苦，她的童年和少女时期依然过得很快乐，第一次产生类似这样大波动的情绪，是在十八岁生日那天得知喊了十八年的爸爸竟然是舅舅，而生下她的那个女人，如今正当着另一个女孩的妈妈。

木鹤的眼神渐渐有了聚焦，对面的巨幅广告牌上，C家化妆品的代言人秦栀笑颜如花，路面的积水里投射着五彩斑斓的模糊倒影。

其实，她现在已经没什么太大的感觉了，从来就没有拥有过的东西，又怎么谈得上失去呢？

她只是觉得累，很累很累。

距离下一趟公交车到来还有十二分钟，木鹤看了一眼不远处的警察值班亭，在手机里定了十分钟后的闹钟，单手穿过包包的带子，另一只手将它搂在怀里，轻轻闭上眼。

霍斯衡到的时候，就看到她抱着包坐在椅子上闭目养神，一部白色宝马经过，没有减速，溅起一片水花，打湿了她的靴子，她没有任何反应。

他走过去，发现她睡着了。

霍斯衡握着手机，拨通某个电话号码，声音平淡："拦住他。"

他在她的旁边坐下，拿出口袋里折叠整齐的深灰色手帕，弯腰将她短靴上的水珠擦去。

站在一旁的张长以为自己看错了，揉了揉眼睛，很快又恢复面无表情，仿佛什么都没有看到。

擦完后，霍斯衡叠好手帕，侧头看她，眸色渐深，看不出什么情绪。

他坐了几分钟，便离开了。

木鹤对整个过程浑然不觉，闹钟响起，她从短暂的睡眠中苏醒，一睁眼就看到公交车驶来。车子停稳后，她提着行李箱上车，找到靠窗的座位坐下。

公交车渐渐地远去了。

秋雨不约而至，肆意飘洒，渲染出梦幻般的迷离。A 市最繁华的中心商务区，一栋蓝灰色高楼巍然屹立，车灯直直地照出细雨纷飞的光路，两部兰博基尼一前一后护送着全球限量加长版劳斯莱斯幻影，缓缓地在门前停下。

星宇传媒的总裁霍斯文，这个占据娱乐圈半壁江山的男人，豪门中的豪门，万千少女的梦中情人，慢条斯理地从车上下来。

皮鞋铿亮，一尘不染，米兰专属设计师定制的高级手工西装，剪裁得体，勾勒出他颀长的身材，黑色短发梳得一丝不苟，俊美的脸上透着上位者的威严，连走路都是跩得不行的霸道总裁步伐。

四个助理和保镖们众星拱月般跟在他的身后，一行人乘坐专用电梯来到三十六楼的总裁办公室。

特助艾米见他出现，迎了上来："霍总，您有访客。"

霍斯文不耐烦地挑了挑眉："谁这么没眼色，大晚上还跑过来，是妞不好泡，还是酒不好喝？"

艾米早就习惯了老板的轻佻言辞，面不改色地接着说："没有预约，只是说姓霍。"

哦，霍家的人。霍斯文随口问道："有我帅吗？"

艾米面露犹豫，斟酌着答："不分……伯仲吧。只是他五官轮廓更深，好像是混血……"

霍斯文听到这里，如临大敌般变了脸色，不等她说下去，一阵风似的掠去了会客室。看清那站在落地窗边的笔挺身影，他又顿住脚步，整了整袖口，稍微平复情绪后，才进去："四叔。"

他虽然不是很想承认，但这个只比他大两岁的男人，确确实实高了他一个辈分。

要说整个霍家霍斯文最怵的人是谁，无疑就是面前这位了。

拿最近发生的事来说，两个纨绔子弟为争女人险些闹得反目，不知他从中用了什么手段，竟让双方握手言和，还把其中一个给搞到非洲挖矿去了，关键人家是心甘情愿去的，出国前的饯行宴上还对他感激涕零。

他就是有这种本事，既达到目的，该得的利益一分不少，同时又让别人对他感恩戴德。

霍斯文再次出声打破沉默：“四叔，您怎么亲自过来了？”

霍斯衡也不兜圈子，直接递过去一份文件。

霍斯文双手接过，认真看了一遍，是一个叫木鹤的女人的资料，只是，四叔要他看这个做什么？

霍斯文绞尽脑汁也揣摩不出他的心思：“四叔，这是？”

“把她签过来。”

霍斯衡语气不咸不淡，却如同丢出一枚重磅炸弹，将霍斯文炸得七荤八素，这真的是他那修身养性、清心寡欲的四叔吗？！

霍斯文好奇极了，那女人和四叔是什么关系？按理说，不就签个人，多简单的事，他打电话说一声就是了，哪用得着亲自过来，除非……

某个念头也渐渐清晰：四叔的女人，就算只是个花瓶，他也要把她捧成娱乐圈最亮的一颗星。

霍斯衡一眼就看透他心中所想：“工作上不用给她任何特殊待遇。”

嗯？这又是什么走向？

霍斯文彻底看不懂了。他点头应着，轻抚下巴，玩笑道：“她这样的学历，进娱乐圈纯粹只是玩玩的吧？”

霍斯衡一记眼风斜斜地扫过去，霍斯文马上很有求生欲地问：“四叔，还有其他要求吗？”

霍斯衡不知想到什么，深棕色的眸底闪现若有似无的笑意，用一句俄语回答了他的两个问题。

前车之鉴太多，霍斯文在他面前总是格外谨慎，说话前再三斟酌，生怕一个不小心就掉进他的坑里，尤其怕……看到他笑。

因为他一笑，就意味着有人要倒霉了。

十年前，当那个中俄混血的冷峻少年带着仇恨从莫斯科回到富春城，霍斯文就有所预感，他会成为霍家新一代中的继承人。

从那时起，霍斯文开始有意识地学习俄语，所以，他能听懂那句话。

意思是——

霍斯衡把人交给他，没有别的要求，只要她玩得开心。

次日下午两点半，木鹤准时到达A市CBD的地标式建筑星月大厦。坐在星宇传媒宽敞明亮的会议室里，她仍有一种处于梦境般的虚幻感。

大概是前天在客厅睡了一夜，昨晚又吹了风，她发起了烧，在小宾馆的房间里昏昏沉沉地睡了一整夜，到今天清晨，烧就自动退了。

她到外面吃了清淡的午饭，回来的路上接到一个陌生电话，对方自称是星宇传媒人力资源部的工作人员，随后，开门见山地向她表达了合作意向。

当时她握着手机站在街上，身侧人来人往，第一反应是：月老显灵了，自己用三年桃花运换的事业运要兑现了？

她匆匆回到宾馆，挑了最好的衣服换上，化了淡妆，遮住略显苍白的脸色，在镜子前确认了好几遍才出门。

门外有脚步声响起，木鹤收回心神，拿起桌上的宣传小册子看了起来。

星宇传媒虽然才成立两年，但势头很猛，强势打破了业内闻达传媒、天娱文化和东辰影视三足鼎立的局面，旗下影帝、视帝、天王荟萃，小鲜肉云集，传言是背后有靠山，财大气粗，连内部运营模式都和别的公司不同。

其唯一为外界所知的短板是：女艺人中没有撑得起台面的当家花旦。钱和资源都舍得砸，偏偏跟中了魔咒一样，捧一个，糊一个，连之前高价挖过来的小花，最近也深陷丑闻风波中。

因此，星宇传媒进了广大女星的头号“黑名单”。当然也有不怕的，这年头，和谁过不去，也别和钱过不去，再说了，万一呢？自古富贵都是从险中求。

木鹤出道时签的经纪公司因非法经营被查封了，后来她得罪人被打压，便一直处于野生状态。这两天里，她没了住的房子，同伴也丢了，孑然一身，情绪不低落是不可能的。

没想到山重水复疑无路之际，星宇传媒向她抛来了橄榄枝……

实际上，星宇传媒的人力资源部也是在昨晚才收到要将木鹤签下来的通知，并召开了会议。

“我们这次计划签的女艺人一共两位，分别是赵亦可和木鹤。”

被召集前来开会的十位经纪人手上都有了她们的资料，赵亦可是女团出身，外形出色，多才多艺，有三年的演艺经验，还拿过奖，人气和知名度都很高，作为前途无量的二线女星，公司肯定会力捧。

至于木鹤呢，实在是一言难尽。不管外形，还是气质，她都优于赵亦可，最重要的是，长相特别有辨识度，这是与生俱来的优势。不过，她的代表作品就一部网剧，还饰演的是女二号，在人气、知名度上，她是完全被赵亦可碾压的。

她身上还有很多负面新闻，被包养、耍大牌、虐待助理、虐待流浪猫……做他们这行的，自然懂得眼见都不一定为实的道理。那些黑料是真还是假，谁也不知，何况粉丝压根就不关注真假。被抹黑容易，洗白艰难，一旦被贴上负面标签，想要扯掉，难上加难。

他们想不通公司为什么要签这样一个女艺人，难道是想负负得正、以毒攻毒？

毫无悬念，赵亦可被金牌经纪人罗丽带走了。

剩下的木鹤成了烫手山芋，谁也不想接，最后以抽签的方式，分到了叶汐的手上。

叶汐在星宇传媒待了两年，一直不温不火，带的艺人也不多，她坦然地接受了这个现实，或许也可以说是——安排。

其他人纷纷对她表示了鼓励，目光却隐含着同情。

叶汐连夜做了艺人的包装策划方案，法务部也将合同拟好了，她拿着一沓文件来到会议室，推开门，一眼就看到里面垂眸含笑的年轻女孩子。

阳光从落地窗外照进来，在女孩子身上镀了一层柔和的光，侧脸精致如画，盈盈动人。

叶汐愣怔一瞬，恢复公事公办的表情，走进去："你好，我是你的经纪人叶汐。"

木鹤起身，落落大方地打招呼："汐姐，你好。"

她们聊了几句后，便直入正题。

木鹤认真地看过合同，握着笔签下自己的名字，然后按下手印，在契约生效的这一刻，她终于有了一种尘埃落定的真实感。

签好合同后，叶汐还要去忙别的事，告知待会有助理过来，就出去了，在门外刚好被助理谭绵拦住："怎么了？"

"汐姐，"谭绵压低声音，"我们这位……到底什么来头啊？"

叶汐听得一头雾水："什么什么来头？"

谭绵咬了咬唇："我接到通知，说是要把她安排到金月湾。"

金月湾？！叶汐也感到非常震惊，怎么会……

"是不是弄错了？"

"没有！"谭绵忍不住扬高音调，又迅速捂住嘴巴，"我再三一个字、一个字地确认过了，真的是金月湾。"

多年的职业敏感告诉叶汐，事出反常必有因，她隐隐约约地感觉到了什么，可又具体说不出来，于是稳了稳心绪："你先带她过去吧。"

谭绵比了个"OK"的手势，调整呼吸后，推门进入："木、木老师，你好，我是你的助理谭绵。"

木鹤笑意清浅："你好，谭绵，叫我木鹤就好。"

谭绵看过她的照片，没想到真人比想象中还要漂亮，圈里最不缺的就是美人，可美人也有等级之分，谭绵看得眼睛都直了，好一会儿才意识到自己的失态，不自然地轻咳一声："木老师，我带你去……公、公寓吧。"

"麻烦你了。"

谭绵："不麻烦，不麻烦。"

两人在等电梯时，遇见了赵亦可和她的助理。

"木鹤，"赵亦可面露惊喜地走过来，"真的是你啊。"

两位助理和其他等电梯的工作人员悄悄竖起了八卦的耳朵，她们是认识的？

木鹤知道赵亦可也是新签约的女艺人，却不知她这是唱的哪出。一阵香水味扑面而来，木鹤闪躲不及，就被她亲亲热热地抱住了："木鹤，好久不见啦。

"以前我们在同一个剧组，配合得多默契，我还没遇到过别的比你更会搭戏的呢……"

木鹤除了那部网剧是女二号，其他演的都是小角色，而赵亦可并不是那部网剧的女主，她又说和木鹤搭过戏，那么，眼前这一幕就可以解读为女主角在给小龙套下马威了。

看到赵亦可的助理莉莉露出意味深长的笑容，谭绵心里开始紧张，又有一种隔空被人甩了一巴掌的愤愤不平之感。

空气里飘着火药味，众人都等着木鹤的反应。

木鹤行事向来都是"人不犯我，我不犯人"，同是初进公司，对方却想当众让她难堪，她也不打算做任人拿捏的软柿子。

“是真的好久不见了。”她笑意盈盈地感慨道，“没想到我们这么有缘，居然签到了同一家公司。”

当初的女主角和微不足道的小角色，如今却来到了同一起跑线，谁混得更不好，一目了然。

赵亦可搂着她的肩，眼底的笑意去了三分：“你还和以前一样瘦。”

——肯定是日子很不好过吧。

赵亦可心中冷笑，就算进了同一个公司又怎样？你签的是新人合同，我拿的是二线小花待遇，住的是高级住宅区，你拿什么跟我比？

木鹤仍是笑意盈盈的：“你比以前漂亮多了。”

赵亦可浑身一僵，指甲几乎嵌进手心，她助理的脸色也有些不好看。

谭绵差点没忍住笑出声，干得漂亮！之前赵亦可被人扒出开了眼角、削了下巴，虽然她本人和粉丝都极力否认，但还是闹得沸沸扬扬的，代言也丢了几个。

“你比以前漂亮多了”这句话，对赵亦可来说，是被直接在伤口上撒了一把盐啊。

赵亦可示威不成，最后反而有些落荒而逃的意味。没有硝烟的战争结束，谭绵松了一口气，悄悄问道：“木老师，你们以前是不是有过节啊？”

直接过节是没有的。

“没，”木鹤摇摇头，“她以前还夸过我。”

谭绵：“啊，夸你什么了？”

木鹤认真地回想了一下：“她夸我——说的比唱的好听。”

谭绵噗的一声笑了。

木鹤回宾馆拿了行李，跟着谭绵来到金月湾。

A市是一线城市，寸土寸金，而金月湾是坐落于金山之上的特级住宅区，私密性和安全性绝佳，住在这里的都是非富即贵。

乘坐专属电梯来到顶层，输了密码，开门进入屋内，展现在她们面前的是一个极为宽敞的客厅，高级灰冷淡风的装修，极具设计感的灯具，真皮沙发，长桌，一整面的落地玻璃窗，正对着西子江，还有一个大露台。

从进门那一刻起，谭绵的嘴巴就没有合上过，喃喃自语："这么大的客厅，居然只有三件家具。"她里外走了一圈，惊叹不已，怪不得面积这么大，原来是占据了顶楼一整层。

一间主卧，三间客卧，还有家庭影院、健身房、棋牌室……

谭绵推着行李箱来到主卧，面积有一百多平方米，同色系的风格，竟然只摆了一张大床，看起来空荡荡的，连带着温度都仿佛低了不少。

大概，有钱人的生活就是这么"朴实无华"吧。

任务完成，外面天色也黑透，谭绵和木鹤聊了一会儿就打算走了。

木鹤送她出去，等她进了电梯，才转身回屋，来到厨房。厨具一应俱全，全没用过，新得跟刚买来似的。她拉开冰箱，里面只有两瓶矿泉水，好在她还带了面包和牛奶，晚餐算是有着落了。

解决晚餐后，木鹤去整理行李，主卧大是大，却没有衣柜，她只能暂时把衣服堆在床角。

将东西归置好，她揉揉发酸的腰，拿着睡裙进浴室。

浴室也出乎意料地大，除了磨砂玻璃门外，其他三面墙和天花板都是镜面，洗手台上放着未拆封的洗漱用品，木鹤还发现了剃须刀和须后水，猜测应该是上一个住在这里的男人留下的。

她没有细想，走到花洒下，镜面是自带除雾功能的，上面清楚地映着她比例极好的身体，细密的水流沿着线条优美的脖子流到锁骨上，肤若凝脂，白皙如玉。

雪肤被水汽氤氲出了浅浅的粉色，木鹤弯唇一笑，纯真又柔媚。她看着看着，忽然产生了表演欲。

在她想着台词，酝酿情绪时，屋子的大门开了，男人带着一身寒意走入，他解开衬衫的扣子，径直走向主卧，才走了几步，就敏锐地察觉到了异样，迅速进入警戒状态。

他贴墙而走，轻轻推开虚掩的门，冷冽的目光直抵亮着灯的浴室，隔着磨砂玻璃，一个女人的背影闯入视野中。

霍斯衡面无表情地看着，眸底暗藏的危险之色越发深沉。

在他悄无声息地靠近时，浴室里的女人清了清嗓子，冷声命令道："你给我站住！"

霍斯衡停下脚步，微怔后，浑身的冷意和戒备尽收。

这套房子是他在 A 市的下榻之处，他平时很少过来住，主要是由霍斯文负责打理。

霍斯文肯定是误会了他们的关系，所以才自作聪明地把她安排到这里。

雾里看花的朦胧，也遮掩不了玲珑有致的身体线条，尤其是那细腰，盈盈不足一握——半遮不露，最是勾人。

他眼中分明有着最香艳的风景，表情却还是没什么变化，微微偏头，眸色晦暗不明，慢条斯理地抬起手，长指轻轻捏着扣子，扣上。

他刚扣好第二粒扣子，她的声音再次传来："衣服脱掉，到床上去。"

霍斯衡动作一顿，淡淡地瞥一眼不远处的深灰色大床，继续从下到上，将衬衫扣子一粒粒地扣回去，紧实的腰线、八块腹肌，渐渐隐没在黑色布料下。

他一丝不苟地系好了全部扣子，衣摆却没去管，随意地散乱着，添了几分邪气。

浴室里的流水声停了，四周沉入静寂中。

一会儿后，一声低而绵长的"嗯"打破安静，像极了某种……轻吟。

霍斯衡原本正低头沉思，漫不经心地循声看过去，只见她忽然转过身，那柔软的晃动直直地撞入眼中，他瞳孔一缩。

“亲我。”这次不再是命令式的语气，而是轻软中带着娇羞。

霍斯衡轻扯嘴角，眼中不易察觉地闪过一丝笑意，如同暗夜流星。

又过了几秒，大概是没有得到回应，她又羞又气道：“亲我呀。”

他嘴角的弧度更大，抿唇，低低地笑了一声。

就在这时，浴室的门开了，一束柔光倾泻而出。

木鹤穿着粉紫色睡裙从浴室出来，想到刚刚那几句略显羞耻的台词，颊边浅浅的红晕霎时蔓延到了耳后，她轻轻拍脸——微微发烫。

木鹤是第一次模仿这种风格的戏，入戏太深，媚态天成，幸好只有她一个人知道，不然多少会觉得难为情。

房间里温度偏低，木鹤忍不住打了个哆嗦，余光瞥到门开着，奇怪，她明明记得洗澡前关了门，难道是没关好，被风吹开了？她走过去把门关上，转身走向大床，迅速钻进被子里。

被子是新的，清冽、干净，她本想睡前好好梳理一下这几天的奇遇，结果刚闭上眼，睡意就潮水般袭来，很快便失去了意识。

当她跌入梦境深处时，正对着床的那面墙蓝光微闪，随后出现一条缝隙，缓慢而无声地打开后，露出一间隐蔽的衣帽间，男人颀长的身影走了出来。

在他身后，那扇门渐渐合上，又变回了墙。

他走到床边，居高临下地凝视着床上的人，白净的脸枕在柔和的光影中，清透无瑕，又黑又长又浓密的睫毛安静地垂下，眼睑处映着清影。他的目光再次从她的额头逡巡而下，鼻尖、红唇、脖子、被子下的起伏……

她的侧脸隐藏在半明半暗中，看不清是什么表情。

大概是觉得冷，木鹤翻了个身，微微蜷缩着。随着她的动作，睡裙领口大开，春光乍泄，明晃晃的白皙肌肤，再没有任何遮挡，直接入了霍斯衡的眼。

他的眸色一点点地变深。

木鹤浑然不觉，又换了个姿势继续睡。

霍斯衡走近床头，在墙上敲了一下，控制面板出现，他长指轻点，直接将室内温度调高了五摄氏度。

空气开始升温，他身上也沾了暖意，再次看向床上，她微蹙的眉心已经松开了。他弯下腰，她在他的身影的笼罩中，睡颜重新恢复恬静。

也许是她睡得太熟，霍斯衡感觉到了一阵久违的睡意，他似笑非笑地微抿薄唇，将被子往上提了提，遮住了那一片春光。

然后，他走出去，轻轻关上门，就像从来没有出现过。

窗外，繁星孤月，静悄悄地点缀着寂寥的秋夜。

木鹤一夜好眠，她是随遇而安的性子，在陌生的环境里醒来，也没有丝毫不适应。洗漱好，简单吃过早餐后，她捧着水杯站在落地玻璃窗边，望着天边橙红的朝阳，波光粼粼的西子江，笑得眉眼弯弯。

今天又是新的一天。

时间差不多了，木鹤准备去公司，可约了几次车，都没有人接单，好在谭绵打电话过来，说司机会过来接，她才顺利到了星宇传媒。

在小会议室坐了一会儿，叶汐和谭绵也来了，互相打过招呼，围着桌子坐下。

叶汐了解过木鹤的资料，也做好了包装方案，可她从谭绵那听说木鹤被安排到金月湾，以及和赵亦可暗里针锋相对、不落下风的事后，就把之前的规划推翻了。

木鹤外表看似柔软，内心却透彻。

叶汐深谙静水流深的道理，对木鹤的观感又好了几分，如果她真如想象中那般是虚有其表的傻白甜，那么，叶汐才真的要发愁。

眼下，摆在面前的问题是，要走什么人设？

艺人大都需要人设，高冷、暖男、女王、学霸、吃货……当然，这都是在粉丝心里的主观印象，并不能说代表了本人的真实情况，要不然怎么会有“人设崩塌”的说法。

叶汐原本给木鹤的定位是美女学霸，这个人设虽说没什么新意，却是最符合实情的。她昨夜思来想去，最终决定推翻，再找别的令人耳目一新、印象深刻的人设。

“木鹤，你有什么特长吗？”

“我知道！”谭绵笑眯眯地举起手，“头发特长！”

长发及腰，黑亮如绸，一定花了很多心思才养得这么好。

木鹤听得忍俊不禁，叶汐也笑了，氛围一下轻松起来，她又问：“还有别的吗？”

木鹤想了想：“我厨艺还不错。”

显然，这并不是叶汐想要的答案。她刚要说什么，桌上的手机就响了，接通后，得知手下的艺人在排练中不小心摔了下来，她急急忙忙地赶过去了。

叶汐离开后，会议室只剩下两人。谭绵冲木鹤一笑，晃了晃手机：“木老师，公司官博发了‘欢迎新人’的微博，你也去转发一下吧。”

木鹤点点头，登录微博——开通近两年，积攒了五万多的粉丝，不过活跃的粉丝很少，平时发条微博，也就十几条评论。她先搜索出星宇传媒的官博，点了关注，再找到最新微博。

星宇传媒 V：欢迎 @ 赵亦可 @ 木鹤两朵金花加入星宇大家庭。

她点开来，看了看下面的评论——

“星宇，我劝你善良。”

“星宇，求求你做个人吧，这两年你捧扑的女明星还少吗？”

“笑死我了，就问娱乐圈还有你星宇不敢捧的女明星？”

“废话不多说，按照星宇捧一个糊一个的德行，先为两位各预订一份糊穿地心套餐。”

“别酸好吗，星宇也不是什么人都能进去的好吧？反正我男神转了，预祝两位小姐姐未来可期。”

……

星宇旗下的艺人，包括影帝林析羽、流量大咖赵秦，也纷纷转发表示欢迎。

木鹤不习惯煽情，握着手机低头打字，谭绵凑过去，看到她只写了一句话：“谢谢星宇，谢谢各位前辈，我会好好努力的。”

“木老师，”谭绵欲言又止，“这会不会太……朴素了点？”

木鹤重新检查一遍，觉得她说得有道理，于是去掉句号，在后面加了一个“可爱”的表情。

谭绵：卖萌可耻。

木鹤转发微博后，谭绵也刷到了赵亦可新发的微博，她写了一篇“小论文”，情真意切地回首过去，展望未来，可谓是连标点符号都在煽情。

谭绵撇撇嘴，肯定是昨晚就写好了，这心机……她看得内心毫无波动，一大波可可粉却被感动得不要不要的。

“可可，你勇敢飞，可可粉永相随！”

“不管你去了哪里，你永远是我心目中最闪耀的女神。”

“相信一切都是最好的安排，期待可可的新作品！”

不出所料，“赵亦可真情实感小论文”火速登上热搜榜，评论区被可可粉控制得滴水不漏。

另一边，不少可可粉跑去星宇官博下评论：“星宇，你一定要善待我们可可啊。”

“我们的小仙女值得这世上最好的一切！”

随着越来越多的可可粉涌入，评论画风骤变。

“恕我孤陋寡闻，这位木鹤是谁啊？”

“拒绝捆绑炒作！抱走可可，我们不约！”

有人顺藤摸瓜，贴出了木鹤的微博截图，在粉丝人数那处还特地用红线圈出来。这下可可粉不干了，各大粉丝群立即成立了“可可护卫队”。

可可粉从视频网站的某部宫斗剧里挖到一张截图，赵亦可饰演的是尚书千金，而木鹤只是她身边的小丫鬟。这个惊喜的发现让可可粉的气焰更嚣张了。

可可粉的本意是想借着图片大力吹捧女神，然而，重点不知怎么突然就歪了——

“别看赵亦可一身富贵装扮，可第一眼吸引我的是小丫鬟，她好像整个人都在发光啊！”

“＋10086，小丫鬟的长相太灵动了！”

“我就想知道，这神仙般的颜值是真实存在的吗？！”

“爱了，爱了，小丫鬟这颜值，绝对是壁纸级别的啊。”

“啊，这颜我吃！”

“我们这是不小心挖到什么绝世大宝贝了？”

……

这个走向让可可粉蒙了，这是怎么回事？我们发截图是想让你们帮忙嘲笑一下蹭热度的小龙套，可不是让你们舔屏，还反过来攻击我们女神的。

“朋友们，这么美的小姐姐，别光舔屏，关注走一波啊。传送门@木鹤。”

“走、走、走！”

随后，“最美古风木鹤”“赵亦可整容”齐齐登上热搜榜。

该关注的关注，该群嘲的群嘲。

“恭喜，恭喜，可可粉立大功了！”

“真是活久见，就问哪家粉丝比得过可可粉？”

最后，有粉丝精辟地总结了这一场风波：赵亦可偷鸡不成——蚀把米，木鹤恐成最大赢家。

一锤定音：年度大戏。

完全不知道自己被推上风口浪尖，又是怎么成为最大赢家的木鹤此时正站在金叶会所的某包厢前，看着漆黑的雕花木门，深呼吸后，推门进去。

看到她出现，钟明玉连忙站了起来：“木鹤，你来啦。”

木鹤点点头，平静地和她对视——人还是那个人，可终究有些地方是不一样了，华丽的衣裙和首饰，精致的妆容，只是那双眼睛已经没有了往日的光亮。

“坐。”钟明玉不自然地躲开木鹤的目光，“听说你去星宇了，真好，恭喜啊。”

木鹤垂落视线：“谢谢。”

短短的时间里，曾经无话不说的两人变得形同陌路，钟明玉的笑容略显牵强，眼眶一点点地红了：“木鹤，你是不是觉得我做错了？”

你情我愿的事，又和对错有什么关系？何况事情已成定局，钟明玉只是想从她这儿得到心安而已。

木鹤缓缓地摇头。

钟明玉跌坐在沙发上，掩面轻泣，木鹤没有像以前那样坐到旁边安慰她，而是轻轻关上门出去了。

从今往后，各自安好。

木鹤心里有说不出的难受，其实她又何尝不清楚，这个圈子是大染缸，可她有自己的底线。

她低头往前走，忽然间感觉到光线一晃，于是抬头看去。

一身黑衣黑裤的男人出现在视野中，从她的角度只能看到他轮廓冷硬的侧脸。他短发利落，唇线凌厉，橘色灯光也柔化不了那通身的清冷气质。

这张脸，她一辈子都不会忘记。

真的是他吗？木鹤难以置信地瞪大双眸，眼看他就要消失，于是朝着他的背影喊道：“郗衡！”

他没有停。她继续喊：“你给我站住！”

男人仿若未闻，仍然不疾不徐地走着，倒是他旁边的年轻人，回头看了一眼。

木鹤跑着追上去，就快要靠近时，男人停了下来。她收不住，直接撞上他的后背，鼻尖一疼，还没反应过来，腰上传来一股不容反抗的力量，她被他背了起来。

突如其来的悬空让她很没有安全感，下意识就搂住了他的脖子，想到什么，又松开，改为扶住他的肩膀。

木鹤小幅度地挣扎着要下来，谁能想到前一刻还当她是陌生人的男人，竟然不肯放人了，她只好在他的耳边说：“放我下来。”

女孩子的气息和声音又暖又软地扑向耳郭，霍斯衡不动声色地把她的身子往上托了托，偏过头，淡淡地瞥了一眼张长。

张长收到他的眼神指示，就去处理监控了。

他背着她继续往前走，进了专用电梯，来到顶层的总统套房。

或许笃定他就是那个人，一路上，木鹤并不觉得心慌意乱。

门关上后，她从他的背上跳下来，近距离地打量他的脸，尤其是那双极具辨识度的桃花眼，她嘴角一松：“郗衡，我就知道是你。”

“哦？”霍斯衡松开袖扣，气定神闲地反问，“你真的确定？”

话音未落，眼前的人便扑了上来，不容分说地抬手去解他的衬衫扣子，解开两粒后，利落地将衣领一拨，证明他身份的那道伤疤赫然就在锁骨下方的位子，她看得心潮跌宕，抬起下巴，得意得像只小狐狸：“人证物证俱全，你还想否认？”

男人看着她的眼睛，低低地“嗯”了一声，语气中带着几分无奈：“似乎否认不了了。”

木鹤听得心情大好，眼里满是笑意，看起来格外清澈透亮。

是啊，否认不了了，那怎么办呢？

他忽然低下头，仿佛清晨雪松般清冽的男性气息一下子跟着凑近，木鹤瞬间愣怔，不知道他想做什么，下意识屏气凝神。

他还在一点点地拉近彼此间的距离。

空气里的氧气在急剧消失，她快不能呼吸了。

嗯，不能再近了。

再近就要亲上了。

在危险的距离里，男人的每一根睫毛都清晰可见，她的心轻轻颤动起来。

大概是面上热度惊人，所以，当他亲上来时，木鹤能清楚地感觉到，他的唇带着微微的凉意。

他这是在做什么？

木鹤脑中一片空白，只是遵循本能地闭上了眼睛，光明消失的那一瞬，她感觉到他温热的气息掠过嘴唇，胸口某处的悸动越发激烈了。

霍斯衡余光瞥到她紧闭双眼，一脸紧张的模样，短暂的停顿后，轻扯了一下嘴角，然后亲向她左边的面颊。

直到他在她的脸上亲第三下时，木鹤终于迟钝地察觉到他的意图了。她以前特意了解过，在俄罗斯的礼仪中，如果是在隆重场合，男士会弯腰亲吻女士的手背以表尊重，像这种吻三次脸颊的，分明是表示长辈对晚辈的疼爱。

长辈？他？

晚辈？她？

木鹤觉得又好气又好笑，不就大她五岁吗，居然以长辈身份来占她便宜，过分。

霍斯衡给完长辈的见面礼后，非常有绅士风度地往后退开，懒散地倚在门上，歪头看她，修长的双腿随意地立着，黑色衬衫勾勒出紧实的肌理，从肩到腰，线条流畅。

那两粒被木鹤强行解开的扣子，他也没去管，任由衣领敞着，泛起凌乱的褶皱，两道锁骨若隐若现，散发着引人犯罪的无边诱惑。

矛盾的是，欲与禁欲，竟在他的身上实现了完美的融合。

直到这一刻，木鹤才深刻地意识到，当初那个桀骜不驯的少年，已经变成一个清冷成熟的男人了。

可对她来说，他依然是他，从未改变。

木鹤鼻尖微酸，眼眶染了微红，笑容却越发灿烂。她走到他的面前，踮起脚尖，他太高了，够不着，她只好伸手揪住他的衣领，将他往下拉得微微弯腰，然后亲上他的右脸。

第二下亲的是左脸，她的心无法控制地怦怦乱跳，小声地说："这是回礼。"

——晚辈给长辈的。

不知道是不是错觉，木鹤好像听到他笑了，很低很低的一声。她亲完后，张开双臂，抱住了他："郗衡，好久不见。"

这也是回礼。木央央给郗衡的。

"嗯，确实好久不见。"霍斯衡动作极轻地摸了摸她的头顶，眉峰微挑，"不过，你怎么还是这么矮？"

"喂——"感伤的气氛骤然消散，木鹤娇嗔着抬头瞪他，"明明是你长得太高了。"

这高度，得有一米九了吧。

经他这么一打岔，熟悉的感觉如数回归，在陌生的城市无依无靠地漂泊，不期然地与故人重逢，木鹤心底仿佛有暖流淌过。她贪恋这种美好的感觉，于是又抱了一会儿，收拾好情绪后，才松开手。

“那天，在般若寺，也是你。”

霍斯衡没有再否认：“是我。”

木鹤没问他当时为什么不承认，她更好奇的是：“你的声音……”

他又变成了那时的声线，明知故问：“我的声音怎么了？”

木鹤没有什么不明白的了，耸耸肩——他伪装得真好，转换自如。

今晚对她来说又是一个奇遇，她想说的话太多太多，可惜时间过得太快。临走前，她要了他的联系方式，虽然自己的手机关机了，无法存储起来，但凭借着过目不忘的能力，还是牢牢地把那十一个数字记了下来。

回到家，木鹤进门的第一件事就是给手机充电，重新开机后，她将电话号码输入通讯录。屏幕上不停跳出来新的消息提醒，她点进微信，看到谭绵发的消息：“木老师，快看微博！你上热搜了！”

“木老师，你要火了，你知道吗？！”

“木老师，你的微博一下涨了三十万粉丝！”

“哈哈哈，赵亦可肯定被气死了！”

“木老师、木老师、木老师啊！”

……

木鹤看得云里雾里，登上微博，被全新的页面吓了一跳，原本的五万粉丝突然增加到了四十二万，而转发星宇官博的那条微博下，评论有三万多条，点赞数十一万。

她平时不怎么玩微博，花了十分钟才弄清楚事情的来龙去脉。看到那么多粉丝关注她、维护她，她感到暖心的同时，又觉得受宠若惊。

木鹤几乎整晚的时间都用来翻看评论和私信了。她洗完澡，捧着手机扑到床上，卷着被子开心地滚来滚去，脸上的笑意一直就没消过。

这种从未体验过的，被粉丝宠爱、保护的感觉，真好。

能重新见到郗衡，真好。

可能是心情好，她感觉房间里的温度没有那么低了。

她又翻了个身，不知碰到什么开关，卧室的天花板突然出现一条缝，接着，她眼睁睁地看着它朝两边打开了，缀着星辰的夜空缓缓地映入她的眸中。

起初，她还以为星空只是投映的画面，不料，竟然是真的，原来是一面巨大的玻璃取代了天花板，玻璃之外，就是真实的漫天星光。

这也太美了吧。

木鹤觉得这套面积虽大，却空空荡荡，连家具都没几件的房子也挺不错的。

她放下手机，专心地欣赏起来，待夜渐深，万籁俱寂，便枕着月光星辉睡去。

接下来两天，叶汐没有安排什么工作，木鹤就跑去上台词课。她到底不是科班出身，台词功底稍弱，公司请的是中戏的退休教授，经验丰富，几节课听下来，她受益匪浅。

趁着课间休息，木鹤来到洗手间，习惯性先去洗手，谁知刚打开水龙头，水就直接喷了出来，还好她反应快，闪到一边，尝试着去关水龙头，总算止住了水流。

她开了另一个水龙头，洗干净手后，才进入隔间。

两分钟后，外面有脚步声传来，一个小心翼翼的陌生女声随之出现："可可姐，你还好吧。"

赵亦可旋开一管口红，对着镜子往唇上抹，没好气道："我有什么不好的？"

事实上，她气得一夜没睡好，练舞时觉得心、肝、肺都扯着疼，那帮智商令人着急的蠢货，不仅帮不上忙，还拖了后腿，最后白白送了木鹤热度和三十多万粉丝。就算没人到跟前嚼舌根，她也知道自己昨天成了圈子里的笑话，那些人背地里不知道怎么幸灾乐祸地笑呢。

她找经纪人罗丽诉苦，反而被批评了一通，说什么都是同一个公司的，明面上不好闹得太难看。呵呵，人家都蹭她的热度，成了最大赢家，名利双收，作为受害者的她，却成了别人茶余饭后的笑料，这口气要怎么忍得下去？

想到这里，赵亦可恨得牙痒痒的：“木鹤肯定是买了水军！”

按理来说，木鹤没有背景，在圈子里也没人脉，怎么可能这么容易就来了星宇？买营销号和热搜压她的风头花了不少钱吧？钱从哪里来，就凭跑龙套攒的那点片酬？

只有一个可能性。

“她一定是被人包养了。”

赵亦可越想越觉得这个猜测并非毫无依据，听说华阳的王总对木鹤就特别上心，费尽心思想追到她呢。星宇和华阳本就有合作，顺水推舟送个人情很正常。

木鹤没想到上个洗手间还能听到关于自己的八卦，谣言猛于虎，传着传着就成真的了，被这子虚乌有的脏水泼到身上，但凡是正常人都不可能无动于衷。

那句话怎么说来着？

忍一时越想越气，退一步越想越亏。

木鹤打开门走出去，洗手台前的赵亦可和助理莉莉听到动静看过来，两人的表情都有着不同程度的精彩。她对上赵亦可的视线，淡淡地问：“我被谁包养了？”

事情到这份上，也没必要虚与委蛇了，赵亦可收起刹那的慌张，冷笑道：“这种事，你自己心知肚明。”

气氛剑拔弩张，莉莉委婉地劝道：“可可姐，时间差不多，你该回去练舞了。”

赵亦可不为所动，紧紧地盯着木鹤：“怎么，被我说中，心虚了？”

木鹤按出了两滴洗手液，搓出泡沫，仔细地洗着手，轻描淡写道：“有的人心脏，眼睛脏，嘴巴也脏，所以想的脏，看的脏，说的也脏，三脏于一身，偏偏故作出淤泥而不染……”

赵亦可心头火起：“你说谁呢？”

木鹤侧头看她，弯唇一笑：“哦，不是说你，我在背台词。”

赵亦可怎么可能听不出这是在明里暗里地讽刺自己，可她的话又挑不出什么错处，一口气堵在嗓子眼，胸口都跟着疼。

赵亦可打开水龙头，一束水流喷薄而出，直冲面门，躲闪不及，就被喷了满头满脸的水。

莉莉手忙脚乱地关掉水龙头，抽了几张纸巾递过去：“可可姐，没事吧？”

赵亦可擦掉水后，脸上的妆容也已半残，有说不出的狼狈，何况还是在木鹤面前丢的脸，比昨晚隔空被甩的那一耳光还要难受。

木鹤垂睫遮住眸底的笑意，将擦手的纸巾丢进垃圾桶，不经意地瞥见门口一抹浅绿色的身影。她看向赵亦可，红唇轻启：“清洁阿姨来收垃圾了，你还不快走。”

赵亦可被连番刺激得心绪大乱，顾不上细想，扭头就出去了，莉莉也连忙跟上。

走出一段距离，赵亦可琢磨起来，清洁阿姨来收垃圾和她有什么关系，为什么要让她快走，还一副好心提醒的语气？

啊！木鹤这是拐着弯骂她是垃圾，所以才让她快走，免得被阿姨收走了。

赵亦可顿时快要气炸了！

木鹤下午的台词课上得很顺利，还被老师表扬了。晚上她吃完饭回到家，洗完澡早早地爬上床，刷了半小时微博，就昏昏欲睡了。

她的睡眠质量一向很好，随时随地能睡着，只要睡着，就一般不会轻易醒来。睡到半夜，“大姨妈”造访，她也无知无觉，可想而知，第二天醒后，她就发现血染床单了。

木鹤从包里翻出一片备用的卫生棉，冲进浴室，贴好后，才想起里面没有垃圾桶，只好用纸巾包住包装纸，揉成一团，等出去再丢掉。

她起得比较晚，收拾好后，司机已经在楼下等着了，她只好拿着包匆匆出门，打算等回来再处理床单。

上午十点整，钟点工准时上门。这套房子的装修用了不少高科技元素，温度、湿度等都由室内管家系统控制，地板和玻璃自带除尘功能，所以，她的工作很轻松，主要就是定时换一下被单床单，收收垃圾——如果有的话。

钟点工阿姨来到主卧的浴室，惊讶地发现架子上挂着一条睡裙，地板上也多了几根长头发，很显然，有女人住进来了。

当她看到褶皱密布的床单上那团暗色的疑似血迹的东西时，眉头立刻皱成了“川”字……

她利落地换下床单，简单处理后，丢进洗衣机，转身出来时，仍面有忧色。

等工作做得差不多，她听到客厅传来说话声，是男主人回来了。他平常不怎么在这里住，两人一年也打不上两回照面。

可是，这一次，事情性质太严重，她觉得自己有必要去和他谈谈。

客厅里。

霍斯衡慵懒地靠在沙发上，闭目养神，张长站在旁边，向他汇报：“中少估计很快就有动作了……”

张长说着，看到钟点工神色严肃又略显紧张地走过来，于是问：“什么事？”

钟点工阿姨直直地看向霍斯衡，在他慑人的气势下，硬着头皮开口：“先生，虽然很冒昧，但我还是想跟您说，女人不是男人的玩物，她们也有尊严和人权……”

张长听得莫名其妙，什么？

霍斯衡也睁开了眼，冷如寒星，周身冷气逼人。

钟点工阿姨又想到床单上那团拳头大小的血迹，心疼得不行，早就听说有些富家公子哥兴趣独特，玩得很开，那姑娘流了这么多的血，肯定是受了大罪。

人心都是肉做的，她家里也有闺女，既然被她遇上了，那就不可能视若无睹。

她委婉地说："先生，女人都是水做的，行房事时……"

房市？张长更听不懂了，话题怎么突然就从女人跳到房市了？这位阿姨更年期到了吗，说话不仅没头没尾，思维还很跳脱啊。

不对，和女人有关的，除了那个房事，还有哪个……房事？！

张长仿佛被雷劈到了，震惊地看向沙发上的人。

只见霍斯衡那向来波澜不惊的脸上，也浮现一丝奇异的神情。

# 第二章

## 第三种绝色

木鹤结束上午的台词课，准备去吃午饭时，谭绵风风火火地冲过来，将她拉到角落，喘着粗气说：“木老师，你又上热搜榜啦！”

虽说不是网红，上太多次热搜榜容易败坏路人缘，可木鹤眼下正好缺乏曝光度，再说了，不要钱的热搜榜，不上白不上，上了不白上。

谭绵还没遇到过这种天上掉馅饼的好事，被砸得晕乎乎的：“早上我看粉丝数是四十四万，现在涨到六十万啦！而且有新的热搜加持，涨势超猛的！”

她激动地把手机递过去：“木老师，你看，排在热搜榜第三名了。”

木鹤接过来，“木鹤小腰精”的词条映入眼帘，她点进去，看到一个小视频。旁边的谭绵等不及，抢先伸手点了播放。

视频只有十二秒，木鹤看完后，忍不住微微失笑，如果不是看到视频，她都想不起这件事了。

谭绵也嘿嘿笑道：“永远不要小看饭圈追星女孩的能力。”

一旦上心，还有自带显微镜的“考古女孩”挖不出的料吗？

事情是这样的，新晋鹤粉齐心协力地把可可粉赶出评论区后，顺手就把木鹤的微博翻了个底朝天，才一百来条，带自拍的只有一条，根本满足不了他们那颗熊熊燃烧的心，于是决定自己产粮，到处去搜刮木鹤的消息。

她出道以来各种角色的混剪，做、做、做，收、收、收！

很快，鹤粉发现木鹤除了演戏之外，其他的资料少得可怜，这就太过分了啊，好歹在圈里混了两年，连杂志、采访、街拍什么的都没有，真是白白浪费了那张美到逆天的脸。

算了，算了，自家爱豆，他们不宠，谁宠？

终于，有火眼金睛的鹤粉从当红女明星秦栀的粉丝接机视频中发现了木鹤的身影，她站在略偏的位子，毫无女明星的自觉，帽子、墨镜没有不说，连妆都没化，身上穿着浅绿色的碎花裙子，修身的设计，衬得细腰盈盈。

她和秦栀保持着一段距离，前面有个女生被挤了出来，手机刚好掉在她的脚下。她弯腰捡起来，还给女生，还面带笑意地跟对方说了什么。

为了不被栀子花（秦栀粉）骂蹭热度，鹤粉只把和木鹤相关的画面剪辑了出来，本想着自给自足，不料，发上微博后，又引发了新一轮的热度。

“跟风前来围观盛世美颜。”

“啊，这个女人想用美貌杀我！”

“啧啧，镜头再模糊都挡不住这清丽无双的容颜。”

“‘性感小腰精’在线索命。我不允许你们没看过这腰，都给我看，往死里看！”

“这个腰，我可以！我愿意死在上面一万次！”

“别开车！”

“满满的少女感，妥妥的‘小腰精’。”

“羡慕使我质壁分离，妒忌使我面目全非！”

“‘腹愁者’联盟资深会员的我默默放下手中的卤猪脚，并流下悔恨的泪水。”

……

追月少女 007：“啊，我疯了！当时就是这位小姐姐帮我捡的手机，她还跟我说要注意安全。她人真的太好了，说话也特别温柔，呜呜呜，我还没来得及跟她说谢谢，她就走了……”

追月少女 007：“拜托大家捞我上去，多谢，多谢！”

在大家的帮助下，她的评论在满屏的“小腰精”中脱颖而出，高挂热评第一，鹤粉们又是骄傲又是心酸。

“呜呜……人家有那么多粉丝接机，热热闹闹的，而她就只有孤零零一个人，想想就觉得好难受。”

“别说了，我哭得好大声！”

“心疼死了，真想魂穿进去给她一个拥抱。”

“我宣布，这女人以后所有的机，我接了！”

“带我一个。”

“举手报名！”

鹤粉们当机立断，成立了木鹤全国粉丝后援会，经过内部开会，一致决定，必须准确地让所有人知道：从今以后，这个女人有我们宠着了。

后援会推选了会长——杨乐多，一个大二女生，她的饭圈资历虽然不深，却是修图投票、打榜反黑的好手。

鹤粉有了组织，也有了满满的归属感。

尽管木鹤的热度只止步第三，却为她吸了不少的新粉丝，而自发形成的“最美古风木鹤”“木鹤小腰精”话题也解决了令叶汐发愁的人设问题。

谭绵第一时间将好消息报告给了叶汐，看着一刷新就激增的粉丝数，她笑得比阳光还灿烂：“木老师，我有个不情之请。”

饶是木鹤再怎么淡定自若，还是难免沉浸在这意外之喜中，她慢了半拍：“……什么？”

谭绵笑着抱住了她，亲自去感受：“哇，真的好细。”不愧是“小腰精”呢。

木鹤哭笑不得。

午后，秋阳烂漫，肆意泼洒。

A市近郊的私人山庄，占地广阔，山环水绕，景色极佳，三十六栋独立别墅，按照风水方位，高矮错落林立，一砖一瓦都对外昭示着显赫的富贵。

山庄实行的是高级会员制，能来的都是顶尖的权贵名流，外界一度盛传，去年中东某石油大亨私人行程来华，就是在这里被接待的。

九栋三楼的某VIP包厢，灯光调得很暗，气氛暧昧迷离，男女成双成对，或拥抱，或亲吻，还有的围着桌子玩扑克牌。坐在中间的是一个年轻清瘦的男人，他身旁的女人没有骨头似的贴着他扭来扭去：“中少。”

从大家的恭敬态度和女人的姿色来看，毫无疑问，他是在场所有人中地位最高的。

霍斯中享受着美人在怀，手刚放上去，女人突然煞风景地尖叫一声。他不悦地皱眉，顿时没了兴致，粗暴地将人推到一边，捞起桌上的红酒。

“中少……”女人楚楚可怜地缩着身子，指着门口的位子，“那里好像有人。”

霍斯中压根没听清她的话，又捏住旁边另一个女人的下巴，倒是其他人似乎察觉到什么，都停止了说笑玩乐，不约而同地看过去。

光线迷离，只看到一抹猩红的光明明灭灭，再细看时，他们才发现门边站着一个人，藏在昏暗中，隐约能看到身体的轮廓，如果不是那红光，谁也不会知道有人在那儿。

他是谁，又是什么时候出现的？

啪一下，包厢天花板中央的大灯亮了，所有人的震惊表情无处遁形，男人也彻底暴露在他们的视野中。他一身黑衣，斜倚着门，五官深邃，眉眼冷峻，修长的指间夹着一支烟。白色烟雾后，他面沉如水，微微眯着眼，平静无波地打量他们。

大家面面相觑，烟？真的是烟？！

他们是沾了中少的光才有资格来到这个私人山庄，从进门到包厢的路上，见得最多的东西，就是挂在墙上、立在地上的标志，上面写着醒目的四个大字：禁止吸烟。

山庄监管严格，只要被发现违反一次规定，便会永久进入黑名单，形同于被踢出上流圈子。

这个神不知鬼不觉地出现在VIP包厢，公然无视、挑衅山庄规则的男人……到底是谁？

他们看向霍斯中，而他正目眦欲裂地看着来人，眼里翻涌着格外复杂的情绪。

众人的视线再次回到那个神秘又危险的陌生男人的身上，只见他直直地走向霍斯中，霍斯中旁边的人识趣地让出位子，可他没有坐，而是直接坐在了桌上，长指在霍斯中的杯子边缘轻敲两下，烟灰掉落红酒里，丝丝缕缕地化开，在酒色的映衬下，呈现出一种魅惑的美感。

他这才正眼看向霍斯中，嗓音低沉，透着几分心不在焉："看到我，似乎很意外？"

霍斯中故作镇定地笑了笑："怎么会。"

其余人看着这一幕，心里的疑惑越来越大。

这座私人山庄是霍家的产业，作为富春城百年大家族，霍家从民国时期开始发迹，经历风雨飘摇仍屹立不倒，生意遍布各个行业，资产难以清算。

族里分支众多，关系繁复，加上新一代继承人还未正式确定，内部更是钩心斗角，暗潮汹涌。

霍斯中是四房长子，在同辈中排行第三，各方面条件优越，是最有希望的继承人人选。身为霍家的准太子爷，他理应高高在上，呼风唤雨，此刻却被一个男人压得气势全无……

他们对他的身份越发好奇。

女人的眼神更是直勾勾地黏着霍斯衡，霍斯中已是相貌出众，这男人却更胜一筹。关键是，他身上隐而不发却让人无法忽略的气场，让人直觉那是真正身处高位者才有的。

霍斯衡无视周围赤裸裸的目光的窥探，俯身向前，嘴角微扬，说出的话却是让人不寒而栗："收起你那不安分的爪子，否则，伸一根，剁一根。"

霍斯中丝毫不怀疑这话的真实性，两人暗地里交手几次，自己次次都落了下风，东南亚的生意已经被搅得做不下去了，现在又想断他别的财路？

霍斯中的脸色难看到了极点，脖子处青筋毕露："你这是在威胁我？"

霍斯衡将烟头丢进杯里，嗤笑道："我以为已经够明显了。"

他说完，起身往外走。

霍斯中盯着他的背影，想到之前父亲说，他已经得到爷爷首肯，开始接手家族里的核心事务，再想到他当着朋友的面不给自己面子，还语出威胁，心中恨意更甚，咬牙切齿地挤了两个字出来："野种。"

走到门边的人忽然停了下来，霍斯中还未来得及做出反应，只觉得一股凛冽的冷风夹着肃杀之气扑面而来，接着，唇上一阵刺痛。

女人吓得"啊"地尖叫，十几双目光齐齐聚集在霍斯中褪去血色的脸上。他的人中位子不知被什么锋利之物割出一道口子，血缓缓地渗出来，沿着嘴唇正中间流向下巴，加上那紧紧抿成直线的唇，看起来就像一个十字架，说不出地瘆人。

这个变故是在眨眼间发生的，霍斯中连对方用的是什么凶器都没看清，然而，当他们惊愕地看向门口时，那道颀长的身影已经消失了。

女人心惊胆战，微颤着手从脚边捡起了一张扑克牌，边缘还染着血，正是他们之前玩的那副牌里的红桃"2"。

她坐得离霍斯中最近，自然听到了他骂"野种"，就是没想到，那男人竟以扑克代替刀片，连头都没回，就精准地回击了他言语上的不敬。

真是……太可怕了。

霍斯衡从包厢出来，等在外面的张长走过去，见他揉着眉心，面露疲色，担忧地说："衡少，上次的安眠药已经用完了，我待会再去梁医生那儿拿新的。"

"不用。"

张长在他身后若有似无地叹息，这失眠的毛病什么时候才能好，继续这样下去，他总有一天会猝死的。

凌晨两点多，霍斯衡回到金月湾的住处，进入卧室，床上的人已然睡熟。半晌后，他走过去，挨着床在地毯上坐下，屈起左膝，单手解开衬衫最上面的扣子。

他的头缓缓地靠向床，随着他的动作，脖子的线条渐渐绷紧，喉结凸出。姿态却是前所未有的放松、闲适。

空气里弥漫着淡淡的香气，清新怡人，他侧着脸，蓝灰色的被子隆起一团，那张脸莹白如玉，精致如琢，睡颜安然如初。

霍斯衡合上眼睛，沉入黑暗中。

或许，他已经找到了最好的安眠药。

清晨时分，整座城市还在沉睡。天边铺着薄薄的纱云，仿佛风一吹就会散开，慢慢地，朝阳升起，橘红色的光如同点点火星，刹那间将云烧成了玫瑰色，明净而绚丽。

木鹤悠然醒过来，伸了个懒腰后，想起什么，急急忙忙掀开被子查看，身下的床单干干净净，她不由得松了一口气。

昨晚她从公司回来，惊讶地发现床单已经被换了新的，打电话问谭绵，被告知可能是公司请的钟点工换的。星宇在生活上一向优待艺人，也不是没有这个可能，可她一想到那脏床单被别人看到……

木鹤羞窘地把脸埋在被子上，赖了一会儿床，她拿过手机，滑开屏幕，点进微博。

“万人血书跪求@木鹤出来营业！”

“你的千纸鹤小宝贝喊你出来除草啦！”

“哼、哼、哼，不娶何撩！”

“昨晚熬了通宵，就等着吸一口仙气救命了。求求你救救孩子吧。”

“强烈要求百万粉丝福利发自拍，同意的赞我！”

木鹤一怔，百万粉丝？她点开微博主页，粉丝数真的破百万了，虽然可能比不上别人的零头，可对她来说，粉丝数整整涨了二十多倍。

乌黑的杏眸染上欢喜之色，熠熠生辉，唇边的笑意也一点点扩大，她忍不住笑出声来。

这种感觉，大概只有那些一直在黑暗中踽踽前行，疲倦而清醒，最终被一抹微光照亮的人才懂得。

她继续刷微博，被一个叫“木鹤全国粉丝后援会”的账号吸引了注意力，昨天注册的新账号，关注“1”，粉丝数“2098”，微博只更新了一条。

“‘有鹤在云林，翩跹人世间’‘千纸鹤栖息地’第一条微博献给我们的女神@木鹤。”

木鹤翻完了底下的一百多条评论，顺手点了赞，然后从相册里找了一张白鹤振翅飞于湛蓝的湖面之上的照片，发了微博——

“早上好，你们想要的自拍。”

等她洗漱完回来一看，评论已经破两千了。

“啊，第一！”

“小姐姐早呀！”

“哈哈哈，我就喜欢你长得美，还这么调皮。”

“抱着就是一顿猛吸，啊，我又活过来了！”

……

木鹤舍不得错过粉丝的评论，去公司的路上还捧着手机，到了小会议室，如果不是谭绵提醒待会要开会，她可能会把每一条评论都认真看完。

两人坐了几分钟，叶汐来了，从她一进门，木鹤就察觉到她看自己的眼神不太一样，可能是因为这两天在网上的热度？

果然，叶汐一开口就提到了微博的事，其实，她也感到非常意外，直到现在还摸不准，木鹤这股红的势头是自然生成，还是背后有不为人知的推力？

单是入住金月湾这件事，就意味着性质并不单纯，可木鹤签的确确实实又是新人合同，这些天来，她也没有收到上面任何要特别关照木鹤的指示。

而且，凭着直觉，她觉得木鹤不是那种女人。

在圈里混了五年的经验和资历，并不足以让叶汐拨开眼前的乌云见月明，没办法，她只能“摸着石头过河”了。

“谭绵，你去联系一下后援会的会长。”对明星来说，粉丝经营也是很重要的，叶汐计划将这个后援会变成半官方的组织，方便管理。

“好嘞。”

至于木鹤的微博，她原本也想着收过来由公司打理，再三斟酌后，还是暂时放弃了。

叶汐把桌面的资料推过去，说出了这次会议的重点：“我帮你争取到了一个女二号的试镜机会，你先看看。”

木鹤没想到这么快就有工作了，打开资料一看：“《仙侠奇缘》？”

叶汐点头：“对。”

这是一部投资上亿的大型古装玄幻剧，由圈内有名的导演谢庆华执导，男主是演技派小生齐灏，双女主分别定的是东辰当家花旦钟离非和流量女星袁欣儿，阵容强大，制作和宣传班底都是业内一流。

这部剧两年前就开始筹备，本来下个月就要开拍，谁知原定的女二号在一次野外冒险的节目中伤了腰，无奈之下，剧组只能另外选人。

《仙侠奇缘》主要讲的是帝君下凡历情劫，和三个女人发生爱恨纠葛的故事。女二号犀音是南海龙王的掌上明珠，容貌清艳，绝美出尘，在人间和帝君相遇后，芳心暗许而不自知，一步步深陷情海，后来为救帝君，不惜盗取南海明珠，导致洪水滔天，生灵涂炭，犯下大罪的她被剔去龙骨，堕入魔道……

由于角色本身的复杂性，对演员的要求相应就高了，长得美是底线，最难把握的是气质，前期仙，中期既妖又仙，后期彻底黑化，最后返璞归真。

叶汐觉得木鹤的形象很符合，所以费了不少力气才争取到试镜的机会，不过竞争太大，也不抱什么希望就是了。

“汐姐，”木鹤看完资料，“我想演这个角色。”

叶汐定定地看着她眸底浮现的清亮的光芒，难得怔了几秒：“……好。”想了想，叶汐又说，“加油，我相信你。”

谭绵也给她握拳打气：“木老师，加油、加油、加油！”

另一个会议室里，赵亦可听说木鹤要去参加《仙侠奇缘》女二号的试镜，不屑地哼了一声：“就她这样要人气没人气，要演技没演技的十八线小花瓶，也配去试谢导的戏？”

不要笑掉别人的大牙了。

莉莉附和着说：“肯定是陪跑吧。谢导选角可严格了，就算是投资商，也要给他面子。早前有人想从他那儿走后门，被他在微博爆出来，痛骂了个狗血淋头，那人颜面尽失，从此见着他都得夹着尾巴走。”

谢导专治各种花里胡哨的名声也在圈里传扬开。

听助理这么一说，赵亦可就来了兴趣：“丽姐，我也想去试镜。”她想证明给某些只会蹭热度、买水军炒作的人看，什么是演技，什么才是真正的实力。

龙套就是龙套，女主角就是女主角。

赵亦可是演青春偶像剧红起来的，之后就没再演过配角，这次虽说是女二的角色，双女主光环下充其量算女三，但角色讨喜，演得好的话，很容易获得好的观众缘，而且谢导的作品有口皆碑，能在他手底下磨炼演技，对以后转型有百利而无一害。

罗丽答应下来：“行，我去安排。”

赵亦可轻抚着指甲上的碎钻，露出志在必得的笑容。

《仙侠奇缘》的试镜在后天进行，下午没什么事，叶汐干脆给木鹤放了假，让她好好准备一下。想到家里还空荡荡的，连吃的都没有，木鹤决定去一趟超市。

木鹤走出公司，看着列出的一长串购物清单，发愁了，谭绵长得小巧玲珑，估计力气还没自己大呢，有些不忍心麻烦她。

不过，木鹤很快就有了主意。

天高云淡，秋风习习，最适合约老朋友出来当苦力，啊，不，叙旧了不是？

木鹤从通讯录里找到电话号码，拨了出去，待接通后："郗衡，下午有空吗？"

那边说了什么，她站在金灿灿的暖阳下，笑得像只阴谋得逞的小狐狸："好，那我等你。"

半个小时后，木鹤到达市中心的超市，直奔生活区，等她把盐、酱油、蚝油等调料品挑好放进购物车，郗衡就出现了。

他永远是人群中最引人注目的存在，而且这个点超市里没有什么人，就更是鲜明突出。

木鹤眸中映着那由远及近的挺拔身影，想起英国著名的心理学家乔治·菲尔德曼博士说过："混血人种的面孔消除了人脸的不对称和差异，从而使人显得更加迷人。"

这些年来，中俄混血的他，顶着这张帅到没朋友的脸，一定将无数女人迷得神魂颠倒吧。

木鹤短暂地沉迷了一会儿美色，等他走到近前，毫不见外地将购物车推给他："要买的东西好多啊。"她回眸一笑，"还好有你。"

霍斯衡没说什么，看着她的背影，嘴角抿起若有似无的弧度，默默地推了购物车跟上去。

木鹤从架子上取了一个白底蓝花的碗，转身问他："好看吗？"

霍斯衡还是第一次来超市这种生活化的地方，更别说在“一个碗好不好看”的问题上给出意见了，好在木鹤不是选择强迫症，纠结一下就做出了决定。

她没有要成套的餐具，一来是家庭组合装，于她而言，数量太多，二来是怕有瑕疵。她细心地挑了六个碗，三分钟不到，同系列的盘子、勺子也陆续进入了购物车。

挑好餐具后，霍斯衡又陪她去选茶具。

不远处，张长和他的双胞胎哥哥张弓站在架子后，张弓面无表情地留意四周的情况，张长朝他递了个耐人寻味的眼神：“哥，如果不是亲眼所见，你敢相信，那位是衡少？”

他又简单地把那晚他们衡少帮木鹤擦靴子以及在会所遇见后，将她背回房间，为了不暴露她的身份，还特意让他去删监控的事说了出来：“说实话，即使是亲眼看到，我到现在也还是觉得很玄幻。”

还有，金月湾那套豪华江景房，明明一直是衡少在住，他那么谨慎、注重隐私的人，竟然会允许一个女人进入他的私密领域。

张弓比他淡定多了，双臂环抱，冷笑道：“如果不是亲眼所见，你敢相信衡少会陪女人逛超市？”

张长：“……”

尽管不知道他们是什么关系，可眼下这情景，怎么看怎么像是一对情侣在逛超市，或许，用“新婚夫妻”更准确？

毕竟连房事什么的都闹出来了……

张弓凉凉地瞥过去一眼：“少八卦，多做事。”

张长给自己的嘴巴拉上了拉链。

然而，当他看到木鹤让霍斯衡去搬一袋五十斤重的泰国丝苗米时，眼皮还是忍不住狠狠一跳。

住手……

这位小姐，您知道眼前这个被您当作小弟任意使唤的男人是谁吗？！

您怎么可以让他那双养尊处优的手去做这种粗重活！

张长眼睁睁地看着霍斯衡搬完丝苗米，又去搬花生油……

他扭过头，看不下去了。

木鹤不知道她和郗衡的一举一动都被兄弟俩看在了眼里，买完东西，结了账后，他们就离开超市回金月湾了。

中途，他们还去宠物店接了她的猫。

这只叫“碗碗”的白色短毛猫，木鹤养了一年多，它性子胆小、怕生，体质也不太好，前段时间生了病，她只好将它寄养在宠物店。

如今来到陌生的新环境，它感到格外不安，不管木鹤怎么哄，躲在猫笼里就是不肯出来。

木鹤只得放弃，进厨房洗手，给郗衡倒了一杯温水。

她捧着杯子出来，见他坐在沙发上，握着手机，下颌微抬，视线的尽头……是墙上的路由器。

她哪里还有不明白的？

“Wifi 密码是 xnhdam……”后面还有一长串数字。

木鹤将水杯放到桌上，在他的旁边坐下，拿过他的手机：“密码太复杂了，还是我来输吧。”

点进设置后，她惊讶地发现，他的手机已经自动连上了她家里的 Wifi。

木鹤：“？”

微微的困惑后，她想到某个可能性：“你的手机是不是安装了 Wifi 破解软件。”

上个住在这里的男人把密码设置得又长又复杂，她还以为可以提高安全性，结果不也被轻易破解了？早知道还不如用简单的“1”到“8”呢。

霍斯衡还在敛眉思索着要怎么解释这样的巧合，没想到她帮他想出了理由，他自然要顺水推舟。她坐得很近，淡淡的馨香萦绕四周，几缕发丝从她的肩侧滑落，轻轻扫过他的手背——微痒。

他并不排斥她的亲近，可心底浮现一种说不清、道不明的感觉，既陌生又难以捉摸。

“郗衡？”

霍斯衡从刹那的分神中收回注意力，抵着唇轻咳一声，承认了那压根不存在的手机里的破解软件：“……嗯。”

木鹤把手机还给他：“你先坐着，我去做饭。”下午他帮了大忙，她不好意思再叫他进厨房打下手了。

她晚饭向来吃得不多，以清淡为主，考虑到多了一个男人，就煮了番茄肥牛汤，炒了萝卜苗，还煎了两个蛋。

不到半小时，香喷喷的饭菜就煮好了，没有饭桌，她只好临时征用客厅的长桌。

霍斯衡长手长脚，空间略显局限，木鹤正想问他会不会坐得不舒服，谁知转过头来，他刚好换了姿势，长腿朝两边分开——

她迅速收回视线，在心里一遍遍地警告自己：木央央，虽然你好像看到了什么不该看的东西，但请你的思想一定一定要纯洁！

霍斯衡察觉她的异样，抬眸看了过去，嗓音清凌凌的，像雪山流下的泉水：“怎么？”

木鹤心慌意乱，下意识地摇头：“没什么啊。”

她在桌下交缠着双手：“……我只是在想，没想到还能和你坐在同一张桌子前吃饭。”

事实上，她还以为这辈子都不会再见到他了。

忽略那一丝感伤心情，木鹤看着陷入沉默的他，绽开笑颜：“可惜家里没酒，如果有的话，我们可以喝一杯。”

霍斯衡凝视着她的眼睛，仿佛要直入她的心，窥见真实的情绪，他的眼神几不可察地有了变化，半晌后，才说："我不喝酒。"

嗯？

木鹤发现自己并不如想象中那般了解他，从小长在莫斯科的人，竟然不喝酒？她忍不住问："为什么？"

"为了抵制诱惑。"

他说这话时，那双漂亮的桃花眼深处似乎掠过一抹笑意，如同暗夜的星空，有细碎的星光闪烁，更多的是藏匿着的、不为人知的黑洞，散发着诱惑以及……危险。

他不受诱惑，却是诱惑本身。

木鹤莫名被他激起了斗志，跃跃欲试："那我要定个小目标，争取让你破例一次。"

霍斯衡眼皮微抬："如果你成功了，我给你奖励。"

"一言为定！"

后来，木鹤想起这一天，颇有感慨，她原本想让他破的是酒例，结果破着破着不知怎么就……

"吃饭吧。"木鹤心情大好，"看看我的厨艺有没有退步。"

霍斯衡夹了几根青菜，骨节分明的手握着木筷，动作优雅，说不出地赏心悦目。从他的神色中，她已经得到了满意的答案。

吃完饭后，木鹤收拾好碗筷，放进洗碗机，擦干手从厨房出来，就看到霍斯衡站在落地玻璃窗旁。她走过去，和他并肩而立："这里的夜景还不错吧。"

当然不错，市值近三亿的房子，有着俯瞰这座繁华城市最好的角度，全景落地玻璃窗外，西子江尽收眼底，晚风徐徐，水面波光粼粼，卧着一轮银色月亮。

跨江大桥上，灯火辉煌，车水马龙，仿佛银河坠落人间。

霍斯衡低低地“嗯”一声：“是挺不错。”

木鹤轻声嘟囔：“其实，这房子除了家具少、太空旷、冷清，没有生活气息，周边也没地铁站、公交车站、商场、超市之外，其他都挺好的。”

霍斯衡一字不落地听进了耳里，长睫毛微垂，遮住浅淡的笑意：“你可以跟公司反映一下情况。”

“不用。”木鹤也只是随口说说，公司给的福利特别好，还给她配了司机，交通不便的问题已经解决了，何况她现在还没什么成绩，做人要知足才能常乐。

“对了，我带你去看一样东西。”

霍斯衡跟着她走进了家庭影院。

木鹤径直走到角落，掀开防尘的绸布后，一部精致的复古黑胶唱片机露了出来。她每晚睡前有看影视片段研究、学习老戏骨前辈们的演技的习惯，以前是在手机上看的，后来住进这里，发现了这间高质量的家庭影院，就理所当然地利用起来了。

唱片机可谓是另一个意外之喜。

木鹤把唱针放上去，悠扬的乐音缓缓地流泻而出，她回头看他，笑得眼儿弯弯：“郗衡，你听。”

霍斯衡的目光从唱片机上收回，落到她的身上时，变得格外意味深长：“《莫斯科郊外的晚上》。”

木鹤连连点头，她听不懂俄语歌词，是听旋律听出来的，问他：“歌名用俄语怎么说？”

他的侧脸隐在明暗交界处，眼神深深地看她，薄唇轻启，说出了一个名字。

男人的声音带着这种语言独有的韵味，低沉又动听，还有那么一丝磁性，木鹤听得耳朵都要酥了。

明快流畅的旋律中，她感觉好像来到了歌曲中那个深夜的花园，月光照流水，银晃晃……

如梦似幻里，木鹤看到他朝自己伸出了手，不明所以地交出手去，被他轻轻握住。

温热撞上微凉，坚硬碰到柔软。

她以为他是在向她邀舞。

然而，并不是。

只见他缓缓弯下腰，低头，在她的手背上轻轻落下了一个吻。

他的唇贴上肌肤的那一瞬，木鹤觉得心跳都停止了。

这是俄罗斯礼仪中，在正式场合上，男士对女士的问候方式。

纤长的睫毛狠狠地一颤，木鹤抬起头，直直地看向他。

他的眉骨高，衬得眼窝极深，可她分明没有从那深棕色的眼底看到意乱情迷之色，有的只是……一片清明。

喀喀，好像是她误会了，果然还是不纯洁啊。

木鹤飞快地从若有似无的暧昧中脱身，俏皮地眨了眨眼："我升辈分啦？"

——从晚辈升到了和他同辈。

霍斯衡俯身凑近，停留在绅士的礼貌距离，低声又说了一句俄语——

"央央，很高兴有机会再见到你。"

只有他才懂得这话的深意。

木鹤则是一个字都听不懂。等他离开后，她洗漱好，躺在大床上，望着头顶的璀璨星空，不停地琢磨——那句话到底是什么意思？

月落日升，循环往复。

很快，《仙侠奇缘》试镜的时间就到了，地点在荣安酒店十二楼。木鹤和谭绵提前来到，走廊里已经排起了长龙，前来试镜的不乏二三线女艺人，个个除了美，还是美，足以可见这个角色有多抢手、竞争有多激烈了。

试镜顺序和内容是由抽签决定的，一共三十个人，木鹤抽到了最后一号，至于具体试的是哪段戏，谭绵去打听了一圈，还是没得到什么有用的消息。

导演大概是想考验演员的临场反应能力吧。

因为是古装剧，剧组特地准备了化妆间，木鹤看了一眼，里面的服装师正帮一个穿着一袭白裙的女生整理裙摆，她还想再看清楚点，虚掩的门砰地被关上了。

木鹤收回目光，来到等候室，可能因为是生面孔，没有人过来和她攀谈，这个圈子里，等级分明，更别说她们还是竞争对手。

她在角落找了个位子坐下，安静地等着。

第一个试镜的女演员出来了，表情看不出喜怒，也不知道是什么情况。

第二个穿着白裙进去了。

第三个进去的穿着黑色长裙。

进进出出就黑、白两种颜色，大家看出点门道来了，不用说，白裙应该是演清纯龙女犀音，黑裙自然就是黑化后的，心里多少有了底。

试镜到一半，女演员进出的速度越来越快，有一个甚至红着眼眶出来，估计是被导演骂哭的。

气氛一改表面的平静，变得躁动起来。

等候室里的女演员只剩下三个时，赵亦可姗姗来迟，助理莉莉帮她抽到了二十九号，正好在木鹤的前面。

谭绵顿时有种不太妙的感觉，怎么赵亦可也来了？真是冤家路窄。

赵亦可和其中一个女演员是认识的，笑谈了好几句后，仿佛才看到木鹤似的："这么巧，你也在啊。"

木鹤礼貌地回以一笑："是啊，好巧。"

赵亦可自讨没趣，眼底闪过一丝厌恶，笑容却很甜："那，待会我们各自见真章喽。"

谭绵在心里翻了个白眼，压低声音问："木老师，快轮到你了，你会紧张吗？”

木鹤递了个放心的眼神过去，她做了很多准备工作，把角色研究透了，不管试的哪段戏，都有信心演好。

不料，变故还是发生了，穿白裙的二十八号女生估计被骂得很惨，哭着跑出来，谁也拦不住，一下就不见踪影了。

接着，棘手的问题摆在了木鹤的面前，她和赵亦可都被指定去演犀音初来人间的片段，而剧组准备的白裙只有两套，一套被二十八号穿走了，另一套……被赵亦可抢先霸占了。

谭绵顿时脸色发白：“我出去找二十八号！”

木鹤的神色看不出慌乱，心底却起了波澜，剧组之所以特地准备服装，就是为了考验演员和角色的契合度，演她这段戏的女演员都选了白裙，很显然，黑裙是为黑化的犀音准备的。

赵亦可换好服装，见木鹤对着两条黑色裙子出神，内心有说不出的畅快，看来连上天都在帮她呢。

她穿着那套仙气飘飘的白色长裙，扭着细腰进去了。

十分钟后，赵亦可结束试镜，出来看到木鹤已经认命地换上了黑裙，旁边站着哭丧着脸的谭绵。

赵亦可的目光充满了同情，轻咬下唇，语气无辜：“欸，我是很想把裙子换下来给你，可是，时间好像来不及了……”

谭绵紧咬住牙，默念：虚伪，全场的人里估计就你最希望我家木老师试镜失败吧。

木鹤则是笑意盈盈地迎上赵亦可的视线：“没关系。”

赵亦可怎么会看不出木鹤这是在强颜欢笑、打肿脸充胖子呢。她想，木鹤心里肯定不知慌成什么样了。她这次试镜特别顺利，制片人对她的表现赞赏有加，导演也对她的演技有所肯定，编剧更是表态，说她完全符合她心目中的犀音的形象。

这个角色，她十拿九稳。

赵亦可笑意更深："那你加油哦。"

她几乎可以想象，待会导演和制片人看到穿着黑裙去演清纯龙女犀音的木鹤，脸上会是什么样的表情了。

呵呵，何必来自取其辱呢，安心跑你的龙套不好吗？

赵亦可前脚刚走，工作人员就出来喊人了："三十号呢，怎么还不进来？"

谭绵满脸忧色："木老师……"

木鹤心态很好，笑道："尽人事，听天命吧。"

她提着裙摆走向试镜间，敲门，得到里面的回应后，闭了闭眼，又缓缓睁开，眼眸纯净，犹如雨后晴空。

然后，她推开门，走进去。

门开后，一抹黑色轻盈地晃入在场的五个人的视野中。

各人反应不一，资历最浅的导演助理忍不住揉了揉眼睛，低头看了看试镜片段，三十号试的确实是犀音初涉凡间的镜头，又看看一袭黑裙的木鹤，这……

他看向谢导。谢导定力最好，老神在在地端坐，面无表情地目视前方，仿佛根本没发现任何异样。

制片人互相交换了一个意味不明的眼神，好整以暇地把注意力重新投向木鹤。

至于那位女编剧，从木鹤进门后，眼神就没离开过她的身上，原本在回微信的手，紧握着手机，指节发白，像是在隐忍着什么情绪。

他们看着木鹤旁若无人地进入角色，开始表演，没有谁会想到去追究她不打招呼的失礼。他们的思绪几乎都被眼前这个明艳动人的女孩俘获。

她的气质太清灵了，极具视觉上的冲击力，让人头皮发麻，过目不忘。

美人在骨不在皮。真正的美，不是在脸上动多少刀子，即便整得再美，也只是虚假的表象，经不起时间的考验，真正的美是有灵魂的。

他们在木鹤的身上看到了这种久违的美。

黑色长裙非但没有折损她的气质，反而衬得她肌肤似雪，表情生动，尤其是她的眼神，格外清澈，将龙女犀音初来人间的懵懂与好奇诠释得淋漓尽致。

在场的人里，只有火眼金睛的谢导看出她眼底还藏了一丝怯意，他的眸色渐渐沉下来，表情倒是没什么变化。

导演助理发现了木鹤和其他试镜女演员的明显不同之处，她走路的姿态像是在跳舞，别说，还怪好看的，难道这独出心裁的表演是想让人加深印象？

其实哪里用得着，光是有勇气穿着黑裙来演这段戏，就足够令人印象深刻了。

不过，她可能打错如意算盘了，谢导的心敞亮着呢，肯定不会把这样的小把戏放在眼里。

突然间，导演助理一激灵，为什么她走路异于常人？因为犀音本来就不是人啊！犀音是初次从龙身变成人形，肯定不习惯人类的走路方式……

而前面的二十九个女演员，竟没有一人意识到这个细节！

他再次看向木鹤时，眼里添了几分复杂之色。

“原来，”木鹤说出唯一的一句台词，“这就是人间啊。”

她的眉眼间显露不食人间烟火的纯真，声调轻软，像温柔的风，轻拂过耳畔，丝丝余音，直入心扉。

在众人还没回神时，她已经结束表演，从犀音变回了木鹤。她微向前弯腰，清浅地笑着：“导演好，老师们好，我是木鹤。”

砰的一声，女编剧激动地站了起来，动作太大，带倒了椅子，她指着木鹤：“不，你是犀音！”

制片人笑着说：“你的形象很符合角色，演得也不错。”他看向女编剧，戏谑道，“这不，林老师还没出戏呢。”

另一个制片人也顺口夸了两句，接下来，就等谢导表态了。

所有人都看向谢导，只见他沉着脸，不发一语，气氛变得凝滞起来，女编剧语气带着希冀地小声喊了声：“谢导……”

木鹤虽然已经尽了全力，可说不紧张那是假的，很显然，两位制片人说的是场面话，编剧好像挺喜欢她，但没有太大的话语权，最后做决定的人是导演，而他，似乎对她的表演很不满意。

助理也在揣摩谢导的心思，木鹤不仅外形、气质出色，表演更是可圈可点，按理说，谢导不该是这种反应。他不负责任地猜测，难道是……那条黑裙的锅？

谢导沉默的时间越长，氛围就越尴尬。

助理只好清了清嗓子，对木鹤说：“你先回去等消息吧。”

通常这种说法，就意味着没有下文了。

既然如此，木鹤也坦然接受，她再次鞠躬，笑容真诚：“好的，辛苦各位老师了。”

只是，她转过身时，背后却有一道浑厚的声音砸过来：“不用等了。”

饶是木鹤已经做好了心理准备，还是忍不住心神一震，难道谢导真的半分面子都不给，要当场踢她出局？心中再怎么不平静，她面上还是淡定的，回头，不卑不亢地迎上谢导的视线。

这种风韵气度，放眼娱乐圈，同龄的新人中，绝对找不出第二个。

谢导对她的赞赏又多了些许，其实，除了外形、气质和演技，真正打动他的，是她对演戏的态度——如果不是真的热爱，是不可能全情投入，将自己变成另一个人的，而且，她心思细腻，观察入微，不管是眼神里的怯意，还是走路的姿态，都证明了这点。

他有种笃定的预感，圈内实力派女演员中，又要冉冉升起一颗耀眼的新星了。

谢导再次开口："犀音，合作愉快。"

木鹤一愣，什么情况？女编剧冲过来，一扫先前的失落，朗声笑着提醒她："谢导的意思是，定下你了！"

至于为什么谢导叫的是犀音，说明他也认可，木鹤就是犀音。

"天哪，真的……从你进门的第一眼，我就知道你是犀音了！"

惊喜来得太突然，木鹤好几秒后才有反应，指着自己："我吗？"

女编剧点头："除了你，不会再有别人了。"

谢导终于露出一丝笑意，算是回应。

感觉对了，一切就都对了。

女编剧拉着木鹤聊了几句，好奇地问："别的女演员都选了白裙来试这段戏，为什么你会反其道而行选了黑裙呢？"

木鹤笑道："其实我一开始也想着选白裙，只是……"

导演助理是个急性子："那为什么没选呢？"

她用半开玩笑的语气答："因为二十八号好像试镜不太顺利，哭着跑出来，直接穿走了白裙子，我的助理怎么都找不到她，所以，我没有别的选择。"

两位制片人、女编剧和助理没想到还有这样的变故，不约而同地笑着看向谢导，于是木鹤明白了，那女生肯定是被谢导骂哭的。

谢导甩甩手，理直气壮地哼道："就她演成那样，我还不能骂了？"

行、行、行，你是老大，你说了算。

尽管试镜过程略显曲折，好在结果是好的。

木鹤从试镜间出来，谭绵焦急地冲过去："怎么样？"

她大概猜到结果了，本来竞争就激烈，还发生了那样的意外，除非奇迹出现。

"什么？！"谭绵怀疑自己出现幻听，"木老师，你再说一遍！"

木鹤重复道："剧组那边说，下午会联系汐姐签合同。"

合同？意思是，角色到手了？！

“哇！”谭绵一蹦三尺高，“木老师，你真是太棒了！”

她怎么隐隐有一种“跟着木老师，就有捡不完的惊喜”的感觉呢？

两人走出去，看到几个记者围着赵亦可做采访：“亦可，你对这次试镜有多少把握？”

赵亦可的回答很官方，可从眼神到表情都透着自信，就差明着说“这个角色，我不费吹灰之力就拿下了”。记者又问了别的问题，她边说边用余光瞥着木鹤和谭绵，就像是在隔空示威一样。

察觉赵亦可看过来，谭绵立即化身小戏精，耷拉着脸，垂头丧气，还偏过头去装作抹眼泪的样子，其实是在偷笑，她心里早就乐开了花。

赵小姐，在记者面前，牛皮千万不要吹得太大哦，不然，到时破了，可就又要让大家看笑话了。

赵亦可把谭绵低落的反应收入眼底，越发肯定木鹤发挥不佳，胸口最后一丝郁闷之气，顷刻间消失无踪。等结束采访，她给经纪人罗丽发微信：三个“胜利”的表情。

然后，她往塑料姐妹群里丢了一条信息：今天心情好，晚上请吃饭。

下午，网上有个营销号发了一条微博：独家爆料！赵亦可已确定出演《仙侠奇缘》的女二犀音。

收到消息的可可粉们沸腾了！

沸着沸着，阵营就一分为三——

中立派：我就默默围观，不说话。

赞同派：“谢导的作品！这是强强联合的节奏啊，期待可仙可妖的龙女犀音。”

“可可这是要从流量型转实力派了？支持，支持！”

“挺好的，跟着大剧组，有助于提高演技。”

反对派就看不下去了：“非官宣不约！我们的小仙女绝对不给人当配角！”

可可粉起了内讧，另一边，木鹤已经顺利和剧组签了合同，并拿到了剧本。

日暮西斜时分，木鹤回到家，趴在地上看江景的碗碗走过来，她蹲下身，怜爱地摸了摸它的脑袋：“碗碗，等我赚了钱，就可以给你买更好的猫粮啦。开不开心？”

碗碗伸出粉色舌头，舔了舔她的手心，乖巧地喵了一声。

木鹤陪它玩了好一会儿，拿出手机给郗衡发信息，第一时间跟他分享好消息，他回复得很快，永远言简意赅——

“恭喜。”

她笑着退出页面，心想着，还不知道他现在是做什么工作呢，猜了好几个职业，感觉都不太适合他。

手机又是一震，这次是微信消息。

木鹤点进名为“建桥大学作战指挥部”的群，纪宁：“央央，你方便吗？帮我看看这份桥梁工程的方案，有点急哈。”

“好的。”

木鹤几乎整晚都用来看方案了。看完，她给了纪宁几点反馈意见，等躺在床上，时间已过十二点，沾上枕头就睡。

等她呼吸变得均匀，一道修长的身影推门进入，悄无声息，逐渐靠近床边。

睡在猫窝里的碗碗本能地察觉到了危险，跳到床上，以防备姿态将熟睡的木鹤护在身后，然后拱起瘦弱的背脊，努力让表情变得恶狠狠，试图吓退来人。

一人一猫，在黑暗中无声地对峙。

也许是认出了男人的身份，知道他没有恶意，又或许是那极具威慑的眼神充满了压迫力，碗碗最终败下阵来，懊恼又委屈地喵呜一声，回了猫窝。

霍斯衡淡淡地瞥它一眼，靠坐在床边，偏过头，眸中映着那恬美的睡颜，若有似无的清香仿佛是最好的催眠剂，他双手交叠着放在脑后，闭目养神。

久违的睡意出现，意识渐渐涣散时，霍斯衡感到脸上传来一阵暖意，睁开眼，她的手从被窝里伸了出来，手心正贴着他的脸，柔软而温暖。

她手心的温度一点点地柔化了他清冷的侧脸线条，他再次闭眼，眼角浅浅上扬着弧度，有说不出的勾人。

两道呼吸声交织，空旷的室内弥漫着温情。

而此时的网络世界，却闹得沸沸扬扬，满城风雨。

导火线正是《仙侠奇缘》官博发的一条微博。

在经历一番激烈的内部争斗后，可可粉里的反对派取得了绝对性胜利。他们强烈控诉出演女二号是对他们女神的最大侮辱，然而，随着越来越多营销号下场，基本将赵亦可出演犀音的消息捶实。

可可粉慌了，嘴里嚷着不相信，但身体还是很诚实地跑去赵亦可的微博下苦口婆心地劝——可可，你一定要擦亮眼睛啊，千万不要自降身价去演什么女二号，你永远是当之无愧的女主角！

在可可粉自嗨得不行时，《仙侠奇缘》官博发了一条官宣加辟谣微博："欢迎龙女犀音@木鹤。"

一石激起千层浪。

千纸鹤欢天喜地得像过年，而可可粉在全面蒙掉。

什么？！竟然把我们可可的角色抢走了？！

是可忍，孰不可忍！

于是，可可粉再次凭借实力，将木鹤送上了热搜榜。

目瞪口呆的吃瓜群众——

"你们有没有发现，可可粉好像是旺木鹤的体质啊？"

"朋友，你真相了！"

漫长的一夜，碗碗连眼睛都没合，一直守着木鹤。见她醒来，它立刻摇着尾巴跳上床，在她的手背上舔了一下："喵！"

昨晚你睡着后，那个男人进来了！

木鹤轻点它的鼻尖："碗碗，早啊。"

碗碗急得不行，绕着床边某块小区域走了一圈又一圈："喵喵！"

看，这褶皱就是他睡出来的！

木鹤以为它是不习惯新环境，身子半趴过去，黑发如瀑般铺在床上，她挠了挠它的下巴："乖啊。"

意识到没有办法让她准确地领会自己的话，碗碗焦躁地走来走去，似乎想到什么，它跳下来，径直走到那面正对着床的墙下，举起爪子敲了敲："喵喵喵！"

他就在里面！

我亲眼看到的，墙会裂开，开得像门那么大，里面还有个房间，他走进去了！

碗碗号叫了两嗓子也没得到回应，扭头一看，木鹤正发着呆。它舔了舔嘴角，耷拉着尾巴回猫窝补眠去了。

唉，作为一只猫，它真的是独自承受了很多很多啊。

木鹤还趴在床上出神，她似乎从碗碗刚刚站的地方闻到很淡的松香味，像极了郗衡身上的气息，然而，细闻时，又好像消失了。

她摇头失笑，觉得自己可能刚醒，思绪迷糊，她的床上怎么可能会有他的气息？

右眼皮毫无预兆地跳了一下。

左跳财，右跳灾。

木鹤想起以前还就这个说法跟郗衡讨论过，她觉得左眼皮跳意味着好运，右眼皮跳是霉运，他则认为左眼皮跳是把好运跳走，右眼皮跳是把灾祸跳走。

当时谁都没有说服谁。

想到这里，木鹤摸到手机，解除飞行模式后，给他发了一条信息："右眼皮跳得厉害，我还是觉得是……"

将"凶兆"的拼音打出来，页面出现一排同音备选词，刚好这时谭绵的电话打进来，她手疾眼快地选好了一个词，信息发送出去后，才接通电话。

那边传来一个中气十足的声音："木老师，可可粉又把你送上热搜榜啦！"

木鹤右眼皮又是一跳。

同一时间，衣帽间里，霍斯衡光着上身，下面松松垮垮地挂着一条黑色长裤，从肩、背到腰腹的线条冷硬分明，尤其是那呈现"V"字形的人鱼线，斜坠而下，没入黑色布料中，顺着左侧腰线，有个黑色文身，只露了边角轮廓，看不见全貌，显得神秘又勾人。

霍斯衡留意到了外面的动静，眉梢略挑，她今天醒得比他预计中的要早，桌上的手机"叮"了一声，他漫不经心地瞥过去，亮起来的屏幕上浮现熟悉的名字。

他继续挑衬衫，统一的黑色，样式却有差别，每件的衣领暗纹和袖扣都不一样。他很快挑好一件，穿上，一粒粒地系好扣子，利落地将衣摆收进裤腰，又抬手拿了一条皮带……整理妥当后，他捞过手机，解锁进入，查看她刚刚发的新信息——

木央央："右眼皮跳得厉害，我还是觉得是胸罩。"

霍斯衡眉心微蹙，又缓缓松开，眸底深处滑过一丝玩味的笑意。

他根本无须疑惑这奇怪的内容，很显然，她打字选词的时候，选错词了。

他换了个随性的姿势，又看一遍那两个字，觉得有些棘手，一时之间，不知道该怎么回复。

一墙之隔的卧室里，木鹤坐在床尾，周身笼着一层淡暖的晨光，白皙如瓷的肌肤被映照得呈现出通透的美感。她将颊边几缕碎发捋到耳后，安静地听谭绵继续激动地说着：“营销号不知怎么就发出赵亦可即将出演犀音的消息，可可粉一听就不乐意了，我们女神怎么可能去演女二号？！他们将各个营销号骂了一遍，一边骂出演犀音是对赵亦可的侮辱，一边跑到她的微博下哭天喊地，劝她千万不要想不开，自毁前途。然后，重头戏就来了——”谭绵特地提高音量强调，“《仙侠奇缘》官博简单粗暴地发了一条微博，直接宣布，欢迎龙女犀音@木鹤。”

可可粉猝不及防地被这条微博整蒙了，反应过来后，又开辟了新的脑回路，可可的角色被抢了？！

将木鹤送上热搜榜后，有些可可粉就开始膨胀了，甚至跑到《仙侠奇缘》官博下阴阳怪气地说：“不是就好，谢谢放过之恩！”

“我就说，可可怎么可能看得上这种不入流的小角色，演女一号，我都觉得委屈了她。”

“人家就是不想蹭你家的热度才火速澄清的。”

“你们家主子确实‘主动’去试镜了，还接受了记者的采访，有视频为证。乖，睁大眼好好去看看我的置顶微博，别整得娱乐圈就跟你们家似的乌烟瘴气。”

……

围观的网友们嘲笑了赵亦可和她的粉丝一通后，纷纷对木鹤饰演的犀音表示期待，并顺手对其加了关注，一夜之间，木鹤又涨了二十万的粉丝。

“我宣布！实锤了！可可粉果然旺木鹤！”

“全体可可粉，朋友，爬墙了解一下？良禽择‘木’而栖啊。”

谭绵汇报了网上的情况，又大笑一通后，才结束通话。木鹤没有登录微博，而是放下手机，进浴室梳洗。

另一边，赵亦可简直要被自己的粉丝气死了！

起初，营销号放出消息，她是乐见其成的，毕竟她对这次试镜很有把握，不是没想过粉丝会抵制。有争议才有关注度和热度，等时机差不多了，她再来一篇真情实感的小论文，粉丝们就会被哄得服服帖帖，这是以往惯用的营销方式，可她小论文才写到一半，就听说《仙侠奇缘》官博辟谣，确定犀音由木鹤出演！

这对赵亦可来说绝对是晴天霹雳。她又是难以置信，又是愤怒难堪，正如网友们说的那样，尽管她一个字都没表态，可那些巴掌是对准她的脸来的。

怎么可能？！她居然被专门跑龙套的木鹤打败了？！

稍微平复情绪后，赵亦可想到一个可能性，犀音的角色到手本来就是板上钉钉的事，会不会是因为粉丝抵制得太厉害，引起剧组，特别是谢导的反感，所以才中途换人？

赵亦可没那个脸亲自去问，只能拜托罗丽帮忙打听，罗丽也被她惹出的事闹得头疼不已，厚着脸皮联系剧组的工作人员。对方不冷不热、非常客气地告知："没有中途换人这种说法，从一开始定下的就是木鹤。"

赵亦可得知后，手心都凉了："不可能！绝对不可能……一定是木鹤用了手段抢走的！"

不行，她得想办法阻止。

她得不到的东西，木鹤也别想得到！

赵亦可想搞垮木鹤，又不想沾一身腥臊，她想起之前听说，木鹤因为拒绝东兴企业郑总的包养，得罪了他，后面就负面新闻缠身，彻底被封杀。

然而，当赵亦可辗转托人和郑总搭上线时，才得知他正处于人生的最低谷，不仅公司破产，妻离子散，人还被债主捅了一刀，眼下正在医院养伤。

别说赵亦可，连郑总本人都觉得恍惚，自己是怎么在短短一周内，先后经历了公司被查偷税漏税，股票大跌，资金链出现问题……从人生赢家变得一无所有？

后来，郑总辗转得知，自己是得罪了富春城霍家的人，因此更加迷茫了，他从未和霍家有过交集，又何来的得罪？

他怎么都想不通。

再后来，他养好伤后，从市中心医院转去了郊区的精神病院。

既然郑总指望不上，赵亦可就只能靠自己了，借鉴郑总黑人的经验，再加上她的能力，不愁把木鹤搞垮。

木鹤不知道赵亦可误会角色中途被抢，恼羞成怒地在背地里搞针对，也不知道自己即将迎来一波全网黑。她从浴室出来，拿起手机，疑惑郗衡怎么还没回信息，难道还在睡？

她点进信息页面，吓得差点把手机摔了。

“右眼皮跳得厉害，我还是觉得是胸罩。”

胸罩？！

热意、害臊齐齐涌上面门，木鹤的脸颊和耳朵热得不行，感觉自己好像要自燃了。她懊恼地咬唇，完全不敢想象——他看到这两个字会是什么反应。

太尴尬了。

太丢脸了。

太难为情了。

简直羞耻度爆表……

如果能把信息从他的手机里毁尸灭迹就好了。

要不，她再给他发几十条信息，刷屏，把这条顶上去？

应该、大概、或许可行。

不行。以他的性子，肯定会一条条地看，而且是认真地看，发现她欲盖弥彰的行为后，说不定会笑得更厉害。

天哪，为什么要给她出这样的难题？

木鹤内心天人交战一番后，决定还是老老实实地直面问题，不就是不小心手误把“凶兆”打成了“胸罩”吗？大家都是成年人了，不至于揪着这点小错误不放吧？

删删减减，木鹤终于写好了信息发过去：“可不可以……装作没看到？”

好吧，她承认，在这种暧昧的问题上，尤其另一个当事人还是郗衡，她就是的。

发送成功后，木鹤隐约听到叮的一声，低头看看自己的手机，没新消息啊。她四处张望，房间里也只有她一个人，她盯着面前的墙，刚刚声音好像是从墙的后面传过来的？

墙后的衣帽间内，霍斯衡闲散地倚桌而立，修长的手握着手机，眉眼低垂，漫不经心地在发送框里输入文字。

木鹤还犹疑着要不要去敲墙，看看是不是中空时，郗衡的回复就来了。

她点开一看：“不可以。”

# 第三章

# 月光照流水

木鹤进浴室洗了一把脸，依然没能阻止面上的热度扩散，她在屋里走了一圈，来到盛满阳光的露天大阳台，天空蓝得纤尘不染，如同一幅广袤无垠的纯色画卷。

远山衔金叠翠，近水绿波翻涌。

微风拂面，吹得颊边的碎发飘动，木鹤闭上眼睛，惬意地伸了个懒腰。

热意渐渐退却，她的面颊却染了一层浅浅的粉色，白里透红，明艳动人而不自知。

在阳台待了十几分钟，平复好心情后，木鹤进厨房煮早餐，当她打开冰箱，看到里面的果蔬和牛奶，想到这些都是郗衡帮忙提回来的，脑中就像形成条件反射一样出现两个字——胸罩。

那种好不容易才压下去的羞耻感又回来了。

她总是控制不住地去想郗衡看到时会是什么反应，回复她“不可以”时，又是什么表情？

她越想，就越觉得干脆挖个洞把自己埋了算了。

而此时，虚拟的网络世界里，在看到赵亦可去参加《仙侠奇缘》剧组的试镜视频后，可可粉们更加怒不可遏，原来女神真的被人抢了角色！

谢导却对这种“粉丝多即正义”的恶臭风气看不过眼，他在个人微博上为木鹤发声：“犀音的演员是我定的，有什么气，尽管往我这儿撒。”

谢庆华在圈内是出了名的耿直，有一说一的性子，众人皆知，谢导的后门焊得死死的，永远都别想走通，上个动了歪心思的男演员还被他挂在微博置顶上呢。

关于木鹤靠不正当手段拿到角色的谣言自然不攻自破。

这条微博言简意深，字字珠玑，一为木鹤澄清，二来矛头虽然指向可可粉，但稍微有点眼色的人都看得出，这是在隐晦地提醒、警告赵亦可，顺便还给她留了三分颜面。

大家都是一个圈子的，没必要闹得太难看，点到即止便可。

在大粉的约束下，可可粉们偃旗息鼓。

而“期待《仙侠奇缘》，期待木鹤的犀音”的评论则是直冲热评第一，点赞数过十万。

接着，木鹤发微博对谢导表示感谢，并表示会用心去演犀音的角色，希望不会让大家失望。

至此，这场风波就算停息。

没想到的是，傍晚时分，一个拥有五百多万粉丝的营销号发了一条细数木鹤十宗罪的长微博，掀起了另一场轩然大波。

娱乐圈那些事儿V：@木鹤，出来挨打。

该博主将木鹤过去的负面新闻都翻了出来——虐待流浪猫、虐待助理、被包养、耍大牌……一共总结出了十宗罪，后面九条附的都是一些捕风捉影、制造噱头的猜测，可虐待流浪猫……是有实锤的。

博主特地单独将这条负面新闻另外发了微博：“木鹤虐待流浪猫，手段极其残忍！”只有几秒的视频里，天色昏暗，木鹤站在她的住所附近的垃圾桶旁边，怀里抱着一只血淋淋、奄奄一息的白色小猫，神情仓皇无措。

其实，这个视频之前就有了，是网传的木鹤所有黑料中最具分量的。被曝光后，她不仅引来无数骂声，还导致了演艺事业的滑铁卢。

这个博主虽然当时没有在现场，可一点都不妨碍他以目击者的角度悲愤地还原了事件真相：“木鹤因工作不顺，竟残忍地对流浪猫施暴！

“在进行惨无人道的虐待后，为掩人耳目，她趁着天黑，将猫的尸体丢进垃圾桶，意图消灭罪证！

“……被当场抓了个现行，她面露惊慌之色，匆忙逃窜。”

她被包养也好，耍大牌也好，网友们还可能以吃瓜群众的心态围观，可对虐待流浪猫、肆意践踏动物的生命尊严这种底线问题是绝对不能容忍的！

这条微博一发出，立刻引发了动物保护人士和无数“铲屎官”的强烈谴责和抗议。

千纸鹤被挤到角落，抱团瑟瑟发抖，有些人心里也对木鹤的人品产生了怀疑。

很快，“木鹤虐待流浪猫”“木鹤十宗罪”先后挤上热搜榜。

木鹤先后接到叶汐和谭绵的电话，才知道自己所谓的黑历史又被翻出来，还上了热搜榜，其实她已经见怪不怪，而且有所预感了。

那个人当初就是用这些黑料，几乎毁掉了她，如今看着她有东山再起的趋势，他又怎么可能坐视不理？

叶汐被这猝不及防的一波黑料弄得焦头烂额，再三叮嘱她不要回应，一切都由公司公关团队处理。

谭绵则是安慰了她好一通：“木老师，我相信你的，你绝对不是他们说的那种人……”

木鹤听得心中暖意滋生：“谢谢你，绵绵。”

谭绵是第一个在这样的情形下还愿意选择相信她的人。

挂断电话后，木鹤登录微博，尽管提前做好心理准备，但她还是被吓到了，最新微博下，评论数突破五十万，点开来一看，百分之九十九点九九都是骂她的。

爱猫人士：“家里养了两只猫的我真是看得心都要碎了！”

她用手滑下来，满屏都是不堪入目的评论。

她从一出生就被母亲抛弃，根本谈不上有什么感情，只要不牵涉到从小把她养大的爸爸，那些评论对她来说，攻击性并没有网友们想象中的那么强。

几乎同时，远在千里之外的南城首富丁吾接连打了好几个喷嚏，旁边的丁以茉关切地问：“二伯父，您没事吧。”

“没事，可能不小心着凉了。”

丁吾看着眼前出落得亭亭玉立的侄女，眼中浮现一丝欣慰：“以茉，和霍家联姻的事，你怎么看？”

丁以茉不由得想起了那个冷峻的男人，面含羞色：“一切都听从二伯父的安排。”

丁吾年轻时也是名动南城的花花公子，风流债数都数不清，怎么会看不懂侄女那点小女儿家的心思。他慈爱地拍拍她的手：“好，好。”

说着，他再次偏过头去，打了一长串的喷嚏。

奇怪，到底是怎么了？

网络上恶评满天飞，要说木鹤不受一点影响是不可能的，她到健身房运动了半小时，休息后又去泡了个澡，浑身清爽，认真地沉浸在剧本中。

碗碗乖巧地依偎在她的身侧，懒洋洋地打了个呵欠。

暮色渐深，天边只剩下一条金橘色的光带。

这些天到国外出差的霍斯文一下飞机就听说木鹤被全网黑的消息，半点工夫都没耽搁，直奔郊区的私人山庄。

当初四叔把人交给他，就一个要求，只要她玩得开心。

依照现在的情形，估计她都哭得梨花带雨了吧？

等来到包厢，看到霍斯衡面目平静，面前还摆着一杯清香袅袅的茶水时，霍斯文心里就有了某种不太好的预感，硬着头皮问道：“四叔，木小姐她……现在还好吧？”

霍斯衡微眯起眼：“她怎么了？”

什么情况啊，这是，四叔竟然还不知道？

霍斯文错愕片刻，没有半分隐瞒地把自己知道的事情说了出来，也无须辩解，四叔那儿自会有他的衡量。

霍斯衡没说什么，长指轻抚茶杯的边缘，指尖沾了淡淡的茶香。霍斯文习惯揣测他的行为、他的表情，但还是摸不透他此刻的心中所想。

时间一秒又一秒地安静地流逝。

直到霍斯衡在杯沿敲出了一声清脆的“叮”，霍斯文才回过神，严阵以待，不料，四叔只是摆了摆手，让他出去。

霍斯文出门后，犹如置身迷雾森林，自头顶倾泻而下的橘色灯光将他的身影映在地毯上。他走了几步，忽然想起之前在酒会上听说东兴企业破产倒闭的消息，如果没记错的话，东兴那位郑总，就是当初潜规则木鹤不成，恼羞成怒打压她的人。

这种并不陌生的行事风格，很显然……是出自四叔。

难道这次，他也要亲自出手？

霍斯文觉得需要重新衡量一下那位木小姐在四叔心里的分量了。

包厢内。

霍斯衡正低头查看手机，金月湾住所的客厅安装有隐形监控设备，系统会自动推出有人像的视频，很快，屏幕上出现一道纤细的身影。

乌黑的长发铺在后背，肩膀一抖一抖的，似乎……在哭。

他看得心莫名一紧。

片刻后，霍斯衡退出视频，直接拨通她的手机。

铃声响起时，木鹤还沉浸在犀音的悲伤情绪中，不能自拔。她摸到手机，朦胧的视野中跳动着“郗衡”两个字，微愣后，连忙擦掉眼里的泪水，还心虚地瞥了眼胸前。

做好心理准备后，她接通电话，尽管已经尽力克制，发出的声音还是带着哽咽：“郗衡。

“嗯，一起吃饭？”

木鹤偏头看向窗外，之前太沉迷了，不知不觉天色已全黑，玻璃上映着她的影子，形单影只，她面上依然笑意嫣然，手却悄悄握紧了手机：“嗯、嗯，那我等你。”

他们去的是金月湾附近的一家私人菜馆，环境清幽，隐秘性好。进入包间后，木鹤摘掉帽子和口罩，轻轻地呼了一口气。

网上对她口诛笔伐的都是年轻人，战火暂时还没在三次元蔓延开，就比如负责接待他们的中年女人，哪怕看见她的脸，也没什么异样反应。

霍斯衡的目光不动声色地锁着对面，女孩子歪着头，清亮的黑眸微微弯起，看似心情愉悦，可眼眶处怎么都遮掩不了的通红，还是泄露了哭过的事实。

他面色沉静，桌下，手背上的青筋隐隐浮现。

见他一直盯着自己看，木鹤纠结着是先解释手误的“胸罩”，还是哭红的眼睛，比较了一下，还是后者不那么尴尬：“我以前最怕的是拍哭戏，因为怎么都进入不了状态，只能靠滴眼药水蒙混过关。”

后来她才学会怎么去和角色真正地合二为一，同悲欢，共喜乐。

木鹤看他眉峰微敛，表情存疑的样子：“你信不信我现在就能做到瞬间进入哭戏？”

反正包间里只有两人，她当场就给他来了段即兴表演，眸底浮现隐约的水光，聚集成泪，要掉不掉，眼角的微红渐渐晕开，看起来楚楚可怜，哭腔和气音也拿捏得恰到好处。

“青离，我恨你，要是从来没遇见你就好了。”

珠帘外，端着茶水的阿姨脚步猛地顿住，竖着耳朵，听到里面的女人悲痛欲绝又隐忍地哭着，支零破碎的字眼传出来：“禁锢人身自由，切断与外界的联系……求求你，放我离开，好不好……”

阿姨转身匆匆离去，两分钟后折返，掀开珠帘进去。

木鹤刚好完成了即兴表演，见阿姨来送茶水，怕她误会，赶紧抽了两张纸巾擦眼泪，还不好意思地对她笑了笑。

阿姨的脸色越发凝重，眼风扫了扫男人，长得人模人样的，没想到……

她放好茶水，侧身时装作不小心碰落纸巾，一边道歉，一边弯腰去捡。

就在这时，木鹤发现手里被她塞了一张小字条，不明所以地打开一看——

“姑娘，需要帮忙报警的话，你就眨三下眼。”

报警？报什么警？为什么要报警？

木鹤在发蒙一会儿后，终于反应过来，阿姨是听到了她刚刚念的台词而产生了误会，顿时有些哭笑不得：“阿姨，您误会了。”

她简单地把事情解释了一遍。

阿姨明显一个字都不信，甚至认为她是在男人的胁迫下才不得不这样说，如花似玉的小姑娘，被非法禁锢，失去人身自由，还口口声声为对方辩解，连演戏念台词这种荒唐的理由都找得出来，背地里不知道遭受了什么可怕的折磨，才会导致心理这般扭曲。

阿姨心中同情更甚，母鸡护雏似的把木鹤挡在身后：“姑娘，你别怕。”

木鹤真的是跳进黄河都洗不清了，求助地看向郗衡，哪怕在阿姨凶狠狠的瞪视下，他依然是那副气定神闲的样子，收到她眼神中的信号，不由得想起上次，钟点工因为看到床单上的大团血迹就联想到房事的事……

霍斯衡嘴角微挑，回以意味深长的一眼后，继续垂眸整理袖口，大有隔岸观火、谁惹的事谁解决的架势。

木鹤只能冒着被曝光的危险，从手机里翻出剧照和小视频，向热心的阿姨证明她确实是演员。

阿姨这才明白自己闹了一场乌龙，她弯腰鞠躬，为刚刚唐突的行为道歉：“对不起，先生。”

“没关系的，阿姨。”木鹤温柔地笑着，“非常谢谢您愿意为一个陌生女孩子挺身而出。”

阿姨反而有些不好意思了，做母亲的，最担心的无非就是孩子在外面受到伤害而孤立无援，将心比心，如果她选择漠视的话，良心会不安的。

她想到家里追星的女儿："对了，你是演员，也是明星吧，能不能帮我签个名？"

木鹤有些不自然地避开她热情的视线："……当然可以。"

木鹤这个名字正在被全网疯狂地黑，她只好签下小名：木央央。

阿姨双手接过来，道谢后就出去了。

木鹤松了一口气，要是阿姨在误会后真的报了警，他们现在就不会还坐在这里，而是在片区派出所了。

霍斯衡慢条斯理地倒了一杯茶水放到她的前面，想到他刚才的袖手旁观，她忍不住在桌下轻踢了一下他的脚，在他看过来时，她无辜地眨眨眼："哦，不小心碰到的。"

他将她暗藏的小心思摸了个门儿清，却没点破，连自己都没察觉地……纵容着。

一会儿后，阿姨把四菜一汤端上来，木鹤已是饥肠辘辘，舀了两碗汤，大方地分他一碗，然后低头喝了起来。温热的液体流入喉咙，一路抵达胃部，有种妥帖而踏实的温暖。

果然，美食才是最治愈人的。

她像只贪吃的小松鼠，嗯，这个好吃，那个也好好吃，吃得腮帮微鼓，眸底也被笑意点亮，仿佛万千繁星齐齐涌现。

霍斯衡却没怎么动筷子，一直在看着她吃，压在心底深处的担忧烟消云散，来的路上谋定的计划也一并推翻，以他对她的了解，她不可能任由事态愈演愈烈。

就算她真的不能解决，不是还有他吗？

木鹤难得在晚上吃了个七分饱，心满意足，眼睛都笑弯了。

又坐了十分钟，他们就打算离开了。

还好回去的路上没有堵车，路宽且直，各式各样的车子缓缓流动，汇聚成一条灯河，在尽头处和夜空相接。

木鹤坐在副驾驶座上，看旁边的郗衡有条不紊地打着方向盘，车窗外的灯光扑闪着从他线条刚毅的侧脸掠过，落下柔和的光影，忽而又沉入黑暗中，忽明忽暗，像在看一场慢节奏的黑白电影。

“郗衡。”

霍斯衡目视前方，一边超车，一边漫不经心地“嗯”了一声回应她。

木鹤等车子顺利变道后，才问出心中的疑惑：“你现在是在做什么工作啊？”

等了几秒没得到回复，她以为他没听见，正打算再问一遍，听到他低低地笑了一声：“帮人打杂。”

如果霍老爷子听到这句话，估计会被气得吐血，偌大一个霍家，在他眼中居然形同三流小作坊？！

木鹤也感觉挺不可思议，探究的目光在他的身上流连，怎么看都不像是打杂的，而且就他那清高的性子，会给别人打杂？她还想再追问，可看到他眼角隐约染上笑意，注意力就被分散了，眼睛一眨不眨，他长得真好看啊。

按理说，她早该对美色免疫了，可他身上有一种独特的气质，是超越漂亮皮囊的存在，让人明知道很危险，还是会控制不住地陷进去。

这样的男人，不知道会被什么样的女人收心？

“郗衡，”木鹤轻声问，“你有女朋友吗？”

刚好是红灯，霍斯衡稳稳地停下车子后，偏转视线，以格外耐人寻味的眼神看着她，片刻后，他才勾了勾唇，弯起食指在她的额上轻弹一下。

意思很明显——大人的事，小孩别管。

木鹤感到眉心一疼，故作生气地瞪向他，嘴巴微嘟：“坏死了。”

不说就不说，怎么总是欺负她。

霍斯衡笑意更深，搭在方向盘上的长指有一下没一下地敲起来，眼梢也呈现出愉悦的弧度。

对面的路上，有一辆红色的玛莎拉蒂，赵亦可坐在后座上，刚和小姐妹聚完会，喝了点酒，醉意略微上头。她握着手机，屏幕上显示的是木鹤的微博页面，看到铺天盖地都是骂声，她的心情好到了极点。

绿灯亮了，前面一辆辆车子的刹车灯暗下去，霍斯衡也松开脚刹，黑色车子缓缓前行，二十分钟后，开过跨江大桥，金月湾就近在眼前了。

不知道下次见面会是什么时候，木鹤心里涌现一丝不舍，可再怎么不舍，也不可能把他留下的。

她只能眼睁睁地看着他在夜色中离开，直到彻底消失。

木鹤在电梯里时才想起来，关于“左眼跳财，右眼跳灾”的问题，依照现在被全网黑的情况，她才是对的。当然，她不可能再跟他讨论这个问题了。

回到家，趴在门边的碗碗听到动静，立刻跑过来，喵喵喵地绕着她打转。

木鹤弯腰抱起它，蹭了蹭它的鼻尖：“碗碗，待会可能要辛苦你出一下镜啦。”

碗碗像是听懂了她的话，欢快地喵了一声，尾巴摇来摇去。

木鹤拍好视频后，给叶汐和谭绵分别发了一份，正要放下手机，谭绵的电话打进来了：“木老师！你刚刚给我发的视频……”

“天哪，看得我头皮发麻，快要炸裂了！今晚可能都睡不着了！”

叶汐也在拨打木鹤的电话，可惜被谭绵抢先一步，电话占线了，她只好打给公关部：“之前的通稿不能用了，我这里有一份新的内容……好的，辛苦你们加班了。”

从“娱乐圈那些事儿”爆出木鹤黑料的那一刻起，叶汐就忙得连喝水的时间都没有，尽管和各大平台打了招呼，也设置了屏蔽关键词，但明显有人买水军带节奏，关于木鹤的负面评论还是层出不穷，她都快心力交瘁了。

还好木鹤给她发了那段视频，今晚终于可以安心地睡个好觉了。

睡前，叶汐给木鹤打了电话，沟通好各个细节，直到手机发烫才结束通话。

木鹤也准备睡了，躺在床上，望着繁星点点的夜空，一个没忍住，点开了微博。

私信早就爆炸了，排在前面的是后援会发的，是一张群里的截图，粉丝们都在支持她，坚信她不会做出那种丧尽天良的事。

木鹤看得眼眶微热，她一定不能被打倒，不只是为了自己，还为了他们，为了将来有更大的能力给予他们爱护。

最新的微博下的评论已经突破五十万条，木鹤直接选择无视，把手机调到飞行模式，放到一边，闭眼睡觉。

只要断网断得快，网络暴力就不可能追得上她。

这一夜，无数网络喷子杀红了眼，精神抖擞地奋战到天明。木鹤则是安稳地睡了长长的一觉，在清晨的阳光里醒来，照常去蚂蚁森林收了能量，到庄园给小鸡喂了饲料后，才进浴室洗漱。

上午九点整，木鹤发了一条微博视频：“我一直都觉得，与你相遇是生命中最美好的事之一。”

关注她微博的黑粉们连视频都没点开来看，就怼上了——

“你怎么还敢发微博？！”

……

终于有人看完视频，发现不对劲了。

“是我的错觉吗？视频里的猫和当初被她虐待的那只长得好像啊。”

“＋身份证号。你不是一个人！”

“细思极恐，我觉得可能不只是像的问题，这完全是一模一样好吧。”

“难道……有反转？”

圈内有个“三天黄金洗白期”的说法，就算再怎么拖时间炒热度，也不能超过三天，到时人走瓜凉，谁还关注所谓的真相？网友们没想到的是，这瓜还热乎着呢，反转就来了！

本来吧，木鹤虐猫铁证在前，一夜之间遭到全网抵制，星途基本就算毁了。然而，就在大家以为她要彻底凉透时，她直接在骂声震天的微博上甩了一段视频出来，这正面刚的勇气就让人惊叹。

看完视频，他们才知道她的勇气是从哪里来的。

视频中的主角是木鹤和一只小白猫，猫慵懒地趴在她的手边，闭着眼惬意地享受着她的抚摸，尾巴时不时地摇一下，她喊了声“碗碗”，猫就睁开了眼，瞳孔漂亮得如同深绿色的宝石，它舔着嘴角，懒洋洋地睨着镜头，像是在隔空抛媚眼……

“天哪，我竟然被一只猫勾引了！”

“重点难道不应该是，这只猫长得和虐猫视频里的一模一样吗！”

“我只想知道，它真的是当年被虐待得很惨的那只猫吗？”

这时，有耳聪目明的真相帝出来分析了：“有没有这样的可能，就那个实锤木鹤虐猫的视频，其实她当时不是要把它丢弃，而是把命若悬丝的它从垃圾桶救了出来，所谓的仓皇无措，其实就是第一次遇见这种事的正常反应……当然了，如果某些人手里还有她亲手虐猫的视频，就当在下在胡说八道。”

此评论一出，立刻引起了网友们的激烈讨论。

水军们更是被杀了个猝不及防，他们夜以继日地奋战在黑木鹤的第一线，结果突然来了个大反转？这……

“呵呵，大家千万不要被骗了！肯定是找了别的猫来摆拍，这种洗白方式早就烂大街了！”

在黑粉的引领下，部分怒气未消的网友对猫的身份产生了怀疑，新一轮的骂战即将爆发时，星宇官博发出了一份宠物医院的电子病历档案，上面详细地记录了小白猫碗碗每次的治疗过程，最早的时间可以追溯到木鹤虐猫视频首次出现的前一天。

这下，有图有真相，舆论形势来了个大逆转，全网一片哗然。

水军们还在负隅顽抗：“治疗记录一定是伪造的！”

反转的锤太硬，他们也没了主张，甚至内部还出现了分歧：“就算是真的，也不排除木鹤被发现虐猫后心虚，感到良心不安，又把它捡回去养的可能！”

“动物比人更敏感，如果木鹤真的残忍虐待过这只猫，它是不可能和她这么亲近的。”

“同意。作为‘铲屎官’，惹我家主子不开心，它能一周不理我。”

“她一定是救了被人虐待丢进垃圾桶的猫，然后一直把它养在身边。”

“呜呜呜，我看哭了，她把它养得多好啊。”

“我真是看不懂这个世界了，她明明是施救者，却被误解成虐待者，还无辜遭受了那么多的非议和恶毒的辱骂。”

“她被骂得那么惨，连前途都差点毁了，依然觉得‘与你相遇，是生命中最美好的事’，怎么会有这么柔软的人啊，我真的要心疼死了！”

“从来没有黑过木鹤的才有资格赞我！”

质疑声出现：“呵呵，既然是救了猫，为什么上次被黑的时候不出来解释？”

“我记得她有澄清过的，可惜那时不红，又被黑得很惨，根本没人听她解释。”

“呜呜呜，我的眼泪不值钱！”

“我以前最痛恨的就是网络暴力，没想到自己也成了施暴者……我想真心地跟木鹤说一句对不起。”

“我感到万分惭愧，甚至无地自容，自以为站在正义的角度，却深深地伤害了一个真正善良正义的人。”

先前除了水军外，对木鹤讨伐得最厉害的动物保护人士和铲屎官们得知真相，在短暂的沉默后，纷纷到她的微博下删除评论，并诚挚地道歉。

评论区满屏的“对不起”。

全网的舆论令人跌破眼镜地实现大反转，先前骂木鹤的网友纷纷转过头帮她狂怼黑粉，“欠木鹤一个道歉”“木鹤没有虐猫”“心疼木鹤”的词条陆续爬上热搜榜，虐猫的标签正式摘下，而正义救猫的行为为她刷了一大波路人好感度，粉丝数呈现井喷式的增长。

千纸鹤重新有了底气，昂首挺胸地奔走在宣传女神正义事迹的前线。

这次事件还引发了网友们对网络暴力的深思，开始讨论是不是要出健全的机制，来约束低成本的网络暴力。

此时，星宇传媒的公关部办公室，工作人员们都对舆论一边倒的走势感到惊讶，网络上不仅骂声消失，还道歉、好评不断，甚至稳挂热搜榜，热度就跟大风刮来的似的。

所以……这就洗白了？那他们连夜写出来的通稿还要不要发了？

还是发吧，写都写了。

煽情通稿发出，直戳网友们的泪腺，而打过招呼的各大平台也陆续将木鹤的黑帖删除，微博上仅剩的负面评论也在悄然消失。接着，星宇传媒法务部称将会对侵犯木鹤名誉权的大V博主“娱乐圈那些事儿”发起法律诉讼……

至此，木鹤不仅从虐猫被黑的风波中干干净净地脱身，正面形象也立起来了，粉丝数更是突破五百万。

一夜未睡的谭绵顶着黑眼圈，趴在桌子上笑到打嗝。叶汐同样如释重负，她真的没有看错人，同时有着某种预感——木鹤的路还很长，星途比想象中的还要璀璨。

或许……木鹤能成为那最耀眼的星光。

木鹤在松一口气的同时，觉得有些疑惑，按理说，她得罪的那个人不可能这么轻易善罢甘休，会不会还有什么后招等着？因为这波黑，连累星宇公关部连夜加班，叶汐和谭绵也是劳心劳力，她觉得很抱歉，所以没有继续隐瞒。

谁知听了她的话后，叶汐和谭绵面面相觑："东兴企业的郑总？！"

木鹤点点头，虽然有些难堪，但她还是把他以前"潜"她不成，反过来打压她的事说了出来。

两道声音斩钉截铁地交织："不可能是他！"

见木鹤面露迷茫之色，谭绵解释说："木老师，你可能没关注，所以不知道，东兴的郑总早在几天前就公司破产，进医院了！"

啊？还有这种事？

叶汐点头，确有其事。

谭绵的小道消息一向多："听说是得罪人了，才会被搞得这么惨。"联想到他过去对木鹤的恶行，她挥着拳头，"也算是一报还一报了。"

知道郑胜利再无翻身的可能，木鹤心里的小疙瘩瞬间消失，尽管不知道对方是谁，她还是挺感谢他间接地帮自己出了一口气的。

既然不是郑胜利在背后搞鬼，那么，木鹤只能想到另一个人——赵亦可。

没凭没据的，她只能暂时把这个猜测压在心底。

稍后，星宇高高在上的霍总特地纡尊降贵地下来对木鹤进行慰问，语气恳切中又透着几分客气，木鹤觉得他的态度怪怪的，可具体又说不出来哪里怪。

另一边，霍斯衡也在关注网上的舆论，见已然风平浪静，他收好手机，长腿一抬，跨出门槛，颀长的身影落入丰盛的阳光中。

这里是富春城的霍家本家，位于全城的中心，依山傍水，拥有得天独厚的位子，占地近万平方米，古典园林式建筑，亭台楼阁，假山流水，园内有园，景中有景，景随步换。

内部守卫森严，低调而显赫。

霍斯衡穿过一道雕着嫦娥拜月的半月形石拱门，路上遇见的人都毕恭毕敬地和他打招呼。他姿态闲适，像在院子里散步似的，又走过几条回廊，停在一扇木门前，推门而入。

霍老爷子端坐在主位上，手里端着杯刚泡好的毛尖茶，他循着脚步声看去，白气氤氲中，那双苍老的眸子仍透出锐利的光："终于舍得回来了？"

霍斯衡径自找了张木椅落座，长腿舒展，双臂环抱，表情略显散漫："有什么事？"

两人的性子都不适合家长里短，霍老爷子直入正题："和丁家联姻的事，你怎么看？"

老爷子说的是南城首富丁家，现在当家的是丁吾，他至今未婚，膝下也无儿无女，跟霍家联姻的是他侄女丁以茉。

霍、丁两家联姻，强强联合，于两家都有着重大的现实意义。

霍斯衡漫不经心地低笑一声："乐见其成。"

"哦？"霍老爷子没想到他竟会是这个态度，觉得格外反常，为免有诈，他慎之又慎，"怎么说？"

霍斯衡换了个坐姿，轻扯嘴角："您老当益壮，为了霍家，不惜以这把老骨头去联姻，我为何不乐见其成？"

老爷子被气得七窍生烟，用力一拍桌子，杯盖被震得飞了起来，掉到地上碎成两半："胡闹！"

如果不是长房孙子霍斯衍无意继承人之位，而孙辈里，除了霍斯衡之外，再也找不到可以肩负起整个霍家的重任的人，他也不会走到这般受限的地步。

然而，这个十七岁才从莫斯科回到霍家的孙子，尽管这些年韬光养晦，戾气看似全消，可骨子里的阴狠还是与霍家一脉相承的，让人难以掌控，联姻是老爷子唯一能想到的束缚他的方式。

霍斯衡起身："没其他事的话，我先走了。"

老爷子只好拿出最后的筹码："如果你不答应联姻，我是不可能把霍家交给你的。"

霍斯衡头也没回，门外阳光折射，那深棕色的眸底无波无澜的，他无所谓地哂笑："随便。"

"你什么时候想清楚了，就什么时候再回来！"

他置若罔闻，继续往前走。

"霍斯衡，我警告你！"老爷子咬牙切齿，"有些人的血不是你能沾的……"

"是吗？"霍斯衡在门口停下，想起之前在般若寺，霍二也说过类似的话，他面无表情，轻描淡写道，"当年，他们对我的母亲，可没有手下留情。"

老爷子哑口无言，抓起手边的茶盏丢到地上，碎裂声清脆，而门边的身影，早已消失了。

霍斯衡从正厅出来，就听到等在墙外的张长在和张弓说话。

"唉，衡少又连着两天没有合眼了。"

"他体内产生抗药性，之前的安眠药已经没用了，实验室正在研发新的，不过，医生说他的失眠是由于心理原因，药物只是起辅助作用。"

"前几天在金月湾，情况不是有所好转吗？虽然不知道衡少和那位木小姐有什么渊源，但感觉她能帮他……"

张弓机警性高，察觉到什么，颔首道："衡少。"

张长也立马闭嘴。

霍斯衡一副若有所思的样子，没有追究，只是淡淡地瞥他们一眼："准备回A市。"

木鹤回到金月湾，天色已全黑，车子经过小区门口时，她不经意地透过车窗看到榕树下立着一道挺拔的身影。天气转冷，而他还是那身单薄的黑衣黑裤，几乎与夜色融为一体。

他单手插兜，站在风口的位子，短发被风轻轻吹动，指间夹着烟，一抹猩红的光微闪。

他是什么时候学会抽烟的？而且，他怎么会在这儿，难道是来找她的？

木鹤叫司机停了车，小跑着过去："郗衡？"

霍斯衡回过头，俊脸藏在白色的烟雾后，眼神显得格外深沉，他自认从来都不是正人君子，这世上也只有她，能让他全然地卸下心防和戒备，无条件地去信任。

他先前在飞机上一闪而逝的念头，在见到她后，才真正成形。

女孩子双眸清澈如水，透着毫不遮掩的关切之色："你是来找我的吗？"

霍斯衡随手摁灭烟，丢进垃圾桶，低低地"嗯"了一声："惹了点麻烦。"

木鹤紧张地四处张望，伸手揪住他的衬衫袖子，把他拉到树后藏起来，以只有两个人才能听清的声音问："还是那些人吗？"

她的气息温暖濡湿，穿过冰凉的空气，抵达他颈边还有余温，他的目光越发幽深："不是。"

他简单地把招惹的麻烦说了一遍。

木鹤忍不住惊呼："长辈逼你去联姻！"

还威胁说，不答应就逐出家门？所以，他是逃婚出来的？

以前的时候，木鹤就知道他家庭背景复杂，但没想到在恋爱自由的年代，他连婚姻都不能自主，这也太过分了！

无须郗衡细说，她都能想到那些惯用的逼迫手段，最常见的无非就是切断经济来源，到最后他熬不过去了，就不得不回去就范。

吹过来的风有点冷，木鹤站在他的旁边，借着他的身体挡了大半，她轻声问："你在 A 市是不是没别的地方可去了？"

霍斯衡沉默。A 市没有他不能去的地方，但有她的地方只有一个。

木鹤觉得自己多此一问，既然家里要对他逼婚，那亲朋好友肯定也被知会过了，不准给予帮助，所以他才会来找她。

她是他在这座城市中唯一可以信赖的人。

木鹤能读懂他的沉默，更懂得在陌生城市无依无靠的孤独，心蓦地就软得一塌糊涂。

他不能被他们找到，也不能回去，不然的话，下半辈子就算是毁了。

"那，你要不要到我那儿先住着，再从长计议？"

木鹤说完才意识到这话不妥，毕竟现在住的房子是公司的，她也算是半个公众人物，如果私自留人住下来，被发现的话，可想而知会有什么后果。但话都说出去了，她总不能收回来吧？

她稍微冷静下来，理清思绪，郗衡不能被家里人发现行踪，没办法用身份证去酒店开房，要是用她的身份证帮他开房……不行，这个办法行不通，这样不就直接把她暴露了吗？

她在 A 市也没有熟悉到可以借给她身份证的人。

她现在住的地方空间大，光是客卧就有三间，她倒也不是担心孤男寡女共处一室会出什么问题，她了解郗衡的品行，他虽然性情清冷，却是个极有绅士风度的正人君子。

何况，她又不是没有收留过他，而且他们还在同一张床上睡过。

木鹤转念一想，记得谭绵说过，金月湾安保性、私密性极强，就像她被全网黑时，不知多少记者扛着长枪短炮想采访她，可掘地三尺就是找不到她到底住哪儿，只能没头苍蝇似的乱窜。

最坏的情况就是被公司发现，到时也可以说郗衡是她哥啊，和亲人住在一起，能有什么问题？

船到桥头自然直，走一步算一步吧。

霍斯衡不动声色地留意她的表情，昏黄的灯光将他线条分明的侧脸晕染得有几分模糊，他的眼中浮现细碎的光亮，眉心却微微蹙着："不会给你添麻烦吧。"

"不会，不会。"木鹤就差拍胸脯给他保证了。

外面温度低，她的脸冻得红扑扑的，像涂了一层胭脂，又一阵风吹来，她忍不住摸了摸手臂："我们先进去吧。"

左右看看，她发现他连行李都没带，只能麻烦司机送他们去距金月湾相对较近的商场，买些生活用品。

从车上下来，木鹤就把自己从头到脚伪装好了，还从口袋里掏出一个一次性口罩，神神秘秘地递给他："不要被人发现了。"

霍斯衡接过，撕掉包装，慢条斯理地戴上，整张脸只剩下额头、眉毛、眼睛和半截高挺的鼻梁露在外面。饶是这样，木鹤依然觉得太惹眼了，没办法，颜值太高，想不引起注意都难。

木鹤速战速决地帮他挑好了洗漱用品："接下来去男士服装区看看吧。"

霍斯衡的衣服都是由专业裁缝手工定制的，金月湾的衣帽间里就挂了几十套，不过，他只是挑了挑眉，没说什么。

在木鹤印象中，他只穿着黑色衬衫，想到天气渐冷，又去帮他挑了一件深蓝色的外套："郗衡，试试看合不合身。"

霍斯衡走过去，木鹤将外套披到他的身上，等他穿好后，帮他整理了一下衣领和袖口，往后退两步，眼睛瞬间直了："好看。"

如果他进娱乐圈的话，光是这张脸，就能迷死人。当然，木鹤也只是想想而已。

东西买得差不多了，木鹤默默地查漏补缺，转身时不小心瞥见某片区域，耳根微热，对贴身衣物她就无能为力了，只能隐晦地提醒他："你是不是还有……那个没买？”

霍斯衡疑惑地问：“哪个？”

“就……”木鹤的脸颊也在升温，她轻咳一声，随手给他指了男士内裤区的位子，“那个。”

话音一落，木鹤就听到男人刻意压低的笑声，几乎同时，脑中灵光乍现，她发誓他一定由贴身衣物这个共同点联想到了她上次手误发的“胸罩”……

真是“哪壶不开提哪壶”。

木鹤想挖个洞钻进去，面上却强装淡定，红着脸推他：“去吧，去吧。”

几分钟后，霍斯衡回来了，木鹤看都没看他手里提的纸袋，抢先去结账。她来到星宇后，还没有实际收益，之前存的钱也不多，结完账后，存款里的数字直接减了一位数，她左眼皮一跳，面不改色地取回小票。

她有些信服郗衡关于眼皮跳的看法了。

先前右眼皮跳，她虽然被黑了，但清清白白地脱身，还收获了不少粉丝，真的是把灾祸跳走了，而现在左眼皮跳，不就是刚刚额外破了一笔财吗？

两人回到金月湾已过九点，进小区门时，木鹤还有些忐忑，生怕郗衡被拦住盘问身份，可门卫室里的几个保安并不知道她的担忧，他们只看到住在C栋顶层豪宅的那位先生和不久前才住进去的女士，踏着夜色有说有笑地走进来，俊男美女，格外登对。

他们签过严格的保密协议，连眼神都控制得恰到好处，自然不会过多关注，更别说到处去宣传业主的隐私了。

乘坐电梯上到最高层，木鹤当着郗衡的面输入门锁密码，推门进去。她先到厨房简单下了两碗面，端到客厅，看到他正拿着她的剧本在看。

霍斯衡一页页地翻过，里面犀音的戏份都用荧光笔标了出来，每句台词旁边都标注了该怎么断句和用什么语气，她甚至还根据自己的理解，写了近两千字的人物小传——认真又细致，不像他之前以为的，她只是一时起了玩心。

霍斯衡忽然想知道她进娱乐圈的初衷。

木鹤把面放在长桌上，眸色清透地看着他：“你还记得金兰江吗？”

那是山城的母亲河，哺育了一代又一代的山城人，江的两岸是两百多米高的悬崖峭壁，使得山城交通闭塞，几乎与世隔绝。她天真地以为，只要在江上架起一座桥，和邻省连通，就能打破封闭，改变整座山城贫穷落后的面貌，所以她才去读了桥梁建设专业。

后来，她才知道，山城缺的并不是一个会建桥的人。

现实教会她，只有经济基础才能决定上层建筑。

舅舅木浩然，她仍习惯称他为爸爸，他是村主任，因为两袖清风，家里一贫如洗。她是吃百家饭长大的，到县城上高中的费用，也是山城人这家三十元、那家五十元凑出来的。

爸爸总是说，做人不能忘本，不管将来走到哪里，要永远记得山城是根，能力越大，责任就越大。

爸爸去世前仍惦记着山城，他是带着遗憾离去的……

木鹤压下眼底涌出的湿意：“如果我没有进娱乐圈，现在应该在山城接我爸爸的位子当村主任吧。”

霍斯衡眸底闪过复杂之色，他并不擅长安慰人，只是抬手摸了摸她的头发，像是在安抚她。

“我没事。”木鹤摇摇头，“吃面吧，都快凉了。”

霍斯衡用湿巾擦过手后，长指握住筷子，低头吃了一口面，还是记忆中熟悉的味道，如果这些年他有回头去看看她，她就不会过得这么辛苦。

这个念头很快被否决，那时候的他，能带给她的只有无尽的危险。

“其实，我觉得自己挺适合当演员的。”木鹤俏皮地歪头看他，“至少记台词特别省事。”

霍斯衡知道她小时候就锻炼出了过目不忘的能力，因为条件有限，书本是稀缺资源，别人捐给山区学校的《马克思主义》，她如获珍宝，倒背如流，巴掌大小的《新华字典》也被她背得滚瓜烂熟，不管是问哪个字，她都能快速准确地找出来。

他唇边噙着一丝淡笑，在剧本上轻敲两下："都背好了？"

木鹤耸了耸肩："就背了半本左右吧。"

反正这两天晚上没什么事做，她背犀音的台词时，顺便把其他人的过了一遍，到时搭起戏来就有底了。

半晌没听到回答，木鹤抬眸看去，直直地撞上一道幽深的视线，她说不清他此刻眼神的意味，只觉得心尖莫名轻颤，似有暖流缓缓流过。

和钟明玉分道扬镳后，木鹤晚上都是一个人待着，住所空空荡荡的，连说话都有回音，尽管有碗碗的陪伴，她多少还是会觉得孤独。

这种有人陪着吃饭、聊天的感觉，既美好又安然。

要是能一直这样，那该多好。

碗碗已睡过一觉，被他们的说话声吵醒，闻到香味，跳上沙发，后知后觉地发现屋里多了一个人。看清他的模样后，它那漂亮的眼睛眨了几下，似乎明白过来什么，软软地"喵"了一声。

木鹤吃完面条，擦干净手后，把它抱过来："这是我养的猫，叫碗碗，它胆子小，比较怕生。"

霍斯衡看过去，碗碗条件反射一样迅速避开他的目光，怯生生地往木鹤的怀里藏了藏。

木鹤笑着轻揉它的脑袋："别怕，这位……叔叔，不是坏人。"

等她白天去了公司，家里就剩下他和碗碗，他俩打好关系还是很有必要的。

碗碗可没忘记那晚他对自己的眼神压制，不过，有木鹤撑腰，它就没那么害怕了。

趁霍斯衡不注意，它小心翼翼地伸出爪子，轻轻地打了一下他的膝盖，打完立刻缩回来。

等观察了一会儿，没有什么反应，碗碗才得意地“喵”了一声。

——复仇成功！

木鹤把碗碗的小动作都收入眼底，倒是觉得很稀奇，碗碗因为过去留下的心理阴影，一向对陌生人怀有很强的戒心，它居然会主动去碰郗衡？！

碗碗的得意劲儿持续不到三秒钟，霍斯衡轻飘飘一个眼神扫过去，它立马成了小包，从木鹤的怀中跳下，蔫头蔫脑地回猫窝了。

木鹤：“……”

等郗衡吃完面，木鹤收了碗筷，放进洗碗机，按了洗手液仔细洗过手后，来到东南朝向的那间带独立浴室的客卧，从衣柜里抱出干净的床单和被子，铺在床上。

随后，霍斯衡轻车熟路地进来，将新买的衣物和洗漱用品一一归置，他的余光落在床后的墙上，这个房间和主卧仅一墙之隔。

木鹤顺手把被子掀开一个角，环视一圈，弄得差不多了，她和他聊了几句，就回房间了。

洗完澡躺在床上已是半小时后的事，可能是郗衡就睡在隔壁的缘故，她又想起那段往事，心潮接连起伏，怎么都酝酿不出睡意。

木鹤完全没想到，时隔八年，她竟然再次收留了他。

感觉像在做梦一样，她忍不住掐了一把脸，轻笑出声。

这时，墙后传来咚的一声，木鹤连忙坐起来，一边觉得奇怪——墙这么薄的吗，怎么那边的声音听得这么清晰——一边屏息凝神地继续听。

郗衡敲的是一种特殊密码，他之前教过她。

他在跟她说："晚安。"

木鹤也学着他，在墙上敲了起来，回应他："晚安。"

她拿过手机，登上微博："谢谢大家，我很好，碗碗也很好。晚安。"

蹲守微博的千纸鹤一分钟之内就刷出了上千条的评论。

木鹤看得眼花缭乱，回复了几十条评论后，意识开始朦胧，很快跌入梦乡。她睡得太熟，连外面下起了雨，噼里啪啦敲打着玻璃天花板也丝毫没察觉。

隔壁房间里，霍斯衡单手枕在脑后，眸色仍是一片清凌凌的。他听着落雨声，心情却格外平静，从被老爷子单方面逼婚，到以此为由，借着她的心软，光明正大地住进这个属于他的地方……

傻丫头。

霍斯衡意味不明地低笑，不知是为她一如既往的柔软心性，还是为她像以前一样对他没有戒心的举动。

因为夜里下过一场雨，早上六点半过后，天色才潦潦草草地亮了，太阳还不见踪影，木鹤一醒来就看到窗外雾蒙蒙的，像仙境一样好看。

她按照惯例赖了一会儿床，进浴室梳洗，要是换作之前，她直接穿着睡衣，披头散发就去煮早餐了，但现在郗衡住了进来，该避的嫌还是得避的。

谁知到了客厅，木鹤就看到他闭着眼坐在沙发上，短发微乱地垂在额前，浓密的睫毛在眼下投下清影，平添了一些温润的居家气息。那随性惬意的姿态，如同家里的男主人一般。

木鹤心念微动，如果感到拘谨、不自在的话，那就不是她认识的郗衡了。当初他住在她家里，还跟大少爷一样，指挥她做这、做那呢。

"早啊，昨晚睡得还好吗？"

哪怕走路的声音放得再轻，但从她出现的一瞬，霍斯衡就察觉到她的存在了，也能想象她在以一种什么样的目光打量自己。他睁开眼，嗓音透着暗哑：“早，还不错。”

睡眠监控系统的数据显示，昨晚浅睡眠时间长达一个半小时，甚至还出现了久违的深度睡眠，尽管只有短短的十分钟，但已经是非常理想的情况了。

那就好。

也许是日有所思，夜有所梦吧，木鹤梦见郗衡结婚了，新娘子的脸却怎么都看不清，所以，她就挺好奇的：“我能小小地八卦一下吗？”

霍斯衡尾音微扬：“嗯？”

“你的逼婚对象长得漂亮吗？”

霍斯衡对对方毫无印象，除了知道是个女人，连长得是圆还是扁都不知道，在木鹤的再三追问下，他无奈地摇摇头：“没见过。”

木鹤在惊讶之后，看他的眼神充满了同情：“这不就是现代版的‘父母之命，媒妁之言’吗？”

明知男方不愿意，对方还这么上赶着嫁给他，让人很难不去对她的容貌或者人品产生某些想法啊。

要是郗衡真的妥协了，那不等于一朵鲜花插在牛粪上了？

木鹤顿时觉得自己责任重大：“我会保护好你的。”

“嗯。”霍斯衡眸底的笑意一闪而逝，“你要说到做到。”

两人闲聊时，微博上还有一批不安分的可可粉在蠢蠢欲动，可可粉是真情实感地替他们的爱豆感到委屈、愤怒，本来被抢了角色的大仇刚得报，大快人心之际，突然就来了反转，木鹤轻轻松松洗白了不说，热度、好感度和粉丝都跟不要钱似的往她的身上贴。

到赵亦可的微博广场兜了一圈后，可可粉重新振作起来，虐猫的黑点，木鹤是洗白了，可还有虐待助理呢。他们重新找到突破口，开始全网寻找那个被木鹤虐待的助理。

……

在可可粉深情地呼唤传说中被木鹤虐待的助理时，一个认证为“前苹果娱乐公司经纪人”的博主马茹发了一条微博：“作为木鹤的前经纪人，我怎么不知道公司给她配过助理。”

围观群众吃到一口热乎的甜瓜纷纷乐了，哈哈，可可粉那么高调地在全网找受虐的助理，敢情人家根本就不存在呀。

有人调侃道：“木鹤，快出来反思一下，你以前怎么混得这么惨，连个助理都没有。”

马茹回复：“对不起，公司太穷了。”

“难道不是现在更惨吗？明明没助理，还要被人污蔑虐待助理……”

“一时之间，我都不知道是该笑愚蠢的可可粉，还是心疼木鹤了。”

可可粉一根筋地认为马茹是收了木鹤的钱，特地出来放烟幕弹混淆视听，越澄清就越说明心虚，他们坚持在微博上大海捞针地寻找木鹤的前助理。

木鹤来到公司后，听谭绵说起前经纪人发微博为她澄清虐待助理的事，当即打了个电话过去道谢。

这年头，别人帮你不是本分，而是情分，多一个朋友，路总是会走得更好些。

挂断通话后，木鹤就去找武术老师练习去了。犀音这个角色有打戏，还要吊威亚。好不容易争取来的机会，她不想用替身，力求做到尽善尽美。

等她结束训练，谭绵又兴高采烈地过来，给她带来了一个消息——可可粉找到那个被虐待的助理了！

木鹤的第一反应是不可能，因为她以前真的没有助理，怎么会凭空冒出来了一个？

谭绵和木鹤混熟了，木老师也不叫了，直接叫小名：“央央，你知道吗？！”

为了让说出来的话能听清楚，谭绵憋笑都快把肺部憋爆炸了：“可可粉不是在找那个受虐的助理，要帮人家出气吗？结果，你猜怎么着？真的找出来了！但不是你的助理，而是赵亦可的！微博热搜都疯了，啊，挤上第一了。”

赵亦可被爆出虐待助理。

没有让反对暴力、伸张正义的可可粉失望，赵亦可在东辰影视时的助理小影出来发声了。她上传了三次受伤记录，第一次是烫伤，手背上密密麻麻的水泡令人触目惊心，配文：“因为没有第一时间送上热水，赵亦可直接打翻瓶子，烫了我的手。”

第二次是踢伤，就在小腹左侧的位子，一片瘀青。

第三次是脸上的巴掌印，红肿不堪，可见当时打她的人下手多重。

另外，小影还爆出在西北某个小镇拍戏时，她被赵亦可赶出酒店房间，在走廊里冻了一整夜，次日发高烧，不省人事的事。

众所周知，明星助理的职业表面看着光鲜，但背后的辛苦只有自己才知道。小影的经历激起了无数人的同情心，助理也是有娘生、有爹疼的活生生的人啊，凭什么受到这样的对待？

矛头直指赵亦可。

可可粉乱了阵脚，一边控评维护女神，另一边跑去骂小影。

受到赵亦可粉丝威胁的前助理小影，被逼得走投无路之下，曝光了一段录音。

小影：“看到你们天真无畏、头破血流地为赵亦可冲在最前面，甚至不惜挑衅法律威胁我的生命安全，我真的感到无比痛心和难过。你们知道，赵亦可是怎么看、怎么想、怎么评价你们的吗？”

录音的内容：“可可粉那帮没用的废物！除了拖后腿，他们还会干什么，把我的脸都丢尽了，我怎么会有这样的粉丝……”

可可粉集体沉默了，他们不能否认，也没有办法否认，那气急败坏、咬牙切齿的声音，就是出自他们摆在心尖尖上、不顾一切去保护的赵亦可。

心哗啦啦地凉透，碎成渣了。

他们喜欢这个单纯、善良又多才多艺的女孩子，几乎把她当成信仰一样，为她熬夜爆肝做数据，零花钱全省下来给她买礼物、做应援，买她代言的产品。在她被人欺负时，他们永远冲在前面，即使是二次元的乖乖女，也为她学会了各种骂人的话……

他们为她付出满腔真心，付出了最美好的青春岁月，用尽全力把她捧上满是鲜花的路，结果，她竟然是这样看他们的！

废物？只会拖后腿？

既然你不需要像我们这样的粉丝，我们也爱不起像你这样的爱豆，那么，就江湖从此不见吧！

死忠粉们不约而同地取消关注，并默默地退圈。

赵亦可的粉丝数在短短一个小时内消失了三百万，接着，赵亦可全球后援会发了最后一条微博后，正式宣布解散。

至于赵亦可……直接被气进了医院。

木鹤忙着训练，并没有过多地关注这件事。中午时，公司发了一张关于生活满意度的调查问卷，她认真地填完后，在备注栏写下：可能还缺一张吃饭的桌子。

本来只是开个玩笑，不料傍晚回到住处，她竟看到客厅里多了一张新饭桌，不愧是财大气粗的星宇传媒，这效率也太高了吧。

惊喜还没来得及消化，木鹤很快又想到，下午家里有外人进来，郗衡该不会被发现了吧？

客厅、厨房都没人，她急急忙忙地冲进郗衡的房间，却意外地撞见了一幅美男出浴图。

她迅速背过身去，欲盖弥彰地用手捂住眼睛，然而，那极具视觉冲击力的画面还是不受控制地、鲜活生动地在她的脑中浮现。

男性独有的喉结，线条精致的锁骨，泛着水光的紧实肌理，块块分明的腹肌，还有传说中很难练出来的人鱼线……一样样都在告诉她——

这是一具成熟男人的身体。

之前她只觉得他身形偏清瘦，没想到藏在衣衫下的身材这么好，好像还有文身——黑色的，看不清是什么形状，就在左侧腰线的位子。

阵阵气血直冲面门，木鹤不用去摸，也知道此时脸颊滚烫得不像话，他怎么在这个时间洗澡啊？

早知道，她就不冲进来了。

在木鹤内心纠结着的时候，霍斯衡盯着她心虚得不行的背影，桃花眼微微起了波澜，在最深处隐约泛着一丝笑意。他弯腰从床上捞起一件黑色衬衫穿上，一边系扣子，一边朝她走去。

来了，来了。

木鹤在计算他的脚步，判断两人间的距离，在他靠得较近时，清了清喉咙，先发制人："你、你先站住。"

这只是一个意外，她又不是故意的，干吗要心虚？

单方面大事化小，小事化了后，木鹤重新找回底气，好奇心也跟着被勾起来了："文身是什么时候弄的？"

霍斯衡系好最后一粒扣子，衣领挺括，肩线笔直，明明身体被遮得严严实实，却比先前多出了几分欲色。

木鹤没听到他的回答，以为他是不记得时间了，偷偷松了手，余光从指缝里瞟出去，轻声问："文的什么啊？"

这次回应她的，是男人渐渐靠近的、带着水汽的灼人温度，清冽的气息，还有透着诱惑的声音："想看？"

# 第四章

# 花影轻轻摇

木鹤一直觉得，不管男女，有文身都会很性感，显得很有个性，像她大学室友，就在后腰处文了一朵黑玫瑰，穿上若隐若现的纱裙，细腰轻摆，妖媚而勾人。

说起来，她也差点有了文身，只是当时旁边的女生边文、边哭，她看着都觉得疼，所以就临阵脱逃了。

从某种程度上来说，她是有文身情结的。

“想看？”

当然想……可是，那个位子会不会有点私密了，毕竟是在腰部。

木鹤小小地纠结起来，另一种声音渐渐占据上风，既然他都不介意了……那她就勉为其难地看一下吧。

她捂住眼睛的手非常遵循本心地放了下来，嘴上却还矜持地问：“真的可以吗？”

霍斯衡狭长的眸子微敛，深不见底，不辨情绪，修长的大手搭上她的肩膀，稍一用力，便把她整个人转了过来。

木鹤都已经做好准备，除了文身，锁骨、腹肌什么的都不看，坚决不多占他一点便宜。谁想到，她转过身，映入眼帘的是一片沉沉的黑色。

这下别说文身，连锁骨都没得看了。他是什么时候穿上衬衫的？

她失望地叹息：“小气。”

霍斯衡好整以暇地靠在墙上，没有错过她脸上的表情，不由得低眉浅笑。

木鹤还在做最后的努力：“真不可以？”

他直直地对上她的视线，慵懒的腔调：“你确定真的要跟我讨论‘可不可以’的问题？”

木鹤一怔，某些并不陈旧的记忆被瞬间唤醒——

“右眼皮跳得厉害，我还是觉得是胸罩。”

“可不可以……装作没看到？”

“不可以。”

果然，他还是要跟她清算那笔账，而且似乎还是她主动撞上去的。

木鹤撇撇嘴角，不答反问：“以我们过命的交情，我都不能看，那谁能看？”

霍斯衡的声音低下来，却让人听得很清楚，像带着一点调侃，又很认真的意味：“只有我老婆能看。”

木鹤：“……”好吧，是我输了。

他们从来没有聊过感情方面的事，不知道为什么，从他口中听到“老婆”两个字，她的心仿佛被人轻轻地拨了一下，然后，那只手就不着痕迹地消失了，快得她根本抓不住。

秋日黄昏的阳光透过窗户照进来，斜斜地插入两人中间，木鹤偏头看过去，他的脸沉在明暗的交界处，轮廓有点模糊，看不清是什么表情。

她在心里默念——郁衡的老婆，想要重新找回刚刚忽然萌生的朦胧的、昙花一现的感觉。千回百转之际，她又听到他说：“其实，你想看的话，也不是不可以。”

木鹤瞬间回神，眸底涌上欣喜之色，眼睛亮晶晶地看着他：“真的吗？”

霍斯衡看了一眼天色：“这个点应该还没下班，你先去拿一下身份证。”

木鹤云里雾里，谁还没下班？看个文身和身份证有什么关系？她问出疑惑。

他答得言简意赅：“去领证。”

木鹤睫毛重重地一颤，是她理解的那个领证吗？

一男一女，都是未婚，要领证的话，除了去民政局……

等等，话题是怎么从文身跳到领证的？

木鹤花了一分钟，终于理清楚，“只有我老婆能看”“你想看的话也不是不可以”，这两句话之间的联系，立刻就明白过来，他是在拐着弯儿地逗她了。

他现在可是逃婚在外，尽管只是家里长辈的口头之约，他也用实际行动表示了反抗，她和他立场相同，那份婚约是不作数的，他仍有自由恋爱、自主婚姻的权利。

可这种时候，除了逼婚对象，其他哪个女人和他去领证，都是绝对的勇气可嘉，光是他家里人的眼刀都足够把她射成筛子了。

木鹤思绪清明后，在他的手臂上不轻不重地拍了一下，鄙视道："你行情也太差了吧，只能找我去当挡箭牌？"

霍斯衡自然不会让她成为众矢之的，不过是见她那么执着地要看文身，一时心血来潮开个玩笑罢了。他顺着她的思路，语气半真半假："是啊，你帮不帮？"

木鹤故作认真思考，眼睛滴溜溜地转一圈，拖长声音应着"帮……"，人迅速地闪到门后，退到了安全距离，她比了个"×"的手势："才怪！"

想象着他此时的反应，她心情大好地往外走，进厨房去准备晚餐了。

霍斯衡无奈地轻笑出声。

笑意渐收，他最近笑的次数是不是有点多了？

晚餐丰盛，木鹤照例吃得不多。吃完后，她拉着郗衡帮忙对戏，他几乎是本色出演清冷的帝君青离，可演到彼此暗生情愫那段，他皱眉念着稍显肉麻的台词，惹得她频频笑场。

"帝君开始喜欢上犀音，你的语气不能那么凶啦……"

"那个，你的眼神能稍微温柔一点点吗？"

"哈哈哈，你还是当没有感情的台词机器吧。"

碗碗趴在地毯上，懒洋洋地抬起眼皮看了看沙发上的两人，生出一种不太好的预感，不会以后它要改吃狗粮了吧？

"喵！"它拒绝！

他们"同居"的第二个晚上，在愉快的气氛中过去。

然而，对正在医院吊着点滴的赵亦可来说，这注定是一个难眠之夜。向来被可可粉捧在手心里宠的她，终于体会到了被全网黑、墙倒众人推的痛苦滋味。

就像做了一场噩梦，她从云端跌落深渊，天差地别的待遇，再也没有粉丝愿意帮她出头。

事情怎么突然就演变成这样了？她什么都不能做，只能眼睁睁地看着自己被爆出虐待助理、被爆出录音，被全网黑，被圈内人笑话，眼睁睁地看着微博粉丝以肉眼可见的速度消失，只剩下一半不到……

不对劲，她败得太快了！一定是有人要搞垮她。

赵亦可第一个想到的人就是木鹤，猜测木鹤是发现她暗中动了手脚，反过来搞她报仇。可她想想又觉得不太可能，木鹤没有这么大的能力，华阳的王总也没有，那么到底会是谁呢？

令她困惑不已的是，热搜为什么久久不撤？！这不是什么光彩的事，也没有炒作的必要，越炒作，脱粉越多，现在都糊得不能再糊了，为什么公司至今还没有行动？

赵亦可抹掉眼泪，不停地自我安慰，星宇花了高价才把她挖过来，绝对不可能看她坐以待毙的！

她不死心，拨通了经纪人罗丽的电话。

手机屏幕一次次地亮起，又暗下去，疲倦到极点的罗丽等着铃声响到自动断掉。在短暂的安静里，她用力按着酸疼不已的太阳穴，想起下午去找公关部，希望能把热搜撤下来，结果被隐晦地告知，他们收到上面的通知，暂时没办法给予帮助。

作为资深经纪人，罗丽怎么会不清楚，这意味着，赵亦可已是一颗弃子了。

她觉得不可思议，一个前途大好的二线小花，是怎么在短短的时间内沦落到这种凄惨的境地的？

反观木鹤，先前在网上遭遇的骂声和抵制并不比赵亦可少，为什么她就能漂漂亮亮地来了一招绝地反击？在类似的情形下，赵亦可却被直接按死？

资本的力量是强大的，只要愿意花钱，洗白赵亦可不是难事，单是那份录音就很容易做文章，然而，星宇公关部竟反常地采取不闻不问的冷漠态度……

上面的通知？罗丽后背猛地发凉。

难道……木鹤的后台是星宇最上面的那位？

难道自己一开始，就是“捡了芝麻，丢了西瓜”？

第二天，事先没有接到任何通知的罗丽看到星宇官博发了一条微博，称公司已在和赵亦可走解约程序，给出的理由是：经纪人能力有限，不足以和艺人的野心匹配。

罗丽感到脸上火辣辣地疼，同时，心跟着凉了大半。

她的猜测全中了，赵亦可为什么成为弃子，是因为她自以为是的小聪明其实早就被人识破，她以为自己要搞的是小透明，却没想到对方背靠强大的后台……

吃瓜群众在震惊后，纷纷对星宇官博发的微博做起了阅读理解——

“贵圈水太深，签约不到十天就解约，肯定有内情。赵亦可这是彻底凉了吧？被星宇踢走的艺人，以后哪家公司还敢用？”

“野心这两个字很耐人寻味啊。看星宇公关这截然不同的态度，很明显木鹤才是亲女儿啊。我不负责任地猜测，会不会真像之前传的那样，木鹤被全网黑是赵亦可在背后搞的鬼？”

“只能说，人在做，天在看。当初她虐待助理，扎可可粉的心的时候就该想到会有今天。”

“要是以前，可可粉早就冲出来了，如今竟没一个人为她说话。唉，眼见他起高楼，眼见他宴宾客，眼见他楼塌了……”

“可可粉都走光了吧，剩下的几百万粉丝应该都是僵尸粉。”

“我说一句，赵亦可是星宇签的所有女艺人中糊得最快、最猛的，有人反对吗？”

“我觉得糊还是轻的，只怕以后娱乐圈再无赵亦可了。”

“让我们拭目以待木鹤还能坚挺多久。”

木鹤从谭绵那儿听说了赵亦可和星宇解约的事，没有发表任何看法，在跟着老师苦练近一周的武术后，她顺利进入《仙侠奇缘》剧组。

其他主创人员早就拍好了定妆照，也在微博上官宣过了，所以，她进组的第一件事就是拍定妆照。

和试镜不同，这次光是化妆、做造型就用了差不多三个小时，由于她之前穿黑裙演清纯的犀音的形象太令人惊艳，便直接定下这套拍摄方案。经过服化师的一双巧手，她看着镜子里清丽生动、眼波盈盈的人，简直有些不敢认。

女编剧听说木鹤在拍定妆照，特地跑过来围观，再次折服在那不染纤尘的清灵之美中，越发肯定自己的选择没错，再没有人比木鹤更适合演犀音了。

定妆照拍到一半，谢导抽空来瞅了一眼，他对拍摄的效果可以说满意，也可以说不满意，倒不是说木鹤表现得不好，而是他觉得还可以更好。

“换白色裙子，拍黑化后的犀音。”

女编剧知道谢导突然改变方案肯定有他的用意，她用特别期待的眼神看着木鹤，或许有意外之喜呢。

于是，木鹤换了仙气飘飘的白裙，在谢导的亲自指导下，完成了定妆照的拍摄。

当晚，《仙侠奇缘》的官博单独发了犀音的定妆照，引得底下守候已久的剧粉嗷嗷大叫。

照片上的犀音一袭白裙，妆容精致，美得轰轰烈烈，大家先入为主地以为她就是懵懂纯真的犀音，只顾着存图、舔屏，大嚷着“啊，美、美、美”“啊，这美死了”……

“仙女真的下凡了！”

“我仿佛看到除了月色、雪色之外的第三种绝色。”

“光是这张脸，我能把这部剧刷一百遍！”

“朋友们，擦亮眼睛啊，你们确定上面的真是清纯龙女犀音吗？你们敢不敢看一下她的眼睛？”

“看……到……了！天哪，她的眼神有杀气！这绝对是黑化的犀音啊！”

“眼神杀！”

“眼神变了，气质也跟着全变了。明明是同一张照片啊，请问我刚刚是瞎了眼吗？！”

“对不起，我也……瞎了。”

“绝了，绝了，最清纯无害的外表，最阴冷决绝的眼神，她是怎么做到的？”

剧粉们这下是真情实感地期待木鹤扮演的犀音了，在官博下一遍遍地跪求更多福利。没多久，“木鹤‘眼技派’”就上了热搜榜，阅读量轻轻松松破了亿，在受到广泛关注的同时，也引来一些挑刺的评论。

“只能说都是修图师的功劳，化腐朽为神奇。”

“修图师辛苦了，晚餐加个鸡腿吧。”

“长得也就那样吧，还以为真是什么天仙下凡呢。这热搜买得我真尴尬。”

不过是一些为黑而黑、为杠而杠的乌合之众，成不了什么气候，木鹤的定妆照一出，龙女犀音的角色就更为深入人心了，路人粉对《仙侠奇缘》的期待值更是噌噌往上涨。

至于木鹤，她在转发了《仙侠奇缘》的定妆照官博后，就把手机丢在一边了，此时她正在家里的厨房教郗衡怎么擀面条。

教着教着，她感觉眼睛有些不舒服，手上沾着面粉，不方便揉，只好用力眨了眨眼。

霍斯衡察觉到她的异样：“怎么了？”

“好像是有东西掉进眼睛里了。”

木鹤打算采取眼泪攻势把它冲出来，泪光隐约浮现，就感到男人微凉的手指轻轻捏住了她的下巴，接着，俊脸在她的眼前放大，肤色白皙，没有一点瑕疵，眼廓极深，像自带眼线，眼角略往上扬……勾人而不自知的桃花眼。

“别动，”霍斯衡抬高她的下巴，“我看看。”

啊，她动了吗？

他说话时的气息浅浅地扑到脸上，木鹤眼眸瞪大，这语气会不会温柔了点，分明是对犀音动情时的帝君才有的语气。

难道他……无师自通了？

随着距离拉近，他的唇就停在离她只有几厘米的位子，时间如同被按了暂停键，她的世界里只剩下他。

全然的静谧中，木鹤不由得想起那天，那轻轻落在颊边的吻……

只要再往前一点，她就能亲到他。

“有根睫毛掉进去了。”

声音虽轻，却透着几分磁性，像是微弱的电流，丝丝缕缕地流入木鹤的耳朵，牵动着她的心都莫名地跳快了节奏。她屏住呼吸，借着默数他的睫毛分散注意力。然而，当那温暖的气息从他的唇吹向她的眼睛时，如同春风从那扇窗户吹进她的心间，积雪消融，漫山遍野繁花盛开。

她怔怔地、迟钝地闭上了眼，引得他发出一声低笑。

木鹤感到他的手指轻轻扫过眼角的位子，指腹干燥，大概是有薄茧的缘故，微微粗糙，所以，她能清晰地感觉到上面的纹路，面颊瞬间涌上热意。

霍斯衡把取出来的睫毛丢进垃圾桶，洗干净手，见她依然双眼紧闭，嫣红的唇几乎抿成直线，他好整以暇地欣赏了一会儿，以食指轻点她的眉心：“睁眼。”

木鹤乖乖照做，眨眨眼，果然异物感消失了，乌黑的眸子仍浮着一层水光，湿漉漉的，格外清亮。她又试了一遍：“真的好了。”

他好厉害啊，一下子就把睫毛弄出来了。

霍斯衡垂下眼睑，遮住眼底的笑意，继续擀面条。

尽管是第一次做，但他学习能力很强，擀出来的面条像模像样的，木鹤额外给他奖了一个煎蛋，以资鼓励。

落地窗外，天色已深，冷风阵阵呼啸而过，整座城市徜徉在暖橙色的灯火中。

两人面对面地坐在饭桌边，面前各摆着一碗冒热气的面条。木鹤低头喝了一口汤，满足地发出喟叹，冷天吃点热的东西，就能让人觉得幸福感满满。

尤其是还有故人陪伴在侧，有一搭没一搭地聊天，就算是沉默，也不会觉得尴尬。

木鹤把碗推过去，非常有仪式感地在他的碗边轻碰一下，杏眼微弯，笑得很是愉悦的样子：“干杯。”

霍斯衡嘴角若隐若现上扬的弧度一松，全化作了笑意，长指轻轻扶着碗身，略微倾斜，算是回应。

木鹤却感觉他看自己的眼神似乎有点怪，不过，面太好吃了，她并没有放在心上。

等吃完面，拉着他到家庭影院看了一场仙侠电影，互相道了晚安后，木鹤回到房间，拿了睡衣去浴室洗澡。看到镜子里的人，眼角、颊边都沾着面粉，就像脏兮兮的小花猫时，她气呼呼地跺了跺脚，咬牙切齿：“郗衡！”

泡了个舒服的澡，全身洗得干干净净，木鹤仍觉得不解气。她爬上床，在墙上咚咚咚地砸了好几下，用的是他们的暗语：坏蛋，讨厌你！

好半晌后，墙后才有慢条斯理的响动传来，木鹤好奇他会怎么回复，屏息凝神地听着，三长两短又一长……白皙的脸上被热水蒸出来的红晕腾地一下加深。

他回的是——

我喜欢你。

我喜欢你？！木鹤心底仿佛有一束烟花炸开，炸得她心魂俱颤，晕乎乎的，根本找不着北。她趴在床上，黑色绸缎般的长发随意地散落在肩侧，小脸掩映在碎发间，更显精致漂亮。

我、喜、欢、你？郗衡这又是在故意调戏她吗？

不对，木鹤拍拍脸颊让自己冷静下来，认真回忆起他传送过来的密码，其实还有另一种翻译：我不讨厌你。

我喜欢你和我不讨厌你，完全是两个意思。

结合她的“讨厌你”，他表达的意思就是后者。

原来是她误会了。

木鹤幽幽地呼出一口气，为这个误解而赧然的同时，又有某种说不清具体是什么的感受，她翻来覆去地想研究清楚，难得地失眠了。

次日是剧组的开机仪式，天还没亮，木鹤被闹钟吵醒，连早餐都没吃，一大早就出门了。

等她离开后，霍斯衡也从房里出来，他揉着眉心，站在客厅的落地玻璃窗旁，看着那道白色身影弯腰钻进一辆黑色保姆车，没多久，车子绝尘而去。

他这才收回视线。

她走得匆忙，却没忘留张字条，提醒他冰箱里有昨晚她顺手包的小馄饨，骨头汤也有剩，煮一煮就能当早餐。

霍斯衡的侧脸在晨光中染了一丝柔和之色，眉眼清俊如雪后放晴的远山，他将字条整整齐齐地叠好，收进口袋。

九点整，张长和张弓来了。由于门锁的密码早已更换，他们只能候在门外，等霍斯衡来开门。

门开后，他们一前一后走入，惊讶地发现霍斯衡进了厨房，疑惑地跟进去。他们的表情齐齐凝固了。张长忍不住揉了揉眼，向来十指不沾阳春水的衡少竟然在……煮馄饨！

今早的太阳……是从西边出来的吗？！

“衡少，”张长主动请缨，“我来吧。”

“不用，你们去把衣帽间的衣服清出来。”

他事先进主卧查看过，里面并没有涉及木鹤的隐私的物品。

张长和张弓把他的衣物全搬到隔壁的次卧，分好类挂进衣柜。张长像发现新大陆似的，刚刚看衡少的脸色，明显好了很多，尽管不知道他是用什么方法光明正大地回来这里住，也不知道那位木小姐身上到底有什么魔力，只要他长久失眠的症状能够缓解，甚至治愈，其他都是次要的。

兄弟俩整理好衣物，出来客厅，看到霍斯衡坐在桌前，慢悠悠地吃着早餐，他们安静地立在一边。等他吃完后，张长收拾碗筷，张弓则是把几份需要签字的文件和钢笔递过去。

霍老爷子虽然口头要挟“没有想清楚就别回去”，但并没有对外宣布，霍家的重要事务还是掌握在霍斯衡的手里的，他握着笔，龙飞凤舞地签下名字。

“你去联系这套房子的设计师，要一份使用说明书。”

张弓一愣：“是。”

房子当初装修时用的都是国外先进的高科技元素，衡少三年前就已经入住，自然用不上使用说明书，那么，是为谁准备的？答案不言而喻。

张长从厨房出来，霍斯衡看向他：“待会你和我出去一趟。”

“好嘞。”张长应着，见他家衡少从沙发上捞起一件深蓝色的外套，利落地穿上，他的眼珠子险些掉出来，“衡少……”

“怎么？”霍斯衡淡淡地问。

“……没、没怎么。”张长难得有点儿结巴，“您这件外套，挺好看的。”

霍斯衡系好扣子，整了整衣领，听不出情绪地反问道：“是吗？”

张长头皮一紧，正反省自己是不是说错了话，结果又听到那低沉的声音说：“我也这样觉得。”

他面露惊愕。

跟在霍斯衡身边七年多了，张长还是第一次看到他这样笑——不是那种逢场作戏、谋划算计的笑，而是发自内心、有温度有情感的笑。

他拼命给哥哥张弓递眼色：外套一定是木小姐买的！

张弓面无表情地回视：我有眼睛，我会看，谢谢。

一行人出门后，在东山影视城的木鹤正等着参加开机仪式，现场来了不少媒体记者，格外热闹隆重，剧组的主创人员也已陆续到齐。

出演男主青离帝君的是演技派小生齐灏，女主分别是一线小花钟离非和获得过金叶奖影后提名的流量女星袁欣儿，三人的咖位摆在那儿，只需坐在专属化妆间里，就会有配角和群演们去“觐见”。

作为暂时还没拿得出手的代表作的新人，木鹤也主动去和他们打了招呼。齐灏成名较早，成熟稳重，态度温和客气，给人以如沐春风之感的同时，又让人觉得疏离，倒是袁欣儿性格热情活泼，看着就很好相处。她们一见如故，袁欣儿拉着木鹤说了好一会儿的话才肯放人。

相比之下，那位东辰的当家花旦钟离非就显得冷淡多了，木鹤甚至从她的眼神里感觉到了敌意。其实也不奇怪，圈子说大不大，说小也不小，赵亦可的前东家就是东辰影视……钟离非大概是因此迁怒她吧。

既然不受人家欢迎，木鹤礼貌地打过招呼就走了。她和其他两个女演员共用化妆间，其中，郑游游是童星出身，今年十九岁，戏龄十五年，可惜戏红人不红，如今勉强能沾到三线的边。

另一个演员戴凝心算是老戏骨了，她在事业巅峰期选择回归家庭，时隔好几年才重新出山——圈里已是日新月异，加上女演员的演艺生命短暂，当年的女主角早就光环不再，她在剧里饰演的是龙女犀音的母后。

“戴老师，郑老师。”

戴凝心友好地对她笑了笑，眼角已有岁月温柔的痕迹。

郑游游则自来熟地搂住她的肩膀，嘟着嘴说：“叫什么老师啊，都把人家给叫老了，直接叫游游就行啦。”

木鹤正要说什么，她比了个“嘘”的动作：“我知道你要说，郑老师，我是从小看着你的戏长大的……”她一边说，一边观察木鹤的表情，“是吧，是吧，被我说中了！”

木鹤只好正色道：“游游。”

郑游游终于满意了：“这才乖嘛。”

她是个开朗活泼的女孩子，聊了几句，就把木鹤的小名给套出来了，亲亲热热地叫着“央央”。

有她活跃气氛，初次见面的三人很快就热络起来。

外面有人通知开机仪式要开始了，她们才结束聊天，一起出去。

小广场上高高挂着红底金字“《仙侠奇缘》开机大吉”的横幅，出品方代表、制片方代表和谢导一一上台致辞后，各主创集体亮相，在谢导的带领下，面对摆着香炉、烤乳猪和水果的供桌上香、祈福。

分完红包后，众人合影留念。

怎么个站位，这就很有讲究了。男女主角肯定是在中间位子，配角们就少不了要争抢一番，谁不想在媒体面前出风头？木鹤没有经历过这样暗潮汹涌的场面，从女二号的位子被人挤着挤着就挤到了后面，还好袁欣儿看到了，把她拉到自己的旁边。

木鹤对她浅浅一笑："谢谢。"

"不客气，"袁欣儿亲昵地拍了拍她的手，"手这么凉，冻坏了吧？天气怪冷的，要多穿点。"

把这一幕看在眼中的钟离非不屑地轻哼一声，她是真看不惯袁欣儿这副虚伪的做派。

她们两人咖位差不多，经常为资源撕来撕去，表面上倒还能维持和气，私底下早就互相看不顺眼，谁知竟然进了同一个剧组，而且演的都是女主，粉丝们为此不知掐过多少回。

钟离非这两日心情不太畅快，就跟行走的炮仗似的，给点火星就能燃着，看到袁欣儿示好木鹤，她的白眼都快翻到天上去了。

好在钟离非还记得这是重要场合，努力克制情绪，没让大家都下不来台。

合完影，按照惯例，主创们要留下来接受媒体采访，木鹤因为横空而出从谢导那儿拿下犀音的角色和之前在微博上的热度，也受到了不少关注，还好叶汐事先提醒过，所以她应对得游刃有余。

上午十一点，开机仪式结束，接下来就正式进入拍摄环节。

第一场拍的就是犀音初来凡间的戏。

当身穿黑色长裙、妆容精致的木鹤出现，现场立时安静了下来，落针可闻，所有人的目光都聚集在她的身上，有震惊，有惊艳，也有难以置信……

或许，在这之前，他们嘴上不说，心里还会有所怀疑，木鹤作为一个没什么名气的新人，很可能就像网上传的那样靠见不得光的手段才拿到的角色，然而，此刻看到将犀音的懵懂、纯情和怯意诠释得淋漓尽致的木鹤，他们不再怀疑。

因为，她就是犀音。

钟离非看了一眼就移开视线，嘴角浮现一丝讥讽的笑意。

当木鹤以生疏、跳舞般的柔美姿态走向齐灏时，这位向来有“齐一条”美称的实力派敬业男演员竟破天荒地忘词了。他回过神后，连忙向导演和其他工作人员道歉，又对木鹤抱歉一笑，虚握着的拳头缓缓地松开，重新调整好状态。

“各部门准备，开始！”

哪怕监视器后是严厉的谢导，木鹤的状态也很好，她熟读剧本，把犀音的性格摸得透透彻彻，加上这段内容试镜时演过，她表现得无可挑剔，不到一个小时就把今天的戏份拍完了。

她没有离开，而是坐在一边，膝上放着剧本，认真地看别的演员拍戏。

这副虚心学习的态度，让谢导对她的好感又多了一分。以他的经验来看，这样的女演员不红，天理难容。

因为是拍摄的第一天，工作量没那么大，下午四点左右就收工了。回家的路上，木鹤收到谭绵的微信，说是公司为了奖励她拿下犀音的角色，并庆祝她顺利进组，特地为她准备了大惊喜。

木鹤好奇地问是什么惊喜，谭绵不肯说，神秘兮兮地卖关子：“我都送到你家里去了，等你回去就知道啦。”

回到金月湾已是天色擦黑，木鹤推门进去，迎接她的是满室光亮以及客厅长桌上摆得满满当当的惊喜：十几套秋装和冬装、靴子、帽子、围巾、GUCCI 的限量款包包、漂亮的珠宝首饰、各种品牌的化妆品和护肤品……几乎女孩子梦寐以求的东西都在上面了。

霍斯衡听到动静，拿着水杯从厨房走出来，看到木鹤怀里抱着一个黑色盒子，笑容满面，双眸发亮。

她的小助理带人送这些东西过来时，霍斯衡刚好从外面回来，还好他反应快，没有暴露。

木鹤迫不及待地和他分享喜悦："全是公司送的哦。这是D家定制款的钢琴口红礼盒，有一百多种色号，算了，和你说这些，你估计也不懂……"

霍斯衡确实不懂口红，但他懂她的开心，原来，她喜欢这些东西？

欢喜过后，木鹤开始发愁了，东西太多，主卧的空间是大，可只有一张床，不如还是暂时放到客卧算了。

霍斯衡看出她心中所想，从桌下的暗格里拿出一本小本子，递过去给她："这是我下午偶然发现的。"

木鹤接过来一看："使用说明书？"

原谅她孤陋寡闻，原来房子也有使用说明书的吗？

霍斯衡抵唇轻笑："我简单看过了，其实主卧是有衣帽间的。"

"在哪？"木鹤蒙了，她怎么都不知道，"快带我去看看。"

他们来到主卧，站在靠门的那面墙前，木鹤指着墙："不会是在……"

霍斯衡抬手在墙上一点，唤醒控制面板，点击开启后，墙开始有了裂缝，接着缓缓打开到门的大小，木鹤惊喜地看着一个宽敞的衣帽间出现在视野中。

这真是太不可思议了。如果不是那份说明书，谁能想到墙后还藏着衣帽间呢！

木鹤走进里面看了一圈，走过来又走过去："郗衡，你帮我一起把东西搬进来吧。"

霍斯衡站在门口，看她明眸潋滟，笑颜如花，他曲起右手压在胸前，微微俯身："乐意为您效劳，央央小姐。"

男人丰神俊朗，长身鹤立，举止尽显绅士风度，又因眼角浅浅溢出的调侃笑意，多了一分雅痞的意味。

木鹤看得眼睛一眨不眨，听到自己的心脏不争气地用力地咚了一声。

那个词，怎么形容来着？

——苏炸了。

两人来回好几趟才把东西搬进衣帽间，之前看着还挺多的，可空间太大了，十几套衣服加在一起，才堪堪用了一个衣柜。木鹤微喘着气，不知是情绪渲染，还是频繁走动的缘故，颊边还晕染着浅粉色，眼眸如月光映照下的清泉，波光粼粼。

之前她在般若寺跟月老许愿，提前预支三年桃花运，全转成事业运，现在确定，幸运女神真的是在眷顾她了，一切都在往好的方向发展。

霍斯衡把她宝贝不已的钢琴口红礼盒放在中间的桌上，抬眼看去，目光尽头是她那笑意盈盈的脸。霍斯文不过送了这么点儿东西，就让她喜笑颜开，如果他帮她把衣帽间填满，她会不会更开心？

他嘴唇抿起几不可察的弧度，将卷起的衬衫袖子放下来，精瘦有力的小臂渐渐隐没在黑色布料下。

“郗衡。”木鹤欢快地跑过来，找到他的手，用力握住，“给你沾点好运气，希望你家里能尽快给你解除婚约。”

霍斯衡垂落视线，看着那双握着自己的手轻轻晃动的小手，纤细白皙，说不出地柔软。听到她分享好运气的说法，他不由得微微失笑，却故意曲解她的意思，逗她：“所以，你是希望我早点离开？”

“没有，没有……”这个罪名可大了，木鹤把头摇得跟拨浪鼓似的，“我发誓，绝对没有！”

“是吗？”

木鹤生怕刺激到他骄傲的男性自尊心，安抚性地拍拍他的肩膀：“你愿意住多久，就住多久。”

只要她木央央头顶上还有一角屋檐，就绝不会让他郗衡流落街头。

霍斯衡忍住笑意：“这还差不多。”

木鹤悄然松了一口气。

警报解除。

接下来，木鹤拿着那份房子使用说明书，兴致勃勃地在主卧里四处探秘，原来玻璃窗和地板一直那么干净，不是因为钟点工阿姨来得勤，而是它们自带除尘功能。

床后的墙上也有控制面板，温度、湿度和灯光都可以控制，天花板有两层，可以自由收放，近来天气不稳定，晚上看不到星星和月亮，只有一片漆黑，她就把另一层天花板收了起来。

木鹤还发现，控制面板上，床的标志旁边有个隐藏模式，她好奇地点了一下，然后就感到脚下的地板开始震动，须臾间，大床就当着她的面消失了。

……掉下去了？

她点了取消后，床才缓缓地从地板下升起来，恢复了原来的样子。

她终于知道这房子为什么会有使用说明书这种东西了。

结束探秘行动，木鹤拉着郗衡进厨房准备晚饭，做了简单的三菜一汤。她特地开了一瓶红酒，不管怎么威逼利诱，他就是一滴酒都不肯沾。

破戒第一次尝试，宣告失败。

木鹤又和他聊起今天在片场的事，跳过不愉快的部分，绘声绘色地描述着，清甜的嗓音在客厅久久回响，连碗碗都听得津津有味。

吃过饭，休息片刻，木鹤进衣帽间拿了睡衣去洗澡。吹干头发出来，时间还早，她来到家庭影院，例行观看影视片段，可累了一整个白天，注意力比较分散，她就改变主意，挑了一部轻松的校园爱情电影。

电影剧情抓人，木鹤看得非常投入，男女主角牵着手在雨中奔跑时，她感到旁边的沙发微微下陷，偏头一看，是郗衡。他刚洗过澡，黑色短发还湿着，微乱地搭在额前，眉骨、山根都高，加上肤色白皙，眼睛就被衬得格外深沉。

他也会对校园电影感兴趣？

这一分神，大屏幕上，男女主角来到森林里的小木屋，大雨瓢泼，窗户透出朦胧的暖黄色灯光，画面转到室内，他们的衣服都湿透了，围着木桌落座，桌子中央摆着一盏油灯，火苗正随风摇曳，光影随之变化。

他们开始聊天，内容杂乱，有点无聊。

木鹤掩嘴打了个呵欠，瞥见身侧的男人目不斜视地盯着屏幕，似乎看得入了神，她也连忙打起精神。

男主角忽然抓住女主角的手："走。"

"去哪里？"

"天堂。"

木鹤：她是不是错过了什么？

不是私奔吗？怎么就要去天堂了？难道他们要一起自杀？

接着，画面一转，他们一边拥吻着，一边倒向床……

男女主角已经在去往天堂的路上，木鹤却如坐针毡，面若火烧，要是只有她一个人看，顶多就一边害羞，一边把细节都看得清清楚楚。

可是，郗衡也在啊！

她尽量让自己不要那么大惊小怪，垂着眼，盯着地板，然而，就算她不看，也阻止不了那种奇怪的声音流泻出来，何况音响的质量那么好，简直就跟身临其境没两样。

要命了。

她终于忍不住，将余光往旁边一瞥。

他靠在沙发上，姿态闲散，面沉如水，没有一丝表情，木鹤都要怀疑他们看的是不是相同的画面了，转念一想，他之所以没反应，很可能比这更大尺度的都看过……

淡定，淡定，大家都是成年人了。

她的心情稍微平复下去后，那种能把猫害死的好奇心又被勾起来了："郗衡。"

霍斯衡漫不经心地“嗯”了一声。

“你……真的都没什么感觉吗？”

咦，刚刚是谁在说话？

木鹤紧抿红唇，将身子缩成一团，努力减少存在感，最好当透明人。她也不知道自己怎么会问出那样的问题，只知道，她一点都不想听到他的回答。

一个字都不想！他能不能装作没听见？

霍斯衡侧过头，颇具兴味地挑了挑眉，不咸不淡地问她：“我应该要有什么感觉？”

木鹤耳根发烫，掩饰般扯了些头发盖住，谁知道你要有什么感觉啊？

她生气地指着屏幕，实际上语气虚得紧：“你、你不觉得这人工雨下得太大了吗？这要浪费多少水啊，非洲的小孩子连水都没得喝，牛马都渴死了……”

只有天晓得她到底在说些什么。

霍斯衡眸底光华微动，颇有同感地点头：“我也觉得。”

木鹤没再应声，装作特别专注地看着屏幕，雨还在下，小木屋的灯暗了，第二天太阳升起……后面的剧情套路痕迹明显，索然无味。困意袭来，她的眼睛悄悄地合上了。

霍斯衡见她睡了过去，轻轻推她的肩膀，压低声音：“回房去睡。”

木鹤没反应，连动都不动一下。

霍斯衡知道她只要睡过去，就很难被外力因素弄醒，这点还和以前一样。犹豫片刻，他弯腰将她抱了起来，她很轻，对他来说基本没什么重量，她还自动在他的怀里寻了个舒服的位子，乖巧得像只小奶猫。

他把她抱进房间。他没有抱女人的经验，将她轻放到床上时，手臂被她当成枕头压住，动作不敢太重，试了两次才抽出来。一番折腾，她的长发乱乱地盖住了面颊，他一缕缕地帮她顺好。

帮她盖上被子后，霍斯衡在床边坐了一小会儿，等她的呼吸渐渐均匀，他才起身出去。

夜安静地走到了尽头，晨光熹微，整座城市慢慢苏醒。

木鹤也醒了过来，迷糊两分钟，思绪才开始清晰，关于昨晚的最后记忆……是郗衡抱她回房的？睡意顿时全消，她低下头，还好有穿内衣。

磨磨蹭蹭地梳洗好出来，隔壁全无动静，他应该还在睡，她穿上外套，拿着包包，轻手轻脚地出门，提前去了片场。

上午拍的是齐灏和钟离非的戏份，钟离非饰演的是芷芙仙子——青离帝君的恋人。得知他下凡历劫，她从九天之外追到人间，而此时的他已记忆全无，她于他而言，只是个陌生人。

除去昨天的那个小意外，齐灏演技在线，也很会带戏，就是钟离非不知是不是没休息好，有点不在状态。如果换作别的导演，估计早就给过了，偏偏遇上的是谢导，喊了几次“咔”后，他的脸色不太好看。

钟离非的脸色更不好看。

她的助理焦急地等在旁边，赶紧送上温水，她喝了两口，休息几分钟后，重新投入到拍摄中。

木鹤坐在角落的简便椅子上，听到不远处的两个群演嘀嘀咕咕：“钟离非的男朋友，好像劈腿了……”

“周竟？他不就在隔壁剧组拍戏？”

“狗男人，见一个爱一个……”

她对别人的八卦不感兴趣，继续认真地看剧本。

钟离非断断续续地拍了一整个上午才勉强过了，木鹤的戏被拖到下午，犀音初来人间，不小心露出额头上的两只龙角，被村民误以为是妖物，人人喊打。

这场戏需要吊威亚，进组前，她特地跟老师练过武术，也研究过不少女星行云流水、身姿优美的打戏，可被吊到半空，不仅要克服地心引力，还穿着样式繁复的裙子，保证动作既美又仙，难度不是一般大。

谢导拿着喇叭，问她："准备好了吗？"

木鹤比了个"OK"的手势。

各机位准备就绪，谢导喊开始，场记打板后，迅速撤离，镜头里就只剩下了木鹤。她缓缓飘落，长发裙摆纷飞，无法理解村民的敌意，眉眼间隐藏着一丝迷茫与慌乱，更多的是觉得新奇、好玩："来追我啊。"

等意识到村民对她起了杀戮之心，她面露惊慌，凌空而起，化为龙身，穿云而过，消失在天际。当然，这些都要靠后期特效。

谢导对她的表现很满意，阴沉了半天的脸上总算露出笑意："过！"

木鹤掉在软垫上，工作人员上来帮她解开威亚，谭绵把她扶了起来，给她披上外套，激动地比起大拇指："央央，你真棒！"

郑游游也跑过来和她说话，还体贴地往她的手里塞了个暖手宝。

得知木鹤一次过的钟离非，并没有说什么，只是轻蔑地笑笑，将一个海绵蛋翻来覆去掐到变形。

另一边，袁欣儿得知同样的消息，她涂着指甲油，笑道："看来，谢导是真的很欣赏她啊。"

木鹤顺利拍完戏回到化妆间，刚坐下，就看到谭绵带着中了五百万元大奖的笑容走进来："央央，霍总来探班啦！"她特地强调，"是探你的班哦！"

如果没记错的话，这是霍总第一次来探班吧？

木鹤惊讶，星宇传媒的霍总？

霍斯文是百忙之中抽空过来的，他的助理们提着丰富的下午茶，如意斋的秘制点心、奶茶和星巴克的咖啡，见者有份，不仅表现了对木鹤的重视，还给她做足了脸面。

木鹤出来时，收到不少带着谢意和别样意味的目光。她和霍总仅有过一面之缘，就是被他慰问那次，说不上熟，他怎么会过来探她的班？

霍斯文正在和制片人聊着天，对方察言观色，将木鹤好好地夸了一通，不管是否夸大，好话总是顺耳的，霍斯文听得面带笑意，场面话顺手拈来：“还得请你多多关照。”

“一定，一定。”

制片人看木鹤出现，立刻很有眼色地退了：“你们聊。”

木鹤走近：“霍总。”

霍斯文知道她在四叔心里的分量有多重，他既是上司，又因了四叔那层关系，态度上还真不太好拿捏，只好笑着回应：“木小姐。”

木鹤从谭绵那儿知道昨晚的惊喜是他亲自钦点送的，当面跟他道谢。

两人是大家目光的焦点，霍斯文不好表现得太明显，言简意赅地答：“不用客气，都是自己人。”

木鹤眉心微蹙，自己人？

她是星宇旗下的艺人，他是老板，“自己人”这个说法倒也说得通，可她就是觉得他的态度有些奇怪，这种感觉上次他来慰问时就有了。

她把疑惑压在心里。

霍斯文还有要事，待了半个小时就离开了，但他的到来，足够让有心人浮想联翩，大做文章了。

钟离非看着面前的点心和咖啡，就算她不想吃，也得给星宇总裁一个面子。公务繁忙的他竟然亲自过来探木鹤的班，光是这个举动就很能说明问题……

难怪赵亦可会直接败得无翻身之日。

钟离非胸口的闷气更重，在门口遇到木鹤时，她没忍住，就刺了几句，大意是讽刺木鹤靠不正当手段上位之类的。

木鹤清清淡淡地看着她："钟离非老师。"

钟离非表情略变。

木鹤嗓音微冷，字字掷地有声："真巧，我也看不起那些只会靠找金主包养、以色谋利的人。"

说完，她施施然地走开了。

钟离非站在原地，神色复杂地看着她的背影远去。

走出一段距离后，谭绵回头看一眼，嘴巴嘟得能挂瓶子，不就是一线小花吗，至于这么看不起人？哼，风水都有轮流转的时候，今天你对我木老师爱理不理，明天我木老师让你高攀不起！

"央央，我们别理她。"

木鹤若有所思地说："绵绵，这个圈子水深，关系复杂，有的时候看起来是朋友的人不一定真的是朋友，而看起来是敌人的也未必就是敌人。"

谭绵资历尚浅，听不出她话里的深意，似懂非懂地"哦"了一声。

华灯初上时分，木鹤回到家里，霍斯衡见她心事重重地坐在沙发上，微皱着眉问："怎么了？"

木鹤的心有点乱，沉默好半晌后，才出声："郗衡，我觉得，我们公司的霍总……好像对我有意思。"

霍斯衡正捧着杯子喝水，闻言，险些被呛到，然后，他露出了和那次听到钟点工阿姨因误会染血的床单而提起房事时，如出一辙的……奇异表情。

霍斯衡放下杯子，不自然地轻咳两声，"他不敢"三个字即将突破唇齿而出，又咽下去了。

从一开始，霍斯文就误会，她是霍斯衡的女人。

如今他们生活在同一屋檐下，也没办法澄清这个误会，只能将错就错，而他怀有私心，想将她纳入羽翼下，不受外界任何的风雨侵袭。

或许，他该去提点一下霍斯文，注意把握好分寸，免得她生出不必要的烦恼。

彼此各怀心事，沉默如同柔和的灯光，将他们安静地笼罩。

“也有可能……”木鹤想了想，又说，“是我太敏感了吧？”

身在大染缸之中，长着这样的相貌，就算再怎么低调、洁身自爱、如履薄冰，还是会招惹一些不怀好意的人，木鹤亲自经历过太多，然而，坚持底线的拒绝反而激起了他们的征服欲——防不胜防。

木鹤始终坚信，就算这个圈子再怎么黑暗，也会有一个干净的角落，无须出卖美色，可以凭借实力，占据一席之地。

也许这次真的是她过于敏感，自作多情了，霍总明面上并没有表现出那种意思，说不定是觉得她是公司目前签的女艺人中唯一还没糊掉的，所以才额外关照一下。

当然了，如果他真的对她生出龌龊的心思，哪怕丢掉这份工作，她也会不惜代价和他对抗到底，就像当初对待东兴企业的郑胜利一样。

木鹤想通后，有些不好意思地抿唇笑笑，以前她遇到类似问题也会和钟明玉商量，钟明玉经历的事儿也不多，除了安慰她，就是陪她唏嘘，两人半天都商量不出对策。

钟明玉离开后，她连个能商量的人都找不到，还好郗衡出现了，他可能不怎么了解圈中事，但她相信，他会懂她的心。

她想把藏在心底深处的委屈告诉他：“你知道吗？之前有个男的想潜规则我，被我再三严词拒绝，他恼羞成怒，给我捏造了不少黑料……”

霍斯衡知道她说的是东兴企业的郑总，当然，正是因此，东兴企业已经不存在了，而城郊的精神病院里多了一位叫郑胜利的病人。

他听她换了轻快的语调：“前几天听说他公司破产倒闭，好像是得罪人了。”

商场上的事，木鹤不太懂：“我一点都不同情他，甚至还挺感激把他整垮的人。”

木鹤并不知道，自己感激的那个人，远在天边，近在眼前，她犹豫着问：“你会不会觉得我这样想有点……无情？”

肩上覆上了一只带着暖意的手，她下意识地侧头，目光瞬间被那双幽深的眼睛吸了进去，里面不再藏着危险的旋涡，平静如明镜，静静地映着她的身影。

大概是温水浸润过喉咙，男人原本低沉的声线变得柔和下来：“不会。”

从此以后，所有的障碍，我来替你清除，所有的风雨，我帮你挡，你尽管干干净净、开开心心地前行，去向璀璨星光的尽头。

木鹤感到胸口蓦地发紧，忽然生出一种酥软之感，不仅仅是被认同，还有一种全然陌生的被保护、被……宠爱的感觉。

见她盯着自己怔怔地出神，霍斯衡轻轻拍了拍她的肩膀。他用的力度不大，可她下午刚吊过威亚，被他拍过的地方隐隐生疼，她忍不住“咝”了一声。

“受伤了？”

“没。”木鹤摇摇头，“就是吊了威亚，有点酸疼。”

她有点犯懒，灵机一动：“郁衡，今晚你来做饭吧。”

不等他答应，想着冰箱里剩下的食材，她数着手指说：“嗯，不能对你要求太高。就做番茄炒蛋、小炒牛肉，再来一个莲藕排骨汤吧。”

没给他反驳的机会，木鹤轻戳两下他的手臂：“快去，快去。”

霍斯衡眉眼间浮现一丝无奈之色，但还是起身进了厨房。木鹤对着他的背影比了个“胜利”的手势，然后懒洋洋地窝在沙发上玩手机了。

登上微博，她发现粉丝涨到了八百万，新增的粉丝里多了戴老师、郑游游，甚至连齐灏、袁欣儿都关注她了，加上之前互关的谢导，算起来，她已经把除了钟离非以外的《仙侠奇缘》剧组的主创人员集齐了。

对他们来说，互关这种事，和跟公司里的同事加个微信没什么区别，工作需要而已。

但谁先关注谁就很有讲究了，如果咖位小的主动，很可能就会被对方粉丝撕，有倒贴、抱大腿的嫌疑。

最新微博下的评论突破了五万条，数量太惊人，她想回复也有心无力，又不能厚此薄彼，干脆就一条条认真地看起来。

她刷了快四十分钟，霍斯衡终于把晚饭做好了。她放下手机，进厨房洗手，顺便端菜。

说实话，她是没有对他的厨艺抱多大希望，可看到摆在桌上的两道菜，她的眉心还是跳了一下。

不出所料，牛肉炒得太老了，嚼得腮帮子发酸，那道如果事先不知道是番茄炒蛋绝对看不出是番茄炒蛋的菜，全新的口味让木鹤产生了番茄是不是转基因时用力过猛，变得不是番茄了的错觉。还有鸡蛋，让那只母鸡过来，它敢认这是它生的？

他……到底是怎么做到的？

霍斯衡握着筷子，拨了拨饭粒，淡淡地瞥她一眼，气定神闲地问：“不好吃？”

啊？木鹤摸了摸脸，她表现得这么明显吗？

生怕打击他的信心，她努力露出笑容：“或许……汤还不错。”

她低头喝了一口汤后——

她委婉地提出建议：“郗衡，我觉得吧，如果以后晚上我不做饭，我们还是……叫外卖吧。”

霍斯衡：“……”

木鹤在片场待了半个月，前期的戏份基本结束了，叶汐特地为她安排了一个杂志封面拍摄。

《玫瑰杂志》虽然没有跻身国内四大时尚杂志之列，但在业内也是有口皆碑的，特别受时下女性群体的欢迎。

木鹤签约星宇后，第一部接的就是谢导的戏，起点很高，加上之前在微博的热度，人气大增，如果她能成功打入时尚圈，对以后发展将是很大的助力。

下午两点，木鹤在谭绵的陪伴下准时到达摄影棚。

化好妆，做完造型后，木鹤穿着白色公主裙走出来，她是第一次拍杂志封面，面上看着淡定自若，心里多少会觉得紧张。

她起初还有些放不开，表情不自然，肢体动作僵硬，幸好渐渐进入状态，像是找回主场一样，在摄影师的指示下摆出各种动作。

谭绵喜滋滋地拿着手机站在旁边拍、拍、拍，人长得美，不管哪种风格，哪个角度都扛得住。

木鹤第二套换的是一身黑色小西装，剪裁得体，最大限度地呈现了她完美的身体曲线，尤其是小细腰，被勾勒得不足一握，脚下是金色细跟的高跟鞋，指甲上涂抹着嫣红，在白嫩的肌肤的映衬下，格外鲜明好看。

谭绵看得眼睛都直了，这是换套衣服直接换个人的节奏啊！央央穿西装，气场全开，看起来也太……攻，不、不、不，太飒、太女王了吧！

摄影助理给木鹤递上一枝红色玫瑰花，示意她咬在嘴里，然后做出极具诱惑的表情和动作："很简单的，你就当作面前站着你喜欢的男人，你用尽浑身解数，引诱他。"

木鹤没有类似的经验，只能凭空想象着那种感觉，还没准备好，就被推上场了。

摄影师拍了几组照片，她英气的黑西装配上情窦初开的小女儿情态，总觉得不对味。

他皱眉思索几秒，然后告诉木鹤：“试试不用任何表情。”

木鹤松一口气，这就容易多了，她轻咬玫瑰花，学着郗衡面无表情的样子，侧着脸，眸色微冷，眨眼间就变成了冷若冰霜的美人。

“非常好！”摄影师终于找到了惊艳的感觉，不停地按着快门，“继续保持。”

临近黄昏，木鹤总共拍了六套造型，休息片刻后，又接受了半个小时的采访，结束后又累又饿。谭绵体贴地递了一杯热可可过来，她喝了大半，总算觉得力气恢复了。

两人等电梯时，谭绵眼尖地瞥见一个戴着口罩的男人拉着一个年轻女生进了楼梯间。她眼睛陡然发亮，轻扯两下木鹤的袖子，压低声音：“央央，那个好像就是钟离非的男朋友周竟。”

周竟也是演员，长得帅，人又上进，去年在一部青春偶像剧中爆红，但因为他成名前跑过两年龙套，所以和钟离非在一起后没少被她的粉丝骂吃软饭、凤凰男。

甚至有个粉丝顶着“今天钟离非和周竟分手了吗”的 ID 每天去他们的超话签到、打卡，刷足了存在感。

总之，他们这段恋情并不被大部分人看好，似乎分手只是迟早的事。

就是没想到，周竟会先劈腿，出来偷腥还被她们撞见。

谭绵“啧”了一声：“他居然也好嫩模这口啊。”

要是被爆出来，妥妥的头条。

唉，木鹤好像没那么讨厌钟离非了，女人何苦为难女人？

直到电梯门叮的一声开了，木鹤才从沉思中回神：“走吧。”

外面连一丝风都没有，空气沉闷，天边铺着罕见的紫红色晚霞，仿佛一幅波澜壮阔的油画。

谭绵拿出手机拍照，上传朋友圈：“昨晚看天气预报，据说是有强台风登陆，央央，你晚上自己一个人睡，怕不怕？”

木鹤笑着摇头：“不怕。”她又不是小孩子了。

“嗯嗯，那就好。”

果然，到了晚上十一点，木鹤躺在床上，准备入睡，窗外开始雷鸣电闪，狂风大作，她捂住耳朵，整个人缩进了被子里。

——不怕，不怕。

时间将近午夜，她还没睡过去。

风越来越大，呼啸而过时像恐怖片里的配音。木鹤侧着身子，双手抱住自己，从被角的缝隙里看出去，几道闪电撕裂乌云齐齐跃出，将黑夜照得亮如白昼，雷声轰隆，如同响在耳边，震得她耳朵发疼，心脏紧缩。

她想起以前跑龙套时还演过白无常，特地去做了不少功课……

不能再想下去了，木鹤翻了个身，总觉得天花板上有黑影闪过，角落好像也站着一个人。她鼓起勇气定睛看去，又什么都没有，连碗碗都吓得不知道躲哪里去了。

空空荡荡的卧室里，只有她。

午夜一点多，霍斯衡处理完几份邮件，揉了揉眉心，听到门外传来轻微的声音，以为是雷鸣震动引起的动静，便没去理。他正要关灯，响声又起。

他凝神去听，是敲门声。

他走过去，一打开门，就看到木鹤抱着被子站在门边，乌黑的长发散乱，莹白的小脸上挂着可怜兮兮的表情——

“郗衡，我今晚可以和你一起睡吗？”

# 第五章

# 可颠倒众生

深幽的夜空上炸开一道树杈状的紫色闪电，巨大的雷声之后，光亮消失，男人线条俊朗的侧脸，便沉在一片半明半暗中。

木鹤看不清他的表情，只听得他喉中压出一记轻笑，好像带着些许的无奈：“木央央。”

她下意识地挺直腰板。

“如果我没记错的话，”霍斯衡换了个闲适的姿势，在蒙昧的光线中，目光含笑地看着她，“你今年似乎二十二岁了。”

“你记错了！”木鹤侧着身，用后背把拦在门口的他轻轻推开，堂而皇之地抱着被子进入房间，回头朝他嫣然一笑，眉眼间透出得逞之色，“今年生日还没过，所以不算。”

没有哪条法律规定二十二岁的人不准害怕雷雨天吧？

她心里的如意算盘打得可响了，既然进来了，就别想让她再出去。

木鹤将他的被子推到一边，自己占了半边的床，躺好后，见他还站着，总算为自己的喧宾夺主感到那么一点点羞愧，心虚地清了清喉咙：“你还不上来睡吗？”

霍斯衡眸色渐深：“你确定要和我一起睡？”

木鹤一愣，明明是同一个意思，她怎么从他的话里听出了不正经的意味？一定是错觉吧，矜持、害羞什么的全输给了害怕，她点点头：“确定。”

反正又不是没有一起睡过。

然而，当他真的躺在旁边时，木鹤觉出不对劲来了。

他的床……没有主卧的大。

尽管各盖着一床被子，但旁边男人的存在感太强烈了，空气仿佛变得稀薄起来，木鹤觉得快要缺氧了，连呼吸都不敢太用力。

可能是认识的时候年纪小，对于他，她从来没想过男女有别这回事。

可此刻，木鹤终于意识到，八年前，八年后，他们同睡一张床的性质……

好像不太一样了。

“郗衡，你的床有点小，我觉得，我们——”木鹤轻轻揪着被角，小心翼翼地组织语言，“是不是去主卧睡比较好？”

霍斯衡哪里听不出她的言下之意，故意吓她，幽幽道：“你觉得我要是真想对你做些什么，你逃得掉？”

不能。

不对……

木鹤心尖轻轻颤动后，总算转过弯儿来了，她不可置信地睁大眼睛，抱着被子坐起来，居高临下地看他，强烈地控诉：“你要是对我做什么，你就是……禽兽！”

“木小姐，”听到她的指控，霍斯衡轻笑道，“是否需要我提醒，似乎凌晨抱着被子闯入我房间的人，是你？”

木鹤哑口无言。

半晌后，她才轻声嘟囔：“我又不会对你做什么。”

霍斯衡听了，桃花眼微眯着睨过去，别有深意地说：“希望明天醒来，我的睡衣还是干的。”

某些回忆涌现，木鹤的脸瞬间就发热了。

上次他们一起睡时，床更小，勉强能容纳两个人，本来背对背睡，楚河汉界，泾渭分明的，可不知道怎么睡着睡着，她就变成趴在他怀里的姿势，还把他胸前的衣服……弄湿了。

往事不堪回首。

木鹤懊恼得不行，语出威胁：“郗衡，为了你的人身安全，我觉得你还是安静地睡觉比较好。”

接下来，他果真没声了，连呼吸声都很轻缓。

响雷再次炸开，惊得她打了个哆嗦。

木鹤闭上眼睛酝酿睡意，越想睡偏偏越清醒，漫长得好像过了一个世纪后，她忍不住轻声喊他：“郗衡，你睡了吗？”

霍斯衡早就察觉到她的躁动，没睁眼，懒散地说：“……嗯。”

“你能——”木鹤放软声调，像在和他说悄悄话，“给我讲个睡前故事吗？”

又不是小孩子了，还要听睡前故事，说出去会让人笑掉大牙，可在他面前，她一点都不觉得害臊。

“不能。”

她就知道，只好退而求其次：“那你能给我唱首安眠曲吗？”

“唱俄语歌怎么样？听不懂歌词的话，就更容易催眠了。”

霍斯衡没有回应。

“郗衡、郗衡、郗衡……”她丝毫没发觉自己的腔调近乎撒娇。

和她的声音交叠在一块的，是独属于他的低沉、富有磁性的嗓音：“歌声轻轻荡漾在黄昏的水面上……”

木鹤从旋律听出他唱的是另一首苏联名曲《山楂树》，讲的是两男一女的三角恋的故事，在歌声环绕中，外界的风雨喧嚣渐渐消失，她心满意足地合上眼。

还没唱到一半，霍斯衡就察觉她完全没了动静，偏头一看，她已经睡着了，长睫低垂，颊边泛起一个浅浅的梨涡，他把所有的情绪都埋入眼眸深处，微扬嘴角，低低地用俄语和她说了句：“晚安。”

暴雨骤降，砸得天花板砰砰作响，他听着她浅浅的呼吸，闻着那若有似无的清淡的幽香，内心一片安宁。

雨下了一整夜。

第二天，霍斯衡醒来，天色已大亮，门虚掩着，一束明晃晃的阳光落在地板上，床上另一侧的人和被子不见踪影，只有床单上柔软的褶皱，证明着昨晚两人同床而睡的事实。他向来警觉性高，像这种熟睡得连她离开都没知觉的情况前所未有，查看睡眠监控系统的数据，睡了五个小时，其中，近两个小时进入了深度睡眠。

这十年来，他从未有过这样深长而完整的睡眠。

他靠坐在床头，视线垂落，盯着床上的褶皱，久久沉思。

因为他的陪睡而好眠到天亮的木鹤，醒后第一件事就是检查自己有没有越界。还好，还好，见他还在睡，下巴隐约冒出淡青色的胡楂，冷淡的气质被削弱，整个人看起来多了几分颓废的美感，她想上手摸一摸，看看是什么感觉，又怕吵醒他，就默默欣赏了好几分钟，才回房梳洗。

临时收到剧组通知要回去补拍几个镜头，木鹤准时到了片场，刚进化妆间，就听到郑游游和戴老师在聊昨晚的强台风和强降雨："十年难得一见，全城停电……"

停电了吗？木鹤和她们打过招呼后，回想着，没有吧，她去找郗衡那会儿，他房间里还亮着灯呢。

也有可能是金月湾配备了发电机吧，毕竟连房子都那么高科技，还有使用说明书什么的。

快中午时，木鹤才补拍完镜头，谭绵去领了盒饭，吃来吃去都是那些菜式，味觉都疲劳了。木鹤并不挑剔，至少她觉得跟郗衡做的饭菜比起来，剧组的盒饭也没那么难吃。

吃完饭，午休后，袁欣儿带着助理亲自过来给她们送咖啡，和木鹤聊了好一会儿。临走前，她拉着木鹤的手，像知心大姐姐一样叮嘱："如果遇到什么问题，尽管去找我。"

以袁欣儿的咖位，还这么平易近人，真的很容易刷好感度，十分钟不到，谭绵的一颗心就被她收买了，捧着咖啡感叹：“她人真的好好哦，不像钟……”

她自觉失言，捂住嘴巴，把话题扭转了回来：“央央，欣儿姐和你一样也是学霸哦，听说她是国外名校毕业的，年年拿奖学金，后来被星探发现，这才进的娱乐圈。”

木鹤只是笑了笑，没说什么。

下午主要拍的是齐灏和袁欣儿的戏份，两个实力派演员同台飙演技，看点十足。木鹤照例捧着剧本坐在角落，认真地学习，直到下午四点半，天色阴沉沉的，似乎又有大雨将至，她才准备离开。

因为路上堵车，到了约定时间，司机还没到，木鹤等在屋檐下玩手机。刚从蚂蚁庄园收了一颗鸡蛋，一抬头就看到不久前离开的钟离非折返回来，脸色很差，脚步匆匆，仿佛连走路掠起的风都带着怒气。

木鹤觉得钟离非这副样子很不对劲，像是要去找人拼命，眼见她走进地下停车场，她叫上谭绵：“我们去看看。”

停车场很大，她们进去后，钟离非已不见人影，木鹤根据高跟鞋的声音判断方位，带着谭绵走向东南边的角落位子。

接下来的一幕让两人目瞪口呆。

一部黑色豪车正不停地震动着，那狂野的幅度，但凡有眼睛的人都看得出来，里面的人在做什么。

谭绵被刺激得猛吞口水，是谁？！

不用任何人回答，钟离非的举动就是最好的答案，只见她举起包包，用力地朝车窗砸去，很显然只是在做无用功。她又蹬掉高跟短靴抓在手中，像个泼妇一样，歇斯底里地朝车窗进攻。尽管车里的人早已惊吓得面无人色，然而，鞋跟撞到玻璃，只是发出沉闷的声响，没有产生任何实质性的损伤。

谭绵眼睁睁地看着钟离非一下又一下地用高跟短靴砸着车窗，她的心也慌了，怎么办，怎么办？

“央央。”她转头一看，木鹤不见了。

谭绵焦急地四处寻找，几秒后，木鹤的身影重新出现在她的视野中，手里还拿着两根不知从哪里找来的钢管，谭绵蒙了，这是要做什么啊？！

天哪，央央不会是要……

木鹤走向钟离非，将钢管递了一根给她：“用这个。”

钟离非的眼睛因愤怒而染着红色，看到来人是木鹤，眼底闪过许多无法言说的情绪，但她还是毫不犹豫地把钢管接了过来，举过头顶，用尽全力地砸下去。

“帮个忙。”钟离非说。

木鹤拍了拍手中的钢管：“没问题。”

钟离非跳上车前盖，将盖子踩得砰砰作响，此时此刻，她就像个高傲的女王，以蔑视的姿态，俯瞰着车里那吓傻了的人，钢管一下又一下地砸到挡风玻璃上。

豪车的玻璃又怎么会那么容易被一个手无缚鸡之力的女人砸碎呢？

木鹤的力气也不大，但她物理学得特别好，擅长分析受力点，找出易碎点后，集中全力，一击就中。

见主驾驶座侧后方的玻璃被木鹤砸开了一个口子，钟离非激动地跳下来，咚咚咚一阵乱砸，整面玻璃都碎了。她顺利打开车门，连拉带扯地把两个人正手忙脚乱地往身上穿的衣服丢了出来……

不想被那肮脏的画面污染眼睛，木鹤移开视线，可钟离非正在气头上，估计理智都不剩多少了。为了让后续的事情尽量简单化，木鹤只好从口袋里拿出手机，偷偷打开摄像头，对准车内。

伤风败俗，做出丑事的是周竟他们，世人的眼光却总是会对受害者钟离非过于苛责，要是由周竟先把事情捅出去，还不知道会怎么歪曲事实呢。

大家都不会在意真相如何，他们只关注事件是否狗血、刺激，是否足以在茶余饭后当成笑料翻来覆去地讲。

至于要不要曝光，主动权在木鹤手里，决定权在钟离非，远远轮不到周竟，就算他想从中作妖，也翻不出太大的水花。

钟离非将那对男女堵在车里痛痛快快地揍了一顿，周竟脸色黑沉，全程一个字都没说，倒是那个嫩模被打得哇哇大哭，还嚷着要告钟离非故意谋杀。

钟离非被气笑了，可能觉得和智商不在同一层面的低贱生物纠缠，是对自己的侮辱，反正当场抓了人，气也出了大半，真要算起来，没有亏得太厉害。

她没心情再看："还不快滚。"

木鹤赶紧背过身去，把手机藏好，心跳怦怦的。

两人狼狈不堪地从车里出来，弯腰捡起地上散落的衣物，周竟速度快，十几秒就穿好了衣服，他看都不看嫩模一眼，扭头就要走。

"喂。"木鹤出声叫住他。

钟离非诧异地盯着她，眼里有碎光，眸色特别复杂。

周竟不清楚她有什么意图，再怎么难堪，还是回过头："还有什么事吗？"

木鹤指了指那个还在和裙子作斗争的嫩模，声线清浅："不要随地乱扔垃圾。"

嫩模和周竟："……"

谭绵捂着嘴憋笑憋得满脸通红，钟离非则是被木鹤一本正经的模样逗得扑哧笑出声，又板起脸："听见没有，还不把垃圾一块带走！"

周竟咬了咬牙，垂在身侧的手紧握成拳，稍微冷静后，似乎还想补救，他看向钟离非："离非，我很抱……"

钟离非压根不给他道歉的机会，呸了一声："本小姐复姓钟离，单名一个非字。"

说来也讽刺，他们谈了近半年的恋爱，周竟连她的真名叫什么都没搞清楚，她自问也是付出过真心的，奈何情分在今天走到尽头，也就不必给对方留什么体面了。

周竟自讨没趣，嘴巴动了动，没再说什么，这下是真的要走了。

嫩模一边穿衣服，一边跌跌撞撞地追上去。

他们离开后，钟离非看着眼前这个不计前嫌，还仗义出手相助的女生，真心实意地说了句："谢谢你。"

"举手之劳。"

遇到这种事情，不管是谁，她都做不到袖手旁观。

"只是，"木鹤欲言又止地指着那部几乎面目全非的豪车，虽然大部分是钟离非的杰作，但钢管是她找来的，车窗也是她砸开的……

她轻咬下唇："我暂时没有什么钱，窗户应该不用我赔吧？"

这下，钟离非直接爆出一连串的笑声，足足一分钟之后，她才勉强止住："哈哈哈，你这人，好有意思啊！"

木鹤："……"

因为这场意外，木鹤回到家已经很晚了，她坐在沙发上，揉了揉隐隐作痛的手腕，应该是砸窗时用力过猛导致的。听到脚步声，她抬眸看去。

男人的俊脸上覆着一层冰霜，带着危险而极具压迫感的低气压朝她走来。

木鹤的第一反应是——

难道她昨晚对他犯下了什么不可饶恕的罪行？

等他在旁边坐下，她顿时感觉如同置身冰窖："郗衡？"

什么事都可以商量不是？如果真的对他做什么了，她绝对会负责到底的！

霍斯衡眸如寒星，泛着细碎的清冷微光："下午在影视城地下停车场，你做什么了？”

他怎么会知道的？！

不对，这不是重点。

木鹤不怕他凶她、骂她，最怕的就是他这种冷冰冰却像钝刀子磨人的态度，这说明他是真的生气了，她慌得六神无主，完全不知道该怎么应对。

霍斯衡沉声下了最后通牒：“给你一分钟，想想怎么解释。”

这种时候，解释不是最重要的，乖乖认错才是最好的选择。

木鹤低低地呜咽一声，清透的眸底晕开朦胧的水光，额头抵在他的肩侧，轻蹭两下，右手举到他的眼前，委屈巴巴地说：“郗衡，我的手……好疼啊。”

和她想的一样，余光里，男人紧抿的唇线微松，面色也稍缓和下来。

木鹤心中暗喜，他果然吃这套。

手腕疼是真的，其实也没有那么疼，但如果可以用来当护身符的话，傻子才不用呢。在他看不见的角度，她的嘴角悄悄弯起得意的弧度，轻轻啜泣着：“会不会……伤到关节了啊？”

“我看看。”

木鹤很容易就听出来，他的声音不再像之前那样夹着冰碴，她心弦略松，带着鼻音发出“嗯”的一声，接着，就感到手心被他轻轻握住，手背覆上一阵暖意。

某种说不清、道不明的感觉从那处一路蹿向心底，击得她胸口发麻。

霍斯衡轻轻按着她的手腕：“疼吗？”

木鹤正全力追寻那来无影、去无踪的微妙感觉，一不小心就脱口而出：“不疼。”

她意识到什么，瞬时软了声音：“啊，疼、疼、疼。”

霍斯衡本就擅长察言观色，连个眼神在他那儿都无所遁形，别说她露馅露得这么明显了。他却是看破不说破，控制着力度上下活动她的腕关节，以他的经验来看，问题不大，只是用力过度导致的，估计休息两天就恢复了。

对霍斯衡来说，这根本连伤都算不上，可他还是去取了家庭药箱，挑出一瓶温和的药油，倒了些在手心化开，帮她揉起来。

木鹤收到危险解除的信号，悬着的心落回胸腔，笑得可甜了："郗衡，你怎么这么好呀。"

她知道他是关心她，而她正是因此而有恃无恐。

霍斯衡抬头瞥一眼她眼眶红红、笑意盈盈的模样，轻扯了一下嘴角："谁让我寄人篱下呢。"

木鹤做出受伤的表情："原来你对我好，是有目的的。"

霍斯衡帮她涂好药油，抽了两张纸巾不紧不慢地擦手，揉成一团丢进垃圾桶，他似笑非笑道："不然呢。"

木鹤当然知道他是在开玩笑，毫不留情地打击他："就你这情商，这辈子别想追到女朋友了。"

霍斯衡微微一笑："一般都是她们主动来追。"

莫斯科是座多情的城市，不管街头巷尾，还是小酒吧，最不缺的就是艳遇，只是他从来都不感兴趣，甚至不胜其扰。

他更愿意自己一个人待着。

也许，霍二的话很有道理，他属天煞孤星，命定无妻无子，孤独终老。

她们主动来追？木鹤琢磨着他的话，比如那个倒贴的逼婚对象？她不否认他说的是事实，嘴上偏偏要抬杠："无耻。"

霍斯衡扬起眉，笑出了一排白皙整齐的牙齿，以此回敬她的"无耻（齿）"之说。

大概是手上残余的药味太重，他站起身，进了洗手间。

几分钟后，他回来了。

木鹤看着被他放在桌面上的纸和笔，用眼神传达自己的疑惑。

霍斯衡曲起长指在纸上轻点："五百字检讨。"

木鹤："！"

什么，要她写检讨书？传出去，她还要不要面子了？

她好像已经忘记昨晚是谁像个小孩子一样害怕打雷跑去找他一起睡觉："似乎……我已经是个二十二岁的成年人了？"

"有道理。"霍斯衡若有所思地点点头，"那就一千字吧。"

既然是成年人，就得按照成年人的解决方式。

讲讲道理好吗，这是寄人篱下的人会有的态度？

最后，木鹤用尽浑身解数讨价还价，以手疼为由，总算把字数压到了三百，她长这么大，还是第一次写检讨书，为了不让她上网抄模板，他还把她的手机没收了。

她握着笔，端端正正地写下一行字：我是木央央……

小时候她嫌"鹤"字太复杂、太难写了，所以自作主张地把名字写成"木央央"。那时山区学校管理没那么严格，所以同学们一直以为这是她的本名，直到去县城上高中，她才改回了户口本上的木鹤。

不过，熟悉她的人一般都会叫她木央央。

木鹤写着检讨书时，霍斯衡把她因在停车场闹事而上热搜榜的截图发给了霍斯文。霍斯衡是在上次她被人全网黑时注册的微博，头像和 ID 都是系统默认的，关注、发博数皆为零，冷漠得就像僵尸号。

霍斯文的回复来得既快又简洁："收到。"

霍斯衡按灭手机，侧头看向落地窗外，寒月如钩，玻璃上映着他神色冷峻的脸。

半个小时后，木鹤终于写好了检讨书，献宝似的双手递给他："郁老师，请过目。”

霍斯衡周身冷意尽收，将检讨书拿过来，入目便是：我是木央央，一个聪明、伶俐、美丽、大方、温柔、善良……（以下省略一百七十二字）的女孩子，对于我在东山影视城地下停车场的冲动行为，我做出如下检讨——我不该对一个被男人伤得心碎，连当场抓奸都那么无助的女生产生恻隐之心。我也不该在带上助理，确保人身安全有所保障的前提下，还去见义勇为。总之，我错了。

这与其说是检讨书，还不如说是控诉书，字里行间都透着有理有据的叛逆。

他揉着眉心“啧”了一声，估计养个女儿都没这么麻烦……

看到他的反应，木鹤歪着头，无辜地眨了眨眼：“怎么，我写得不好吗？”

回应她的，是轻落在额头上的一个弹指。

木鹤知道这是过关了，之前被他反常的态度弄得心慌意乱，此时冷静下来才觉得哪里不对：“你怎么知道我在停车场做了什么？”

她想到某个可能性：“难道被爆出来了？”

说着，她就要去找手机，后知后觉手机被扣在他那了：“手机给我。”

这一次，不管怎么软磨硬泡，郗衡都没有把手机还回来，木鹤猜想网上应该铺天盖地都是周竟出轨当场被抓的新闻，钟离非肯定深陷舆论风暴的中心，连带着她也受了牵连，所以郗衡才不肯让她上网。

次日清晨，木鹤偷偷潜入他的房间，顺利地拿回手机，屏幕上有好几个来自叶汐和谭绵的未接电话。她火速登录微博，傻眼了，热搜榜第一名竟是“钟离非停车场怒砸周竟车”。她看了一圈，关于周竟的消息就只有一条“心疼周竟”，点进去都是在骂钟离非而为周竟打抱不平的评论，原本最该被唾骂的人，却摘得干干净净，这到底是怎么回事？！

木鹤直接在床边坐下，点进底下的视频，发现是停车场的监控，剪辑得非常高明，对周竟不利的全删了，有的只是钟离非和她举着钢管砸车的画面，断章取义，颠倒黑白。

她预想过事情不会轻易结束，就是没想到自己居然低估了周竟这渣男的脸皮厚度，先做错事的是他，倒打一耙的也是他。

也许因为她只是帮凶，下面的评论基本没提及她，来自周竟粉丝的恶意大都是对准钟离非的，好在爱妃们（钟离非的粉丝）也很强悍，双方仇人相见，分外眼红，掐了个你死我活。

“这女的脑子有病吧。粥粥的车好好放在那儿招她惹她了？”

今天钟离非和周竟分手了吗：“激动而小声地问，我可以准备回答‘分了’吗？！”

很显然，这条热搜是周竟团队的功劳，买通稿，水军下场带节奏，内涵钟离非躁狂症发作。

周竟出轨被钟离非抓个正着，两人肯定以分手收场，而分手消息一旦爆出，就等于侧面坐实了劈腿的传闻，对他的形象尤为不利。

何况，周竟咖位又不及钟离非，事业正在上升期，出了这种丑闻，无疑是致命的，不得已之下，干脆来了一招釜底抽薪，将矛头引向钟离非，反正他们都彻底撕破脸了，他不在乎多拉一点仇恨值。

木鹤气得面颊火辣辣地烧，又替钟离非愤愤不平，如果她当时不是在现场，估计也会被那个视频蒙蔽双眼。周竟这么有恃无恐地泼脏水，一定早就把对自己不利的视频删除了，轻轻松松摇身一变，从出轨者变成了受害者。

可惜的是，他千算万算，就是没算到木鹤当时也录了视频。

木鹤点进《仙侠奇缘》剧组的微信群，向钟离非发了好友申请，然后回到微博——

木鹤 V：敢不敢把完整的视频发出来＠周竟？

“我的天！我就知道会有反转！前排吃瓜！”

“没有着急站队的我去而复返，并发出了愉快的嘎嘎的笑声。”

“小姐姐加油，我觉得你砸车窗的动作帅炸了！当然，现在也帅得很！”

“难道这就是传说中的人美路子野？”

……

木鹤的微博一发出，立刻引起了钟离非团队的注意，这场停车场的砸车风波，弄得他们措手不及、焦头烂额，想尽各种办法降低热度，可这边一撤，那边又起，明显是有人铁了心要搞事。

渣男的厚颜无耻也刷新了钟离非的认知，她一边诅咒他无耻，一边唾弃自己瞎了眼，气得一夜都没睡。

因为停车场的监控视频，她的处境变得很是被动，毕竟她没有周竟出轨的证据，而她砸他的车，是有铁证的。

钟离非肠子都悔青了，要不是昨天下午被愤怒冲昏头脑，理智全无，她录个视频该多好，现在就可以直接拿出来啪啪地打那渣男的脸了。

钟离非从小到大哪里受过这样的气，她都打算寻求家里的帮助了，不料却得知，木鹤公开在微博上喊话周竟，要他拿出完整视频，她的眼眶忽然就热了——为这个与她谈不上有交情却热心肠地帮她的女孩子，为女孩子这份天真无畏地为她出头的勇气。

钟离非忍住泪意，轻叹一声，你这人……傻不傻啊？

恰好发现了木鹤的好友申请，她通过后，就收到了木鹤发来的视频，点开一看，当即震惊得无以复加，头皮发麻，鸡皮疙瘩全起来了：“天哪……”

钟离非握着手机打字，因为情绪激动，手都有些发颤，千言万语涌上心头，删删减减，最后发出去的只有三个字：“对不起。”

木鹤：“？”

钟离非：“我为之前从别人嘴里认识你、戴着有色眼镜看你、对你存在莫须有的偏见而道歉，真的很对不起。”

在大染缸里浮浮沉沉两年多，木鹤却依然拥有一双清澈见底、黑白分明的眼睛，明明救了被虐待的猫，背负那么多的骂名，却仍旧觉得“与你相遇，是我生命中最美好的事情”，就算被她误解，却依然在她孤立无援时选择仗义相助，在她陷入泥淖时，在别人都隔岸观火时，只有木鹤愿意为她挺身而出……

钟离非觉得，她似乎遇到了圈里的一个奇迹。

木鹤：“我接受你的道歉。”

这个回复让钟离非如释重负，不是客气疏离的“没关系”，而是……愿意接受道歉：“谢谢你。”

木鹤没有再回复。

钟离非沉默片刻，整理好情绪，拨通经纪人的电话，简单说了一遍经过：“对，视频现在就在我的手上。”

通话结束后，她将郁积在心底好几日的闷气吐出来，缓缓地露出笑容：“呵呵，周竟，等着受死吧。”

木鹤还在刷微博上的消息，评论区招来了一批护主心切的周竟粉“出口成脏”。

周竟本人倒是还没有反应，不知是得意忘形、高枕无忧，没看到她的微博，还是看到了也故意装死？

反正木鹤已经把视频发给钟离非了，她肯定不会让他好过的。

木鹤正要退出微博，鼻尖微动，闻到一阵清冽的雪松气息笼罩了过来，然后，她听到一道略带倦意的低哑的声音：“木央央——”

她下意识地侧过头，唇上蓦地擦过一种柔软的触感——

嗯，这是？

她吓得手机都飞出去了，仅仅一个瞬间，耳朵就装满了扑通扑通的心跳声。

亲、亲到了……

木鹤瞪大双眸，看着那近得不能再近、棱角分明的脸，整个人都呆住了，保持着亲他的动作好几秒。她无意识地抿了抿唇，然后才如梦初醒般反应过来，迅速弹开，跌坐在地毯上。

霍斯衡凌晨三点多才睡，睡意极浅，她的脚步声靠近门口时，他就察觉到了。尽管他没睁开眼，但从空气微妙的波动中，她是如何蹑手蹑脚地推门而入，无声地靠近，从床头旁的桌上拿到手机……他都一清二楚。

要是木小姐真的去当小偷的话，他将深深地为她的人身安全感到担忧。

拿回手机后，她居然背对着他，坐在地上玩了起来，还进入了旁若无人的状态，连他从后面靠近都没发觉。当然，他也没预料到，她会不小心亲上来。

如果要形容那种感觉，就像羽毛轻拂而过，不同的是，她的唇柔软而温暖……

这个意外把两人都拖进了沉默的旋涡中。

木鹤尴尬极了，遮在发丝底下的耳朵被绯红染透，一颗心乱糟糟的。她垂落目光，怎么都不敢和他对视，她不是故意的，谁知道他忽然就靠过来了……

他不会以为她是存心占他便宜吧？

一只修长白皙的手出现在眼前："起来。"

木鹤睫毛微颤，弱弱地解释："郗衡，你应该知道，这是个意外吧？"

"这得取决于你是木三岁，还是木二十二岁了。"

木鹤蒙了，什么意思？

霍斯衡微向前俯身，将她从地上拉起，她重新坐回床上，怔然地看着他，心虚地将视线从他的脸向下移动，深色睡衣上有褶皱，领口的扣子开了一个，脖子的线条精致，喉结凸出，锁骨若隐若现，散发着低调又张扬的诱惑。

"如果是木二十二岁的话，"霍斯衡眼底深处藏着笑意，面上却是一本正经，“那我就要追究你非法入侵，以及——”他语气微顿，“非礼的罪行了。”

木鹤杏眸微闪，轻声问：“那如果是木三岁呢？”

“那你就很幸运了。”见她这副像做错事的心虚样儿，霍斯衡到底还是没忍住，抿着嘴角笑了，“你将得到《未成年人保护法》的保护，这两项罪名都不成立。”

琢磨过来他的意思后，木鹤松了口气，立刻木三岁上身：“郗叔叔，早上好。”

“乖，”霍斯衡配合着进入了长辈的角色，轻笑道，“去给叔叔煮一份早餐。”

木鹤撇了撇嘴角，转身出去了。

不知道为什么，他打破尴尬，自然地给了她台阶下，可她心里并没有表现出来的那样轻松，反倒闷闷的，有种怅然若失的感觉。

她……“失”了什么呢？她怎么都想不清楚。

今天没有工作安排，可以一整天都待在家里。吃完早餐后，木鹤估摸着时间，分别给叶汐和谭绵回了电话。叶汐应该在忙，讲了几分钟就挂断，和谭绵倒是聊了半个多小时。

身为另一个知道真相的旁观者，谭绵憋着一口气，花了足足二十七分钟把周竟骂了个狗血淋头，骂完，才说：“央央，其实视频被爆出来那会儿，你也被周竟的粉丝骂得很惨。”

“对了，央央，你那时不是拍了视频吗？”不得不说，这未雨绸缪的操作真是太有先见之明了！

“是啊。”木鹤说，“我把视频发给钟离非了。”

谭绵狠狠地倒吸一口凉气，破音道：“什么？！”

她发出连珠炮式的三连追问：“你不是缺钱吗？你知道把视频卖给钟离

非团队能赚多少钱吗？大风刮来的钱，你就这样放走了？！”

木鹤恍然大悟，原来还可以这样赚钱啊。她叹息一声，开玩笑道：“我现在反悔还来不来得及？”

谭绵仿佛自己痛失一个亿，心肝都移位了：“来不及了。”

估计这会儿人家通稿都写好了。

木鹤反过来安慰了谭绵一通才结束通话。

她刚要登上微博看看是什么情况，手机就被郗衡抽走了，他还把她揪进健身房，给她布置了五公里的慢跑任务。

她跑得气喘吁吁，网上也是一片热热闹闹的。

钟离非的团队效率惊人，将从木鹤那里拿到的澄清视频发出，真相直接浮出水面。

扪心自问，要是你将出轨的男朋友抓了个现行，该不该打他？

路人们赞叹钟离非敢爱敢恨、敢动手的真性情和干净利落的态度，一边叫好，一边帮着痛骂渣男。而本来就强势的爱妃们有了主心骨后，群起而攻之，立刻就把舆论扭转了。

“前方超强反转来袭，非战斗人员请火速撤离现场！”

“我的天，这一定是我今年吃的最劲爆的瓜！”

“怪不得我非那么生气地砸车，原来是当场抓到了周某人的把柄啊！”

……

当深夜买醉、睡到中午的周竟被经纪人的电话吵醒，得知钟离非团队发了视频，扭转舆论风向时，吓得睡意全无，什么视频？她哪里来的视频？！

他哆哆嗦嗦地点开视频，脸上瞬间褪去血色，后背满是冷汗。

昨天的场面太混乱了，他居然没察觉被人拍了视频。会是谁？钟离非？不可能，她当时歇斯底里地只顾着打他们，那么就只可能是——

那个叫木鹤的女演员或者她的助理。

看到木鹤公然发微博，并且要求他拿出完整视频的微博，猜测已然成了定论。

太大意了。

毕竟，和钟离非谈恋爱也有半年时间，他原本没想做得这么绝。

或许当初是爱的吧，可是渐渐地，他觉得和钟离非在一起太累了。她有着远高于他的人气，她那些看不起他的粉丝，不管他多么努力，也总是摆脱不了“钟离非男朋友”的标签……他实在过得太压抑了，只能通过别的方式宣泄。

然而，常在河边走，哪有不湿鞋？被钟离非当场抓住出轨，他就知道，以她高傲的性子，两人绝无可能再在一起了，分手是必然的。

他的经纪人试着去联系她的团队，愿意做出经济上的补偿，希望能以对外宣告和平分手的方式，将这次事件对彼此事业的影响降到最低。

然而，钟离非没有任何商量余地地拒绝了。

所以，他才被逼得不得不先发制人。

周竟头疼欲裂，一拳砸到桌上，缓了好几分钟后，他登录微博，不出所料，评论区已被钟离非的粉丝攻陷，骂声铺天盖地，他越看，心就越凉。

他点进钟离非的微博，看到她刚发的置顶的分手声明，再看到山水集团官博转发她的微博并表示会对造谣者依法追究法律责任时，整颗心都凉透了，同时也知道……自己的演艺生涯，彻底完了。

周竟更清楚的是，他失去的不仅仅是这些。

钟离非竟然是山水集团钟离家族的千金，而他，一直以为她姓“钟”，名“离非”。

他神情凄凉，眼眶发涩，感觉神经在一根根地断掉，不知怎么却笑了出来……

爱妃们不仅迎来女神和渣男分手的喜讯，也得知了她显赫的出身，真是大快人心啊！

路人们喜迎圆满大结局，纷纷给予祝贺，而“今天钟离非和周竟分手了吗”的博主更是仰天长啸：“分啦！”

“钟离非和周竟分手”的词条飞快地超过“周竟渣男本渣”，跃居热搜榜第一，热度持续发酵，而周竟，包括他的团队，全体安静。

痛快地虐完前男友的钟离非出了恶气，正准备出去庆祝时，得知木鹤被渣男的粉丝黑，当即拿出手机发了一条微博：“说个笑话给大家听，这位路见不平拔刀相助的木鹤同学，在帮我砸完车窗后，她居然问我‘我暂时没有什么钱，窗户应该不用我赔吧’。”

这是间接在替木鹤澄清背后有金主的谣言。

“哈哈哈，这年头还有混得这么惨的女明星啊！”

“小姐姐，你背后的金主，我是说如果有的话，请你尽快把他踢掉好吗？！也太抠门了吧，连赔窗户的零花钱都不舍得给你。”

“木鹤不仅人美心善，还仗义，和渣男正面刚的勇气也令人佩服！非非@钟离非不如考虑一下把她收入后宫？”

“只有我一个人觉得小姐姐砸车窗时又美又仙还帅气吗？真的非常期待她演的犀音了！”

因为木鹤对钟离非的帮助和力挺，众爱妃对她很有好感：“大家每人出点力，给漂亮小姐姐凑上赔车窗的费用吧。”

于是，木鹤结束魔鬼训练，大汗淋漓地从健身房出来时，便看到自己上了热搜榜：“众筹帮木鹤赔窗户”。

她：“？”你们是认真的？

这样一来，全娱乐圈，甚至全国人民都知道她木鹤穷得连一面窗户都赔不起了。

古人云，塞翁失马，焉知非福。

下午四点半，木鹤接到叶汐的电话，说是帮她接了大型真人秀《智勇大挑战》的通告。众所周知，这种综艺节目不仅来钱快，人气也很容易涨，总而言之，她很快就要……有钱了！

吃完晚饭，天色已黑，心情极好的她从头到脚武装好后，拉着霍斯衡出去放风。温度低的缘故，外面几乎没有什么人。

风有点大，两人沿着西子江慢悠悠地散步，橘色灯光在他们周围一盏盏地盛放，地上映着斜斜的身影。

走着走着，木鹤收到叶汐发来的信息，沟通一些节目的细节。她一边走，一边看，回复消息时怕摔倒，很自然地就伸手揪住了霍斯衡的衣摆，低头跟在他后面慢慢地走。

霍斯衡感觉到衣摆传来的重量，回头看了一眼，眉梢微挑，没说什么，只是悄悄放缓了脚步。

走到江中岛附近，木鹤终于把手机放回口袋，抬头看着前面的挺拔背影，他身上的外套花了三百块钱，虽然被他穿得很有型，但质量真的说不上好。

他现在逃婚在外，被切断了经济来源，有家也不能回，而且天气越来越冷了，他穿来穿去，就只有这件她买的外套。

“郗衡。”木鹤轻唤他的名字，尽管钱暂时还没落入口袋，但这一点都不妨碍她把饼画得又大又圆，“等我有钱了，我给你买很多很多好看的衣服。”

她沉浸在美好的想象中：“把你打扮得帅帅的，一走出去就迷倒万千少女。”

这样，她也很有面子啊。

霍斯衡转过身，俊朗的面部线条在灯光的映衬下，多了平日里难得一见的柔色，他扬唇浅笑，语带戏谑：“我还不够帅？”

他身量太高，木鹤只能微仰起头，目光从他的额头逡巡而下，深眸、挺鼻、薄唇，几乎完美的五官，她从来没有见过比他长得更好看的男人，她看得眼都不会眨了，轻轻摇摇头：“不够，还可以更帅，能颠倒众生那种。”

头顶上，不见月影，繁星满天。

风带着好闻的植物气息，吹过他，吹得她颊边的几缕发丝飞扬。

霍斯衡直直地望进那双笑得弯起来的眼睛，澄澈清亮，连漫天星光都显得黯然失色。就在这一瞬，他感觉到心底深处某个从不示人的地方，仿佛不受控制、无声无息地塌陷了一个角。

随之，某个念头破土而出——

无须颠倒众生，只颠倒眼前一人，足矣。

从江边散完步回到家，木鹤就一头钻进了家庭影院，找出《智勇大挑战》的往期视频，兴致勃勃地看了起来。直到处理完事务的霍斯衡看到灯还亮着，过来提醒十一点了，她才回房洗澡，睡觉。

躺在床上，望着缀满星辰的夜空，想到自己如今穷得圈里人尽皆知，木鹤捂住脸，懊恼之后登录了微博，什么情况，粉丝数居然破千万了？！

她点开转发，最多的提醒是来自钟离非的最新微博，很显然，这就是涨粉丝的源头。她在关注了钟离非后，想着如果不回应的话不太妥当，于是就礼尚往来地转发了钟离非微博——

木鹤 V：你记性是不是太好了点 @ 钟离非 V：说个笑话给大家听……窗户应该不用我赔吧。

虽是深夜，微博依然蹲守着不少粉丝——

“哈哈，画风突变！我觉得小姐姐真的是太萌、太可爱啦！”

“请拿出你举着钢管砸车窗，以及正面刚渣男的勇气好吗？”

“哼，恃美行凶就算了！你再继续释放魅力，会被判刑的，我警告你！”

“本来心情很糟糕的，看到你的微博，瞬间就好了起来。”

木鹤回复了三个抱抱的表情包。

“啊，我被女神翻牌了！从床上弹起来就是一个爆哭！爱你三千年。”

木鹤看得心有感触，网上从来不缺戾气满满的黑子、喷子等键盘侠，但同时也有着许多柔软善良的心，前者忽略即可，而后者，她格外珍惜。

她继续往下刷着评论，全然不知，在这座城市的某一间亮灯的书房里，刚结束一场跨区会议的霍斯文靠在椅背上，握着手机，正浏览着她的微博主页。

昨晚停车场的砸车事件在网上传得沸沸扬扬时，他收到四叔的信息，吩咐人把和她相关的热度压了下来。本来已经风平浪静，没想到今早她就直截了当地在微博上喊话周竟，又掀起了新的热度……

出乎意料的是，她的操作竟引来无数粉丝的好评，甚至连山水集团的大小姐，东辰的当家花旦钟离非都亲自在发微博为她澄清谣言。

外行人看热闹，内行人看门道。尽管不知道她和钟离非是什么时候交情深厚到能帮忙抓奸的，但依他看，后面的澄清视频很可能是她当场拍下，后面发给钟离非的。

不然，以钟离非团队的行事作风，如果手握反转证据，在砸车视频爆出来后不久，就会直接将周竟捶死。

这一点也可以用来解释，为什么向来不沾圈内是非的钟离非会主动发声维护她。

不难看出，她的颜值、演技、智商、情商全都在线。

霍斯文并不觉得惊讶，毕竟是四叔看上的女人，让他感到忍俊不禁的是，钟离非粉丝发起的“众筹帮木鹤赔窗户”行动，开什么玩笑呢？他四叔光是私人资产就达到了十一位数，他的女人，会连一面窗户都赔不起？

可钟离非应该不至于说假话。霍斯文推测，这很可能是他们之间的情趣？

更难以理解的是，为什么生性淡漠的四叔会对一个女人宠爱到这样的地步？他隐隐有种预感，她将来很可能会成为霍家的女主人。

那么，摆在面前的问题是——

对于准四婶，他既是老板，又是晚辈，平时在公司不能表现得太热情，也不能太冷淡，这个度，到底要怎么把握？

落地玻璃窗外，星光渐渐地把夜色冲淡，直到晨曦乍现，照亮世间，绚烂的朝霞退却，天空成了太阳的主场。

木鹤吃过早餐后，准时来到片场，她刚进化妆间，就被迎面冲过来的郑游游一把抱住："央央，你好棒啊！我宣布，以后你就是我女神了！"

戴凝心也向她投去赞赏的目光。

木鹤不好意思地笑了笑，小脸白净如玉，明眸因笑意而潋滟，仿佛由内向外发着光。

郑游游先前有所耳闻周竟劈腿的事，没想到他会被当场抓住，更没想到木鹤会参与其中，哪怕她再怎么好奇，有些八卦是不能胡乱打听的，但她对木鹤是真的打从心里喜欢，亲亲热热地把人拉到一边："来，我帮你揉揉肩。"

这边气氛静好，而另一个独立化妆间里，服化师正帮袁欣儿化着妆，她的黑眼圈较重，需要涂多一点遮瑕膏。她大概心情不佳，看什么都不顺眼，服化师的指尖不小心滑过她的眼角，就被她小题大做地骂了几句。

服化师连忙道歉，小心翼翼地继续手上的动作，眼圈却一点点红了。

袁欣儿刚化好妆，钟离非就到了，神色不见一丝异常，完全看不出她昨天刚经历了抓男朋友出轨，被反咬，怒而澄清，痛快分手的糟心事。面对前来采访她的记者们，不管问题多么刁钻，她都面带笑意地回："多谢大家关心，一切都好。"

情绪管理得滴水不漏。

记者们有些失望，但还是如实尽职地把“钟离非一切都好”送上了热搜榜。

某些周竟粉就不干了，凭什么我们粥粥遭受网络暴力，不仅连接下来的工作都停了，还被公司剥夺在微博发声的权利，只能被迫沉默，接受所有的脏水、污蔑和不公正待遇，而你钟离非却像个没事人一样，如常到剧组开工？

呵呵，粉丝多了不起啊，人气高了不起啊，山水集团的千金了不起啊，娱乐圈到底还有没有王法了？

爱妃们：“是啊、是啊、是啊，就是了不起！”

“真遗憾呢，不管是粉丝、人气，还是山水集团的千金，你们主子都失去了呢，他如今也就只剩你们这帮脑残粉了呢。”

“虽然我知道你们粉上周竟就证明眼有多瞎了，但是，朋友，眼瞎了不要紧，脑子是个好东西，希望你们还有。”

面对质疑的周竟粉，爱妃们一律用“这说明我们非非敬业呗”的说辞给怼了回去。

网上的是非议论没有影响到钟离非，她的状态比前两天好多了，谢导在监视器后看得连连点头。

整个上午，几乎全剧组的人都在悄悄关注钟离非和木鹤的动静，可她们谁都没主动去找对方，更没有说上一句话，甚至连眼神都无交流，陌生得就像……两人从来没有一起在停车场砸车一样，稀奇古怪得很。

午休时，木鹤被某个群演调侃粉丝破千万就不庆祝一下什么的。既然人家都提出来了，还被那么多双耳朵听见，她无动于衷的话很容易落人口实，于是只好让谭绵去订了下午茶。

她本来就没什么钱，这样一来，小金库又缩水了。

可能全世界只有她知道自己是真的穷，赔不起车窗也是事实。

当然了，她也不是真的心疼那些钱，只要大家开心就好。

外卖到了以后，木鹤特地挑了不含糖的花茶送去给袁欣儿，化妆间的门没关好，她听到从里面传来女人的说话声，是袁欣儿助理：“我刚瞅了一眼，她助理屁颠屁颠地先跑去给钟离非送了，啧啧，那表情谄媚的哟……”

袁欣儿冷笑着轻哼一声：“有什么奇怪的，人家现在可是抱上大腿了，还不得可着劲儿去巴结啊。怎么还会把我放在眼里？”

她和钟离非本就不对付，暗地里不知互相使过多少绊子，之前对木鹤示好，就是存心要硌硬钟离非，谁知现在这两人竟搞到一块去了……

说起停车场那件事，袁欣儿更是气得牙痒痒，本以为钟离非这次不死也得脱层皮，万万没想到反转来得太快，迅速洗白了不说，还给她立了什么独立、坚韧、敬业的人设，艺人新媒体指数自己也被她反压了一头。

袁欣儿平日里连剧组给自己的盒饭有没有多一根青菜都要和钟离非比，别提木鹤先让助理去给钟离非送下午茶这种关系脸面的事了。她满腹酸话说到一半，听到了不轻不重的敲门声，抬头看去，只见她们的话题女主角木鹤正站在门口，而且，看她们的眼神格外耐人寻味——

木鹤明显听到了她们的对话。

助理看见木鹤手里的花茶，眼睛瞪得跟牛的眼睛似的，让助理送，和本人亲自来送，谁的待遇更好，这不是一目了然吗？

袁欣儿的表情直接僵在了脸上，瞥向助理的余光像是一把把飞刀。

木鹤也没想到来送杯花茶都能吃到自己的瓜，她没有选择掉头离去，而是直接敲了门，把花茶放在靠门的桌上。她一点都不尴尬地对上袁欣儿尴尬的目光，笑容浅浅却满是真诚：“虽然你们可能不喜欢我，但花茶还是挺好喝的，不要浪费。”

“对了，”转身离去前，她又说，“提个建议，下次议论别人之前，记得先把门关好。”

说完，她顺手关上门，走了。

只剩袁欣儿和助理面面相觑，神情各有各的精彩。

用一杯花茶就认清袁欣儿藏在友好、热情面具下的真面目，对木鹤来说，绝对是赚到了，而让她更惊喜的是，回到化妆间，就被谭绵告知，《玫瑰杂志》将在大后天的中午十二点预售。

这天，剧组刚好拍的是夜戏，上午，木鹤在家里严阵以待，捧着手机不停地刷、刷、刷，嘴里还念念有词："月老保佑，这是我第一次当杂志封面人物，希望销量不要太差啊。"

霍斯衡不清楚月老是什么时候扩大业务范围，跑来和财神抢饭碗了，见她紧张兮兮的模样，他不由得微微失笑："销量真的这么重要？"

木鹤把头点得坚定极了，眼睛滴溜溜地转一圈，想到什么："手机给我。"

霍斯衡把手机放到她的手里。

她帮他下载好软件，注册了新账号，顺便教他："十二点一到，你就点击立即购买。"

能多卖一本是一本，待会她自己也会下单的。

"郗衡，你别笑，严肃点。"木鹤将手搭在他的肩上，红艳艳的唇上含着欢愉的笑，"别小看你买的这本杂志，知道吗？你多买一本，就意味着木央央小姐我……在时尚圈的路上又迈出了一大步。"

别说一本杂志了，就算买百八十个《玫瑰杂志》社，霍斯衡连眼都不眨一下的。瞥一眼屏幕，一本杂志卖二十块钱，他忍住笑意："那我多买几本？"

"不用。"木鹤想也不想就拒绝了，"你不是没钱吗？你有这份心，我很感动，但咱们要量力而行，理智消费。"

霍斯衡的深棕色眸底仿佛有一道若隐若现的光，在缓缓浮动，看她的眼神越发幽深。

木鹤终于刷出了《玫瑰杂志》官博发的预售消息，她矜持地等了三分钟后，才转发：“第一次拍杂志封面，希望大家多多支持。”

一分钟不到，粉丝们就特别给力地刷了近千条评论。

“请问我看到了什么？小腰精又出来在线索命了？还一下来俩，对不起，我受不住了！”

“啊，小仙女和女王！”

“可甜，可飒！还给不给人活路了？”

“请叫我预言帝，我早就说过这颜值是壁纸级别的！”

“她看我的眼神，我觉得我恋爱了！”

“这美貌和气质也太能打了吧，啊！我又死了！”

“我想魂穿那朵红玫瑰，被她咬在嘴里！”

“@玫瑰杂志，快出来受赞，你真的太会了，太会了！”

“美得纯真清灵，帅得神秘惊艳，她居然驾驭了两种迥然不同的风格。”

……

《玫瑰杂志》独出心裁地把白色公主裙和黑色小西装的造型一起放在了封面上，前者还在背后P了一双白色翅膀，寓意白鹤亮翅，后者也是惊喜满满，白面红唇，细腰长腿，扑面而来的高级冷贵感。

她的两个金色签名，对应白裙的“木央央”行云流水，小西装的“木鹤”则是潇洒飘逸。

一白一黑，一美一帅，光是视觉上就产生了巨大的冲击力，别说，木鹤还将少女的纯情以及冷艳女王的魅惑风情都诠释出来了，尤其是眼神，简直了，像妖精勾人似的……

废话不多说，买、买、买！

木鹤全国粉丝后援会的会长杨乐多特地在群里通知：@全体千纸鹤，有条件的一定要拿出实际行动来支持女神，争取来个开门红！

大家纷纷响应：放心，放心，钱都准备好了。

木鹤已经习惯了每次发微博粉丝们在评论区各种花式夸赞，谭绵之前跟她科普过，粉丝多、人气高不一定能带得动杂志销量，毕竟这是要花真金白银去买的，所以，千万别对粉丝购买转化率抱太大期望。

其实，她没有太高的要求，只要销量别太惨淡就行了，预售期间，一千本总能卖出去的吧？

十二点到了，木鹤双手合十，默默地祈祷后，点进购买页面，却被提示系统错误，强制退出后，怎么点都点不进去了。她只好换成郗衡的手机，也是同样的情况。

这到底是怎么回事？

粉丝们也和她遇到了一模一样的问题。

“点不进去啊，这平台也太垃圾了吧。”

“什么情况？我还沉迷在小姐姐的盛世美颜中，突然就被提示下架了？”

“@玫瑰杂志快出来挨打！”

……

千呼万唤之下，《玫瑰杂志》官博终于出来了：“千纸鹤太热情啦，导致访问量达到峰值，服务器顶不住了，程序员小哥哥正在努力修复中，希望大家见谅。”

官博每次发宣传微博都不过几百、一千多条评论，点赞数从来不过万，然而发布木鹤的这条，评论直逼三万条，点赞也达到八万多个，更让人震惊的是，预售不到五分钟，杂志销量就破了六万……

这意味着什么？

这期杂志的发行量总共才三十万本，本来的打算是线下铺货二十万本，线上预售十万本。

这种僧多粥少的情况前所未见。

所以，当服务器修好后，揣着小钱的粉丝们兴高采烈地一拥而上，却发现——

售罄了！

居然售罄了！

请问《玫瑰杂志》，你那缺菜刀吗？我有一把祖传的四十米长的大刀要送给你，等着，马上就来！

木鹤得知杂志售罄的消息，呆呆地看了看时间，离正式预售的十二点才过去……十分钟，就卖完了？是系统出错了，还是她在做梦？

她用力捏住脸颊，会疼啊。

谭绵发来激动的语音信息："央央！知道吗，你创造纪录了！天哪，十分钟刷光了三十万本啊！你太、太、太火爆了！我都吓傻了……"

木鹤反复地听了一遍又一遍。

"郗衡，"她侧过头，声音带着掩藏不住的欢喜，"你听到了吗？"

真皮沙发太软，加上大概太得意忘形了，她一个没坐稳，身子就失去重心地朝他砸过去。

按照木鹤的预想，郗衡肯定能扶住她，不料，他竟被她的力量砸得往另一边倒了下去。失去支撑的她，自然也跟着倒了，而且看起来，就像……是她把他压倒在沙发上。

木鹤连忙抓住沙发靠背，尽量控制着不让胸口碰到他，幸好，幸好，停在了还算安全的距离，只是，她稍微动了一下，就察觉到某种异样。

等等。小腹压着的那处是？

意识到现在的姿势有多暧昧，木鹤仿佛被施了定身魔法，一动都不敢动，内心慌得像脚踩地雷，生怕稍微动一下，他就、就……

她双颊发烫，热意迅速蔓延到耳后，面若灼灼桃花，明艳动人。

可是，一直这么下去也不是办法啊。

他还没反应？怎么不像上次那样递台阶过来？

她进退两难。

木鹤只好折中给自己做心理建设，按理说，他一个大男人不该接不住她啊，怎么反而被她带着往下倒了？难道他是故意的？对，他一定是故意的。

这样想着，底气就有了，木鹤缓缓地抬起头，没想到男人也正看着她，以一种别有深意的目光。他的桃花眼微微眯起，眸色深沉，让人难以窥探此时的真实情绪。

忽然间，她就觉得是自己以小人之心，度君子之腹了，他怎么可能是故意的呢？肯定是因为她太重了，又倒得太猝不及防，他根本来不及反应。

上次不小心亲到他，她就差点被定了非礼的罪名，这次可是真的坐实了，跳进黄河都洗不清了。

“木央央。”

相比木鹤的紧张，霍斯衡的声调听起来懒散多了，带着几分漫不经心的意味：“你是不是……对我有什么想法啊？”

# 第六章

# 若怦然心动

什么想法？

木鹤云里雾里，她对他有什么想法，怎么她都不知道？

半晌后，她终于反应过来，手忙脚乱地爬起：“怎么可能？！”

她嘴上否认着，身体像躲洪水猛兽似的，挪到了沙发尽头，视线胡乱地瞟来瞟去，就是不看他，生怕看到什么不该看的东西。她清了清喉咙，开始对着空气结结巴巴地解释：“你、你是不是想多了？我们都熟得……跟左右手似的，长在同一个身体上，总有碰到、握上的时候对不对？你的左手会对右手有什么想法？”

念头转个弯，她就得意不起来了，当着男人的面说左手和右手……

霍斯衡仔细地盯着她的脸——肤色白皙，藏不住红晕，还有那心虚得不停颤动的睫毛。他慵懒地靠在沙发上，还未从方才的旖旎中脱身，眼角残余着一丝连自己都没察觉的情愫。过了好一会儿，他眸底恢复清明，笑意随之浮现，心情不错的样子。

霍斯衡不否认，他就是故意的。

她倒过来时，以他的反应，在偏斜三十度以内扶住她都绰绰有余，可就在将要伸出手的刹那，他迟疑了，任由着那温软一寸寸地贴上来，如同那晚，他心底深处那个塌陷的角落，正在被一点点地填满。

后面……确确实实是意外。

在这之前，霍斯衡认为美色是最容易抵制的，在这之后，他发现，她是例外。

所以，他不得不出声打破沉默，让她撤离到安全的范围。

空气凝滞不动，没等他回答，木鹤就觉得不能继续待下去了，随便找个借口逃回房间，关上门，反锁后，她趴到床上，想了想又钻进被窝里，耳根烫得似乎要烧起来，心咚咚乱跳得失了节奏，一时之间，不知道捂住哪里好。

这到底是正常的应激反应，还是她真的对他生出了什么想法啊？

她纠结着，午睡时间到了，还睡意全无。她只好去把手机摸过来，借以分散注意力。

木鹤完全没想到粉丝们的购买力如此惊人，《玫瑰杂志》居然预售十分钟就售罄，没抢到杂志的粉丝跑来微博底下留言，哭天喊地的。为了安慰他们，她特地发了一条微博。

木鹤V：“小声地说，其实我也没抢到……”

“什么？！原来你还打算自己抢杂志冲销量？哈哈哈，我粉的这是什么神仙爱豆啊！”

“央央是你的小名吗，好好听啊，跟碗碗配一脸！”

千纸鹤：“乖啊，知道你没钱，冲销量这种小事还是交给我们吧。”

“我本来也想手滑买一本的，可@玫瑰杂志根本不给我机会，啊，好气呀！”

有粉丝发了五十本杂志的订单，嘚瑟地留言：“有钱真的是可以为所欲为的！”

这句话引起众愤：太、太、太过分了啊，交出杂志不杀！

木鹤躺在床上刷微博，心里甜滋滋的，屏幕上方弹出消息提醒，钟离非三个字一闪而逝，她好奇地点进去。

钟离非V：手滑@木鹤——第一次拍杂志封面，希望大家多多支持。

木鹤猛地坐起来，她好像找到杂志火速售罄的原因了。

在宣传微博发出后，钟离非几乎立时就转发了，她的粉丝数五千多万，转发的这条微博，评论区拉下来都是支持、买买买……

难道，这就是传说中的来自顶级流量的宠爱吗？

“仿佛嗅到了一股不寻常的味道。”

“怎么办，怎么办，我好想嗑她们的CP！”

“非非，渣男不值得，可央央值得啊！”

爱妃们和千纸鹤开始欢天喜地地联姻，很快，“大橘”已定，“钟、央CP”横空出世，并被送上热搜榜。

木鹤发现自己跟不上潮流了，嗑CP是什么意思。她上网查了一下，窘迫了。

钟、央CP粉集结完毕，那么，问题来了——

“当然是非非啊，这高冷的‘手滑’看起来就霸气十足好吗？”

“朋友，你似乎已经忘记杂志封面上木鹤的女王警告？”

……

CP粉们争论不停时，《玫瑰杂志》官博又低调地放出了一个新的预售链接，蹲守的粉丝惊喜不已，生怕手慢无，暗暗地谁都没告诉，先抢到手了再说。

在千纸鹤、爱妃，新鲜出炉的钟、央CP粉以及纯粹被封面吸引的路人粉的大力支持下，最终，这期杂志销售量破了一百八十万本，创造了《玫瑰杂志》自创刊以来的最高销量纪录，并挤进了国内女星杂志销量排行榜前三。

这个成绩，连一线小生、小花们都难以达到，对于出道两年的木鹤来说，无疑是巨大的意外之喜，也足够千纸鹤骄傲很久的了。

木鹤的粉丝号召力有目共睹，人气也有了实质性的飙升，各类广告代言自然接踵而来。

好运来得太快、太猛，就像龙卷风。

木鹤还没回过神，爱妃们为她众筹的赔窗户的费用也到位了。玩笑归玩笑，这份心意是实打实的，她将全部的钱以爱妃的名义捐给了偏远山区的助学公益项目，并在微博上发出捐款记录，感谢爱妃们的爱心。

此举无疑又狂刷了一波好感度，圈粉无数。

作为演员，演戏才是本职工作，木鹤对此有着清醒的认知，她没有太留恋网上的彩虹世界，而是跟着谢导和其他前辈潜心打磨演技，全心全意地投入到电视剧的拍摄中。

这晚拍的是一场打戏：倾心帝君的犀音发现袁欣儿饰演的除妖世家后人、

凡间侠女林楚人是导致帝君性命垂危的罪魁祸首，愤怒之下，前来找她质问，两人发生争斗，犀音将她刺伤，并甩了她一巴掌。

木鹤穿着一袭浅紫色的长裙，额头上顶着两只龙角，气质矜贵，她被威亚吊到半空，手执法术变成的冰剑，做出旋转、舞剑的动作。

鼓风机吹起她的长发，越发衬得她眉眼精致如画，画面唯美极了。

袁欣儿站在下面，同样执剑以对，面露惊慌之色：“犀音，你意欲……咯咯！不好意思，风太大，呛到了。”

谢导：“再来一遍。”

于是，木鹤重复了一遍舞剑的动作，袁欣儿仰头看她：“犀音，你究竟意欲何为！”

“咔！”

候在一边的群演们窃窃私语：“袁欣儿台词念错了。”

谢导：“重来。”

一鼓作气，再而衰，三而竭。木鹤的表情并没有半分不耐烦，再一次舞动道具剑，袁欣儿倒是把台词念对了，可监视器后的谢导眉头皱成了一个“川”字：“林楚人的表情不对，再来。”

袁欣儿罕见地频出状况，谢导的脸直接黑成了锅底，木鹤记不清NG多少次了，只知道解了威亚后，肩膀和双腿都酸疼不已。

谭绵连忙冲上去给她披外套：“央央，你还好吧。”

木鹤摇摇头：“没事。”

休息过后，打耳光的重头戏来了。

木鹤和袁欣儿一起出现在镜头前，林楚人在打斗中败下阵来，被冰花封住了手脚，狼狈地倒在地上，嘴角还沾着血：“你打败了我又如何？青离爱的人是我。”

犀音难以置信：“你胡说！”

林楚人从怀里拿出一个东西："你看，这是什么？"

这是犀音送给青离的海螺，用来千里传音的，他怎么可以把它送给别的女人！犀音向后退了一步，眼角瞬间就红了，喃喃道："不可能……"

泪水在眼眶打转，倔强地要掉不掉："不可能！"

林楚人冷笑："别自欺欺人了，从头到尾，他都没爱过你。"

犀音被刺激得情绪在崩溃边缘，她冲上去，揪起林楚人的衣领，狠狠地往她的脸上甩了一巴掌，几乎同时，眼里的泪被震得齐齐夺眶而出……

袁欣儿并没有真的被打到脸，却被木鹤爆发的演技震惊到了，一时忘了反应，竟神情呆滞地看着她。

谢导没好气地喊了"咔"。

袁欣儿这才回过神，她承认前面的打戏是存了为难木鹤的心思，可后面她努力想要投入进去，却发现木鹤成了戏的掌控者，她怎么都进不去。

袁欣儿被提名过最佳女主角，演技是毋庸置疑的，然而，当她一对上木鹤的眼睛，努力聚集起来的注意力就会无缘无故被那平静无澜却充满压迫性的眼神揉碎，气势上就明显弱了下来。

谢导喊"咔"喊到声音嘶哑时，钟离非出现在他的旁边，递上一杯润喉茶："谢导，我后面也有一场被扇耳光的戏，我个人觉得吧，为了更好地呈现戏剧效果，到时还是真打比较好。"

谢导喝了两口茶水，喉咙没那么刺痛了，他点点头："不错，只有尽可能地还原真实，才能真正打动观众的心。"

当然了，他充分尊重演员的意愿，假打也不是不行，但你得看看，演出来的都是什么玩意儿。

谢导和钟离非聊着天，袁欣儿过来了，她在任何方面都不会输给钟离非，当然也包括挨打。她跟谢导道歉后，不甘示弱地提出真打的请求。

这正中谢导的下怀，他道："行！"

他向木鹤招手："犀音，来、来、来。"

木鹤走近："谢导。"

谢导给她重新讲起了戏，重点强调，扇耳光那里一定要真打，深陷情海的犀音在得知帝君另有所爱后，对她而言是信仰崩塌了，几乎是毁灭性的精神打击，难过、愤怒、不甘和绝望都在这一巴掌中。

木鹤点头，表示了解。

她有些不解的是，袁欣儿怎么突然就提出要真打了？

她若有似无地瞥了一眼钟离非，对方捕捉到她的目光，竟朝她眨了一下眼。

这……

"各部门准备，开始！"

木鹤全情入戏，在念完台词后，高高地举起了酸软的手，带着犀音的满腹难过和绝望，往袁欣儿的脸上扇去。脆亮的啪声响起时，袁欣儿的脸被打得偏了过去……

围观的群演们惊得目瞪口呆，袁欣儿的助理则是扭开了头，不敢想象收工后自己会承受多少怒火。

钟离非看向木鹤，递过去一个赞赏的眼神。

"过！"谢导总算露出满意的笑容，"非常好！"

力的作用是相互的，木鹤的手心也疼，她顾不上揉，朝袁欣儿伸出手："对不起啊，你没事吧？"

袁欣儿被打蒙了，眼中缓缓燃起怒火，意识到是在众目睽睽之下，勉强克制住："没事。"

她面上带笑，心里咬牙切齿。

因为袁欣儿耽误了拍摄进度，木鹤回到家时已经很晚了。她洗漱完倒在床上，一沾枕头就失去了意识。

大概是最近拍戏强度太大，也有可能是回家途中看到路边有个老婆婆在寒风里守着烤番薯摊，冻得瑟瑟发抖，她叫司机停车，跑下去把烤番薯全买下来，不小心着凉了，睡到半夜，她发起高烧。

隔壁房间。

霍斯衡正要关灯睡觉，虚掩的门被轻轻推开了。他偏头看去，那只一向怕他的小白猫碗碗怯懦地走过来，焦急地喵喵叫着转了一圈后，朝门口走去。

碗碗走了两步，刚要回头看看他有没有意会自己的意思，只感到一阵冷风掠过，眨眼间，他就消失了。

霍斯衡疾步走入主卧，见床上的人烧得双颊发红，他在床边坐下，伸手去探她的额头，温度滚烫："央央，醒醒，你发烧了。"

木鹤睡着后是很难醒过来的，霍斯衡叫了几遍，她都没反应，他只好去揉她的神庭穴。好几分钟后，她才蹙着眉呜咽一声。

霍斯衡费了好大力气才喂她吃下退烧药，又拧干热毛巾帮她擦掉汗。她烧得迷迷糊糊的，倒是很配合，他正要起身进浴室换毛巾，冷不防被她抱住了腰。

木鹤全身发冷，寻找到热源便不肯放手。他试了好几遍，她都不肯松手，为了让她睡得舒服些，他干脆在旁边躺了下来。

闻到熟悉的清冽的气息，木鹤眉心舒展，呼吸也渐渐和缓。

霍斯衡轻轻拨开她额前湿润的几缕头发，指尖染上了属于她的热度，她安安静静地睡着，对他交付了全部的信任，也将从不示人的脆弱悉数展现给他。

他会放心把这样柔弱的她交给别的男人照顾？

不，这世上的任何一个男人，他都不放心——除了他自己之外。

分神间，霍斯衡感觉到怀里的人动了动，接着，脖子被她轻轻蹭了两下。他垂落视线，见她眼眸微张，目光湿漉漉的，透出迷离之色，似乎醒了过来，他浑身线条紧绷，却听她软软地喊道：“爸爸。”

霍斯衡的神色格外复杂。

木鹤正被一场梦境沉沉地拖着，画面很凌乱，她梦到有个看不清脸的年轻女人，慌慌张张地穿过草地，走到树林深处，最后在小溪旁停了下来。女人四处张望，将怀里抱着的婴儿放到树下后，头也不回地离去。

尾随女人而来的男人，摇头重重地叹息，抱起哭得上气不接下气的婴儿，温柔地哄起来：“乖啊，不哭，不哭，以后舅舅疼你。”

画面一转，那个被母亲丢弃的婴儿长成了亭亭玉立的姑娘，并顺利拿到了大学录取通知书，男人鬓角已然染了白霜，笑纹一层层地在眼角堆叠，带着遮掩不住的欣慰和高兴：“我们央央把这辈子的苦都吃完了，以后就要过好日子了。”

后来，她去城里上学，他留在偏远深山。

离别前的那晚，他们坐在阁楼看星星，聊了一整夜。

天亮后，他送她去县里坐火车，她坐在座位上泪眼婆娑，他站在外面，面带笑意地和她挥手告别，将火车送出视野外，他才背过身去，潸然泪下。

从天各一方到天人永别，只用了短短三年时间，她甚至没来得及见他最后一面。

这个没有给她生命，却用他的生命来爱她的男人——木浩然，她的舅舅，也是她的爸爸，生命永远地停留在了她十九岁那年。

泪水从木鹤眼中流了出来，她像在大海漂流数日终于找到浮木的人，紧紧地搂着他，嘶哑又无助的声音听得人心碎：“爸爸……不要丢下我。”

霍斯衡清晰地感觉到胸口传来一阵陌生而沉沉的疼痛，他动作极轻地拭去她脸上的泪，滚烫的液体，灼灼地烧着指尖。他眸色黯然，堪比窗外的夜色，轻抚着她的后背说：“以后都不会了。”

木鹤不知有没有听到，脸贴着他的脖子又睡了过去，眼皮、鼻尖泛红，睫毛上挂着泪珠，面上也残余着泪痕，看起来就像一个易碎的瓷娃娃。

霍斯衡小幅度地调整姿势，谁知，一动就被她察觉，抱得更紧了。他的心泛起一抹不可思议的柔软，低头在她的眉心处蜻蜓点水地落下一吻："好好睡吧，我在。"

他也合上了眼睛。

他仅仅是闭目养神，时刻分心留意着她的情况。

两道呼吸声和谐地交织。

天蒙蒙亮时，木鹤的烧终于退了。体温恢复正常后，她开始嫌弃怀里抱着的又硬又热的"大火炉"了。发现怎么都推不开后，她干脆翻过身，背对着，总算好多了。

她长长地舒了一口气。

霍斯衡从床上坐起来，无奈地低眉轻笑，他俯身从地板上的医药箱里找到电子体温计，打开后，掀开她的睡衣，轻轻塞到她的腋下，过程中尽量做到目不斜视，然而，那熟悉的淡淡的幽香还是萦绕到了鼻尖……

几分钟后，听到嘀嘀的声响，霍斯衡回过神，将体温计取了出来，上面显示 37.1℃，他眉心略松，又仔细地给她掖好被角，起身出去了。

天光大亮，木鹤意识清醒后，感觉到有什么东西在唇上来回地轻抚，她一睁开眼，便对上男人深邃的视线，惊讶道："郗衡？"

他怎么会在她的房间？

看到他手里拿的杯子和棉签，她明白过来，他刚刚是在用蘸了水的棉签帮她润唇。

昨晚发高烧，她是知道的，可就是太累了，懒得爬起来，而且按照过去的经验，睡一觉，次日醒来就会自己好了，连药都不用吃。

她也没那么娇气。

霍斯衡观察着她的脸色，略显苍白，双眸倒是重新恢复光彩，变回了坚强、生机勃勃的木央央，仿佛昨夜那个柔弱落泪的她根本就不存在。

他沉默几秒后，低低地问："还有哪里不舒服吗？"

发烧的后遗症加上昨天吊威亚吊了半天，木鹤靠着床头坐着，浑身酸软，根本提不上力气，她不答反问："你怎么知道我发烧了？"

这时，被某人眼神压制，只能窝在角落里看他们相拥而眠的碗碗跳到了床上，骄傲地扬起小脑袋："喵！"

——是我去找他的！

"难道是……碗碗？"

霍斯衡点点头。

木鹤惊叹一声，摸了摸它的脑袋："碗碗，你也太棒了吧。"

碗碗在她的手心里拱了拱："喵！"

不经意地瞥见旁边的男人面色微沉，它立刻很有求生欲地放软声音："喵。"其实也没有啦，我只是去通知一下，后面都是他在照顾你。

"早餐想吃什么？"

木鹤撸猫的动作微顿，迟疑地问："你做吗？"

只能说那晚的番茄炒蛋和小炒牛肉给她留下的阴影太深了。

"要不，还是……"

她的话才起了个头，霍斯衡就猜到后文："外卖不卫生。"

好吧。木鹤妥协了，她没什么胃口，只想吃些清淡的东西："那你熬点粥。"

好像太清淡了，也没个小菜搭配什么的，她抿抿嘴："想喝蛋花粥，你应该知道怎么做吧？"

霍斯衡："……"他看起来像是连蛋花粥都不会做的人？

在木鹤的眼里，他还真的是。她当场教学起来："很简单的，往碗里打个鸡蛋，加适量的油和盐，再把白粥舀进去，搅拌均匀就可以了。"

说着，她后知后觉地想起，睡衣底下什么都没穿，而她就这样和他面对面地聊天，她悄悄揪住被角，一点点地将被子往上提……

还好睡衣不算薄，他应该没有发现吧？

碗碗那双看透一切的眼睛看着她，眼神仿佛在说："别遮啦，昨晚你们抱着一起睡的，而且你黏他黏得那么紧，该感受的，他肯定都感受到啦！"

全然不知情的木鹤把自己严严实实地藏进被子里，正沾沾自喜着，殊不知所有的小动作和小心思都落入霍斯衡的眼中。他眼角微扬，勾勒出好看的弧度，然后转身朝门口走去。

因他走动而轻晃的光影沉寂了下来，木鹤软绵绵地倒在床上，她对着碗碗轻叹一声："怎么办？"

独自漂泊在外，以前生病的时候，她都是一个人熬过来的，现在有他照顾，无形中就变得脆弱了，她真害怕自己会贪恋，甚至习惯这样的温暖，而他呢，总有一天是要离开的——就像八年前一样。

木鹤忽然生出某个荒唐的念头——

可不可以把他变成她的？这样，不就可以把他留下来了吗？

她吓了一大跳。

木央央，你太自私了，你把郗衡当成什么了？他又不是私人物品，不是你想占有就能占有的，你这样，和他的逼婚对象有什么区别？

还是有区别的。

他和那个女人素未谋面，根本谈不上有感情，就算最后闹得不欢而散，彼此在情感上都不会受到太大伤害。

而他是真的对她很好很好，好得她赌不起，也不愿去赌。

木鹤轻敲两下头，发了一次烧，把脑子都烧糊涂了。她很擅长自我开解情绪，短暂的伤春悲秋后，就准备去洗漱了，谁知脚刚落地，腿就一阵发软，又跌坐回床上。

她小心翼翼地再次起身，走进浴室，发现大腿内侧有瘀青，也不奇怪，吊了那么久的威亚，加上这个地方的皮肤格外柔嫩、敏感，幸好今天没有她的戏份，不用去剧组，可以在家休息。

木鹤往浴缸里倒了舒缓的精油，泡完澡，总算没那么难受了。等她换好衣服出来客厅，郗衡已经把蛋花粥煮好了。

她只需要坐在椅子上等着吃就行了。

粥熬得软软糯糯的，味道比想象中的好，木鹤很快就喝完了一碗，力气渐渐恢复，颊边有了血色，在和煦阳光的照耀下，黑色长发被镀了一层淡金色，连眼里也盈满了光亮。

霍斯衡的目光一点点地有了温度，隐约的笑意从眸底深处浮现，浮光掠影。

吃完早餐，木鹤休息片刻，回到卧室，擦了点药膏后，就继续躺着了。

她懒洋洋地闭上眼，已经很久很久没有过这种无所事事，却觉得很心安的时刻。

手机叮的一声，屏幕亮了，她捞过来一看，是谭绵发来的微信："央央，不好了，你又上热搜榜啦！"

"木鹤欺人太甚"，看到这个热搜词条，木鹤下意识以为是之前的十宗罪之一，没想到居然是和袁欣儿有关。

可能是去剧组探班的粉丝拍的视频，正是她在戏里打袁欣儿一巴掌的那幕，还附了一张袁欣儿捂着脸的照片。这样摆在一起看，确实很容易让人引起误会，尤其是袁欣儿的粉丝欣光，先入为主地认为是自家爱豆受了欺负。

说实话，被全网黑过一次后，木鹤的心理素质就变得格外强大，这种程度的黑评、恶评，还真没法让她的心起什么波澜，甚至生出"你们这届粉丝战斗力不太行"的感觉。

大家只看到袁欣儿被甩耳光，而不知道木鹤肩膀、双腿酸软得险些连走路都成问题。

袁欣儿有欣光护着，她不也有千纸鹤？

尽管这样想着，木鹤还是不忍心看到自己的粉丝和欣光掐来掐去，劳心劳力，还浪费时间，何况不是谁骂声大，谁就有理的。她和叶汐商量后，直接发了一条微博。

木鹤V：麻烦欣儿姐@袁欣儿出来解释一下，在这场戏中，是否你主动提出的真打？还有，您是否认为我以犀音的身份打的这巴掌夹带私人情绪？最后，在完成演绎后，我是否有向你道歉？

“要说这正面刚的勇气，娱乐圈里我谁都不服，就只服你一个。”

“如果所有明星都跟你一样，感觉狗仔都要失业了，哈哈哈。”

“课代表总结一下：三个问句都强调这是在演戏，最重要的是，每一点都直击欣光攻击的核心，不负责任地猜测，估计连欣光都不知道自己的逻辑吧，这不，人家帮忙整理出来了。”

“不站队，就看袁欣儿怎么回应了。”

袁欣儿还能怎么回应？当然是气炸了还要保持微笑。木鹤这到底是什么路数？正常的操作不应该是好好躺平任嘲笑、任骂，然后再公开向她道歉吗？

袁欣儿真的是一点都看不懂。

袁欣儿忍不住骂了粗口，但考虑到木鹤背靠星宇传媒，不看僧面，也要看佛面，她不情不愿地登上了微博，非常大度地跟粉丝们解释这是一场误会(呵呵)，是她主动和导演提出要真打的(真的)，而木鹤也只是尽了演员的本分(有没有夹带私人情绪，鬼知道)，并把道歉的事也提了(事后假惺惺，谁不会)。

欣光们：“啊，女神好敬业！辛苦了！”

路人：“@欣光，你们是不是忘了和木鹤道个歉？”

既然女神都亲自出来解释说是误会，那就肯定是误会了，

于是，一些欣光收到提醒后，就乖乖地跑去木鹤的微博下跟她道歉了，

有的还随手关注了她。

木鹤："？"

星宇传媒公关部："怎么回事？我们是不是要失业了？"

很快，众人发现钟离非点赞了木鹤的微博，却没有点赞袁欣儿的，真是……深藏功与名。

爱妃们："谁都别说话！我们非非，手滑了！"

最后，有人将木鹤在这场风波中干净利落的操作，誉为教科书级别的澄清方式。

谭绵在语音里的笑声都快掀翻屋顶了："之前听说袁欣儿的粉丝偏低龄，我还不信，现在我心服口服了，哈哈哈……"

木鹤同样被欣光们弄得哭笑不得。

乐极生悲，她放下手机，正要睡个午觉，发现……"大姨妈"来了。

她第一天总是疼得厉害，肩膀和腿也跟着疼，好像哪哪都疼，霍斯衡进来时，看到她弓着身子躺在床上，神情含着一丝痛楚，问："怎么了？"

总不能如实告诉他这是女人特有的小毛病吧？木鹤摇头，努力让声音听不出异样："没什么，就是有点累。"

霍斯衡察言观色，若有所思后，让她躺着好好休息，轻掩上门出去了。

他倚墙而立，面沉如水，握着手机，在搜索框输入：痛经。

四下安静，木鹤渐渐酝酿出睡意，知道她身体不舒服的谭绵没打招呼就过来了。她睡意全无，连忙跑去隔壁房间找郗衡，谁知他不在房间，只好先去把他的水杯和鞋子藏起来。

谭绵进来后，看到她没有什么大碍，放下心来："央央，我跟你说，我刚刚在楼下遇到一个又高又帅的男人！

"真的超帅，和我们公司的影帝林析羽比起来，也是绝对不输的！而且，他轮廓深邃，感觉像是混血……”

听到这里，木鹤已经确定她说的人是谁了，他出去了？做什么？

“我本来还想看清楚点的，可他走得好快，追不上。”

谭绵捧脸做出花痴状，既是金月湾的业主，颜值又那么高，妥妥的高富帅啊，除了圈里人，她还是第一次在现实中遇到这样的男人：“可惜啊，他已经有女朋友了。”

木鹤怀疑自己听错了：“女朋友？”难道谭绵遇见的人不是郗衡？

“是啊。”谭绵有理有据，“我看到他提的袋子里装了生姜和红糖，这不是很明显为女朋友准备的吗？”

也有可能是老婆，毕竟帅的男人一般都英年早婚什么的。

郗衡出去是为了给她买生姜和红糖？他是怎么知道她来月事了？

木鹤羞赧得悄然红了耳根，暖意从心间缓缓流淌而过，还夹杂着一丝她没有察觉到的甜意。

她想告诉谭绵，眼见不一定为实，那男人虽然住在金月湾，但他并非业主，而且，他也没有女朋友……

这时，厨房里忽然传来哐当一声，把两人都吓了一跳。

木鹤循声看过去，从门缝里看到了一只修长漂亮的手，一截黑色衬衫袖子，袖口整齐地挽着。

她瞪大了眼，紧张得心脏扑通乱跳，郗衡该不会在厨房帮她煮生姜红糖水吧？

她还以为他在健身房。

从谭绵的角度，只能看到厨房的门，她听到响声，第一反应就是——里面有人。

她迅速起身走过去，想看看到底是什么情况。

“绵绵！”木鹤压根来不及阻止，只能眼睁睁地看着她靠近厨房，伸出手准备推门……

时间倒退回三分钟前。

在霍斯衡从地板睡到床上后，碗碗就认清了事实，估计接下来的猫生都没法摆脱这个男人了，那么就努力试着和平共处吧。

它见他从外面回来，手里提着一个袋子，以为是什么好吃的，好奇地跟进了厨房。

外面传来说话声时，他刚把生姜切成了细丝，它受不了那种奇怪的味道，忍着忍着，忍不住了，扭过头去，不小心撞倒了一个调料瓶——哐当！

碗碗知道自己闯祸了，身子缩成一团，宝石绿的眼睛骨碌碌地转着，看到他的食指竖在唇前，比了个"嘘"的动作，它就懂了：不要出声。

好的，好的，没问题。

随着脚步声越来越近，空气仿佛停止了流动，闷得让人无法呼吸，碗碗屏息以待，毛发悄悄地竖起来。

霍斯衡倒是气定神闲的，在谭绵的手伸出来准备推门时，他掐准时机，在碗碗的小屁股上拍了一下，碗碗不明所以地喵了一声，便顺着那股推力走出去了。

看到从厨房里走出来的小白猫，谭绵道："原来是碗碗啊。"

碗碗："喵！"是我！

谭绵回头，笑着跟站在身后的木鹤说："我还以为里面有人呢。"

木鹤心虚地避开她的视线："怎么可能啊。"

谭绵只顾着和碗碗玩，丝毫没有察觉木鹤的异样，开玩笑道："哈哈，也是，央央，你总不可能在屋子里藏人吧。"

木鹤不自然地抿着唇，在心里回答她——还真的藏了。

碗碗本来和谭绵的交情还没深到能被她摸头的，但为了掩护霍斯衡，它豁出去了："喵！"

"好乖。"谭绵早就把进厨房一探究竟的想法丢到了九霄云外，她抱起碗碗，回到沙发上。

有惊无险。木鹤悬在嗓子眼的心总算放回去了一半，她看向碗碗，不错嘛，晚饭多奖励你几条小黄鱼干。

她的余光时不时地瞥着厨房的方向，留意里面的动静，这样不行啊，还是很容易被发现的。

木鹤很快就有了主意："绵绵，你要参观一下衣帽间吗？"

"好啊，好啊。"

木鹤成功把谭绵带离客厅，本意是让郗衡趁机随便藏到除了主卧的任意房间，可他还是继续留在厨房，关上门，用湿巾擦干净手后，把姜丝放进水里，等水烧开后，丢入红糖，煮五分钟左右，调到保温模式。

霍斯衡一边收拾料理台的狼藉，一边蹙眉回想着小助理的话，可能是当时走得急，他没有怎么留意四周的情况，所以并不知道她的存在，否则，也不会发生差点曝光的意外。

一旦曝光，他就没有光明正大的理由再住下去了，还会为她惹来不必要的麻烦。

至于她什么时候才会从蛛丝马迹中发现他是这套房子的主人，或者他选择什么时候主动坦白另一个身份，这是内部问题，自然要内部解决。

但私心里，他更愿意以郗衡的身份和她相处。

谭绵是趁着午休时间过来的，下午还有别的工作，参观完隐蔽在主卧墙后的衣帽间，并发表了长长的一通惊叹后，她就离开了。

木鹤全然松了一口气，好险，好险，感觉演谍战片都没这么累。她以为郗衡回了房间，不料他竟从厨房走了出来，还端着一碗生姜红糖水。

她偷瞄他的表情，一脸坦然。

木鹤当然不会傻到去问他怎么知道她“亲戚”来了，再说了，他都不觉得尴尬，她有什么好尴尬的？

她微红着脸，拿着勺子，小口小口地喝起来——有点甜，就像此时的心情。

她喝完糖水，小腹变得暖暖的，可能是心理效应，似乎没那么疼了。

沉默着也不是办法，木鹤试着找话题，侧过头，俏皮地展颜一笑：“差点就被绵绵发现我金屋藏娇了。”

霍斯衡看着她，似笑非笑，危险地压低了声音：“嗯？”

她反应迅速地改口：“是金屋藏帅！”

“绵绵说，你长得比影帝还帅……”

话声一顿，木鹤猛地想起来，谭绵还说过他有女朋友了。

其实，他当时在厨房里，肯定都听到了吧。

生姜和红糖确实是他为她买的，可他们……不是那种关系啊。

木鹤感觉自己好像又踏进了雷区，茫然四顾，不知所措，不知道接下去该说什么了，微张着嘴巴，对着他出神。

霍斯衡见她这副呆愣的模样，忍不住调侃道：“现在已经比影帝帅了？我还等着你赚到钱，把我打扮得更帅，嗯……”他拖长声音，回忆着她的原话，“能颠倒众生的那种？”

木鹤心想，他只是出个门，就弄得谭绵严重犯花痴，已经够招蜂引蝶的了，于是改变主意：“众生做错了什么？我觉得还是不要去打扰他们比较好吧。”

霍斯衡意味深长地笑了：“好。”

只打扰你一个人，行不行？

木鹤在家休息了一天，次日就活蹦乱跳的了，准时到片场报到。拍了两天戏，顾不上喘口气，她就迎来了真人秀节目《智勇大挑战》的正式录制。

有了第一季的铺垫，《智勇大挑战》第二季资金、人气双双到位，势头超猛，杀出重围，一跃成为今年最火爆的综艺节目，没有之一。

节目的常驻嘉宾一共四位，分别是双料影帝、国民老公林析羽，乐坛天后艾晴，综艺大咖七哥以及超高人气的国民弟弟盛航。

这四人的地位难以撼动，特邀嘉宾便是无数明星必争的了。据内部消息说，有个男艺人主动提出不要通告费，只求到节目里打个酱油，但还是被节目组无情地拒绝了。

观众们乐得不行，代表节目组发言：我们差的是钱吗？不！

这期的特邀嘉宾除了木鹤外，还有某卫视台力捧的女星颜朵朵、最近靠一部古代偶像剧爆红的流量小生叶鸣以及东辰影视的小公主秦栀。

木鹤知道，以她目前的咖位，能来参加这个节目一定是星宇在背后出了不少力，甚至还说动了影帝林析羽帮忙带她。

尽管他们同一个公司，勉强算点头之交，但木鹤不是像郑游游那样很快能和人熟稔的性子，可作为演员，只要是节目的需要，就算和对方不熟，她也能演得很熟。

显然，木鹤多虑了，林析羽不愧是影帝中的影帝，根本不用演，就让她产生他们是多年的朋友的错觉，而且她没有半分不适感，被他带着，自然而然地就放开了。

其他人看着也一副很好相处的样子，但秦家小公主除外。

秦栀认出木鹤是上部剧里那个毒死幼帝的宫女，脸一下拉得老长，一个小龙套也来和她平起平坐，这不是侮辱人吗？

秦栀从小就被娇宠着长大，进娱乐圈后也是顺风顺水，青云直上，还真没受过这等委屈，经纪人和助理苦口婆心地劝导一番，她才把这口气忍了下去。

然而，到了节目录制时，临时充当主持人的七哥介绍木鹤，按照台本提到了她那本打破销量纪录的《玫瑰杂志》，秦栀忍不住刺了句：“卖一百八十万本很了不起吗？里面的水分说不定多大呢。”

这段后期肯定会被剪掉，但当场被她拆台的七哥还是挺尴尬的，其余人面上没表现出来，心里可能各有想法。

这位主儿要不是有秦家捧着，就这情商，糊穿地心都有她的份。

开玩笑吗？一百八十万本已经是国内女星杂志销量排行榜第三名了，你这到底是看不起木鹤，还是看不起其他女明星？

秦小姐似乎忘记去年她那本只卖了一万多本，后面亏本出售都没人买的杂志了？

木鹤则是仿佛什么都没听到，落落大方地对着镜头微笑。

介绍完特邀嘉宾后，八人进行抽签分组，木鹤以为她会被安排到和林析羽一组，没想到低估了节目组的“心机”，最后的抽签结果出来了，林析羽和秦栀一组，盛航和颜朵朵一组，七哥河叶鸣一组、木鹤和艾晴一组。

木鹤自动走到艾晴的旁边，和林析羽隔开了银河那么远的距离，她耸耸肩，笑着说：“我现在相信节目是真的没有内幕，也没有台本了。”

艾晴长得娇娇小小的，却有着“铁肺天后”的美称，海豚音几乎能炸裂耳朵，作为四大常驻嘉宾里唯一的女生，实力绝对不容小觑。

她笑眯眯地朝木鹤伸出手：“合作愉快。”

木鹤看过前几期节目，艾晴是团宠型的存在，光是甜美可爱的外表就很容易激起别人的保护欲。木鹤对她还挺有好感，和她握手，察觉到某些异样，笑道：“你不用紧张，我会保护你的。”

摄像老师给了木鹤一个特写。

艾晴准确地接住了她抛出的梗，躲到她的身后去，娇滴滴道：“那你要保护好人家哦。”

木鹤轻拍她的肩膀：“放心，放心。”

分好组后，他们就拿到了台本，准确地来说，是故事的背景：水果国王迎娶了新王后，国家渐渐走向没落，王子公主们也接连死去。国王终于发现，新后的真实身份竟是恶毒的女巫，阴谋败露的女巫将国王身体的各个部分切下，并施了诅咒，只有找回国王身上最重要的东西，他才能复活。

一百年后，这个沉睡凋敝的国度，终于迎来了八位勇士……

一行人来到拍摄地点，两人一组，各自散开去做任务了。

景搭得很真，不见阳光，死气沉沉，连温度都很低，空气里弥漫着一股诡异的甜香，木鹤一边走，一边琢磨着，最重要的东西，会不会是心脏？

艾晴点点头："很有可能。"

她们根据任务卡上的提示，加上沿途收集的信息，被指引到一座塌了半边的凉亭。

木鹤细致地找了又找，甚至连每根柱子都去敲过，没有任何发现。

倒是黑色方形木桌上布满了一道道斑驳的刀痕，故意做旧，似乎还沾了血迹，看着挺吓人的，木鹤研究了几番，试图从刀痕里找线索——徒劳无功。

桌上还摆了赞助商提供的饮品以及一串香蕉，艾晴顺手戳开一盒酸奶喝了起来，又掰了根香蕉给木鹤，笑得小酒窝闪闪的："按照节目组的惯例，估计还有好长一段路要走，先吃点东西补充体力吧。"

木鹤不疑有他，接了过来，艾晴自己也拿了一根，两人背对着镜头吃香蕉。

刚把香蕉皮丢进垃圾桶，木鹤就听到耳麦里传来冰冷的、没有感情的声音："国王的头部和手指已被找到。"

木鹤："？"

该不会……香蕉就是国王的手指吧？！天哪，她刚刚把国王的手指吃掉了！

艾晴也受惊不小，她飞快地镇定下来，安慰道："没事的，这一大串香蕉有十几根呢，正常人的手指哪有那么多？说不定是节目组随便准备的道具，吃掉两根不会有什么问题的。"

虽然木鹤还是觉得哪里怪怪的，但艾晴是经验丰富的常驻嘉宾，她说没事就没事吧，何况吃都吃了……

木鹤的视线落在香蕉上，思想难免就变得不纯洁起来，她还以为香蕉会用来代指国王的……没想到竟是手指。

艾晴也在想这个问题，彼此的眼神一对上，不约而同地笑了出来。

心有灵犀一点通啊。

两人继续前行，转个弯就遇到了盛航跟颜朵朵，国民弟弟怀里抱着个大西瓜，看到她们，把西瓜拍得啪啪响："看，这就是国王的脑袋。"

颜朵朵无奈地笑了，跑过来，看到木鹤拿的香蕉，眼睛一亮："哇，你们找到了国王的……手指！"

艾晴和木鹤再次交换了眼神：看吧，看吧，不是只有我们思想这么邪恶的。

四人沟通了信息后，分道扬镳，渐渐地，国王的眼睛、耳朵和手臂陆续被七哥、叶鸣和林析羽、秦栀找到，木鹤这组，除了香蕉，一无所获。

几乎把场地走了一大半，她们来到一间破败的小木屋，目之所见，灰尘满天，一片狼藉，阴森森的，静得太可怕了，总给人一种拍恐怖片的感觉。

艾晴忍不住摸了摸手臂："我觉得这里有点邪门，还是别进去了吧。"

木鹤心里也瘆得慌，她咽了咽口水："最危险的地方，往往会有最意想不到的惊喜。

"你别怕，我走前面。"

艾晴深吸一口气，跟在她后面走进去，不小心踩到一块木板，只听得轻微而令人发毛的叮的一声后，前面的木椅慢慢地转了过来，一个面目全非、身体支零破碎的玩偶出现在她们的视野中。

艾晴立刻闭上眼睛，尖叫。

木鹤双腿发软。

玩偶说话了，标准的恐怖音："你们终于来啦。我在这里等你们一百年啦。"

木鹤不停地告诉自己，这是假的、假的、假的。做好心理建设后，她鼓起勇气试着和玩偶沟通：“请问，您需要我们做些什么？”

玩偶给她们讲了一个故事，原来她是国王的小公主，被女巫诅咒，变成了玩偶，只有找到她小时候最喜欢的那个布娃娃，她的怨气才会平息，否则，前来打扰她安宁的人都会被变成玩偶。

如果挑战失败，她们变成玩偶的话，就等于被淘汰了。

木鹤根据玩偶提供的信息，迅速心算出三组数字，两组对应的是方位，一组是密码，艾晴根据她推测的位子，成功找到密室，抱出了一个木盒子。

她输入密码后，盒子打开了，里面装的果然是一个旧布娃娃。

木鹤取出布娃娃，放回玩偶的怀里，玩偶突然动了起来，朝她伸出双手，她吓得往后退了两步。

玩偶说：“你们想要的东西就在我身上，快把它取走吧。”

木鹤、艾晴头皮发麻，面面相觑，从玩偶身上取东西，意味着要近距离对上她的脸，要碰到她破碎的身体。木鹤想起先前要保护艾晴的承诺，双眼一闭，伸出微微发颤的手，摸来摸去，终于在玩偶胸口的位子摸到了一个……苹果？

难道，这就是国王的心？

果然，耳麦里再次传来提示：“国王的心脏已被找到。”

按理说，如果国王的心脏就是最重要的东西，那么心脏找到了，游戏就要结束了。

游戏还没结束，难道是她猜错了？

木鹤带着苹果和香蕉，和艾晴穿过小木屋，走过十几米长的独木桥，桥边堆着骷髅头，河水咕噜咕噜地冒着青色的泡泡，特效逼真。她忍不住握住了身后的艾晴的手，颤声道：“别怕。”

其实她自己怕得要死。

艾晴轻轻地应了声“好”。

木鹤听到耳麦里又出现那道没有温度的声音：“由于有勇士误食了国王的手指，触犯禁忌，恶毒女巫被唤醒，游戏继续。”

就因为她不小心吃了香蕉，直接把恶毒女巫召回来了？！

套路太深，木鹤都要哭了，回头想和艾晴说话，却震惊地发现牵着的人突然变成了面目狰狞的怪物。她虽然看过钟明玉的厉鬼妆，也演过白无常，可是，原本并肩作战的队友摇身一变成了大反派，加上环境本来就恐怖，还要直面那张妆容逼真的脸……

木鹤瞬间毛骨悚然，完全不顾形象，“啊”地叫着甩开对方的手，用尽全力往前奔跑。

艾晴，艾晴……就是被唤醒的恶毒女巫！

怪不得艾晴会怂恿她吃香蕉！

呜呜呜，她跑不掉。

木鹤没跑多远就被女巫追上，她气喘吁吁，明明瑟瑟发抖，却还要故作淡定：“你、你别过来啊……”

顶替艾晴的群演忍着笑，一步步地靠近她：“我过来了，你又如何？”

木鹤：“我会……叫！”

“啊，救命啊……”

录完这期节目，木鹤觉得身体快要散架了，像是跑了一场马拉松。她扶着腰回到休息室，艾晴笑着上前抱住了她：“哈哈哈，木鹤，你表现得太棒了！”

木鹤嗓子沙哑，认真地说：“我觉得奥斯卡欠你一座小金人。”

“多谢夸奖。”艾晴拿出了铁肺天后的功力，笑得胸腔发颤。

不远处，林析羽朝木鹤比了个大拇指，她看到了，回以清甜一笑。

她能这么快从游戏中脱身，影帝功不可没。

晚上，木鹤到家后，详细地说了节目的经过，更是重点提了关键时刻林析羽的帮助：“他不仅长得帅，人也好好啊……”

听她三句话没有一句不离林析羽，吃饭时也提，吃完饭还在说，霍斯衡面色微沉，眯了眯眼：“木央央，你觉得在我面前提别的男人合适吗？”

怎么就不合适了？

木鹤一下没转过弯来，怎么感觉他这话听起来像吃醋了。不对啊，他又不是她男朋友，吃哪门子的醋？

她的思绪百转千回，渐渐明朗，会不会是因为之前还说他比影帝帅，现在又反过来说影帝多好多帅……其实吃醋这回事吧，也不一定只能用在情侣之间，朋友也会吃醋的。

除了他，她没有其他要好的男性朋友，将心比心，如果他在她面前提起另一个女人多好多好，她会是什么心情？

木鹤愧疚地低下头：“郗衡，我错了。”

霍斯衡在她看不见的角度，轻扯嘴角笑了一下，又收敛笑意，正色而大度道：“下不为例。”

木鹤忍不住想，如果以后有了女朋友，他也会为她煮生姜红糖水吗？

——也会在她发烧时照顾她？

他会对女朋友比对她更好？

他们会拥抱、亲吻，做很多亲密的事……

换位思考，就算她将来有了男朋友，他在她心里也是特殊的存在，尽管这个想法很“渣”。

木鹤在感情上是一张白纸，至今都还没理清楚郗衡对她而言到底意味着什么？是亲人，还是占有欲衍生的依赖对象，或者纯粹的……爱情？

谁能告诉她答案？

录了大半天的节目，木鹤累坏了，加上心情低落，和郗衡道过晚安后，她回房间睡觉了。

心潮翻涌，她翻来覆去，越想睡就越睡不着。

她一会想郗衡，一会又被另一道身影占据思绪。

《智勇大挑战》的节目录制结束，秦栀的妈妈，准确来说，是继母，过来接她了。

这不是木鹤第一次看见秦夫人，和秦栀同组拍戏那会儿，她就遥遥地看过两次。秦夫人端庄美丽，一举一动都彰显着上流社会贵妇的气派，没有人知道她出身某个偏远山区，更没有人知道，二十二年前，她曾丢弃自己的亲生女儿……

木鹤以为内心会毫无波动，但当看到秦夫人对着继女秦栀笑得那么温柔，近乎讨好时，她还是没来由地觉得难过，只有一丁点儿，就仿佛一滴墨化在了清水盆中，顷刻间便消失了痕迹。

她问过自己，怨吗，恨吗，对这个生下你却不要你的女人？

爸爸从没教过她这些，也没教她原谅和宽恕，他只是告诉她："央央，你要活得开心。"

她失去的，其实已经以另一种方式弥补了回来。

所以，她不怨不恨，也无须宽恕。

木鹤半夜才睡去，次日如常到剧组报到，拍完犀音为救帝君不惜盗取南海明珠，导致洪水泛滥，民不聊生，接着被囚禁于天牢，剐去龙骨的戏份后，时间已过去半个月。

等到周五晚上，《智勇大挑战》的节目就要播出了。

木鹤转发了官博的博文，粉丝们早就从路透中知道她上节目的消息，纷纷表示期待。

没多久，木鹤就发现她和林析羽一起上了热搜榜，这是节目组惯用的炒作手段，属于正常操作。

好在影帝的粉丝和他一样和气，评论区一片和谐，木鹤稍稍放下心。

随着晚上八点临近，节目快开始了，她不敢一个人看，也顾不上里面有影帝，说不定会引起某些人翻旧账了，跑出去把郗衡拉进来，美其名曰："我第一次上综艺节目，意义重大。"

霍斯衡却一眼就看透了她的心虚，没说什么，在她的旁边坐下，修长的双腿随意地交叠，姿态闲适。

木鹤盘腿坐在沙发上："开始了。"

他的目光这才从她的身上移开，投向大屏幕。

主持人介绍完特邀嘉宾后，八人开始抽签，分成四组，弹幕成片飘过：啊，节目组居然玩反套路！我还以为男神会和木鹤一组！

"热搜骗我系列。"

他还能怎的，继续看呗。

看到木鹤和另一个女人同组，霍斯衡眉峰微挑，总算有了看下去的兴致。

分好组后，两两站队，艾晴朝木鹤伸出手，说出"合作愉快"，双方拥抱，接着就是木鹤的特写镜头。她男友力满满地说："你不用紧张，我会保护你的。"

木鹤愤愤不平地指着屏幕："我当时感觉她的手有些发抖，以为她是紧张，结果……"

拥有上帝视角的观众们早就知道这期节目里，团宠艾晴彻底颠覆形象，拿到的是反派剧本，对于被蒙在鼓里的木鹤，他们一边表示同情，一边笑呵呵——

"心疼小姐姐，哈哈哈！"

"木央央同学，你竟然要保护反派，请问你的队友知道吗？！"

"别说队友了，她自己都不知道自己保护的是反派啊！"

八位勇士拯救水果国王行动正式开始。

画面最先给的是影帝林析羽、秦栀那对，他们站在古井边，利用收集的咒语召唤出了守护之神，得知女巫让整座王国沉睡的秘密。

然后是七哥和叶鸣，他们在之前的比赛中垫底，所以没有获得什么关键线索，只能无所事事地到处乱晃。七哥不愧是资深综艺咖，风趣幽默，硬是把笑点、看点都带起来了。

接下来是国民弟弟和颜朵朵，他们费了九牛二虎之力，找到了一个挂在树上的西瓜，后期还在西瓜上打了大大的问号，提醒观众们注意。

让木鹤感到扎心的部分终于来了，她和艾晴来到凉亭里，四处寻找线索而不得。她被艾晴怂恿吃了一根香蕉，然后喜获导演组的提示："国王的头部和手指已被找到。"

与此同时，艾晴的耳麦里也传来声音："勇士吃掉国王的手指，支线剧情触发，女巫已被唤醒。"

全体观众在目瞪口呆后，弹幕满天飞——

"玩这么大！"

"我看到了什么？！她竟然吃掉了国王的手指，哈哈！"

"国王的手指：我做错了什么？为什么要把我吃掉？"

"导演组一定是故意的！等人家吃完了才给提示，哈哈哈。"

"别看晴姐长得娇小，演起反派来一肚子坏水。"

"@木鹤，你被骗着乖巧地吃香蕉的样子像极了傻白甜。"

"女巫被唤醒了，就问你怕不怕！"

怕死了……木鹤懊恼地捂住脸。

霍斯衡侧头看她，眸底深处仿佛有一束光若隐若现。

在拍完一轮其他六位嘉宾后，镜头又转了回来，两个女生来到小木屋前。

木鹤情不自禁地打了个冷战，她把毛毯拿起来，严严实实地裹住，但还是觉得怕。她悄悄地瞥了一眼旁边的男人，想借他的手握一握以壮胆。

两根手指头刚探出去，想到什么，她又缩了回来。

只是，她还没完全缩回毯子里，就被一阵暖意覆上，然后被包裹进干燥的手心里，她的心跳忽然快了一拍。

耳边，她听得他低低的笑声："胆子还没米粒大。"

温热的气息拂过耳际，酥酥痒痒的，木鹤感觉耳根也跟着烧起来："谁……胆子小了？"

他将声线压得更低，几乎形同耳语："那我松手了？"

别、别、别！木鹤用力反握住他的手。

霍斯衡笑意更深。

屏幕上，导演组通过耳麦秘密通知艾晴："带她进去。"

结果，艾晴这个小妖精不按常理出牌，采取了迂回策略，哎呀，看着好邪门，人家好怕怕，还是别进去啦。

傻白甜木鹤勇敢上前一步："最危险的地方，往往会有最意想不到的惊喜。"

艾晴偷偷对着镜头露出阴谋得逞的奸笑。

弹幕："怕怕，小白兔要进狼窝了。"

"木屋里一定有什么可怕的东西！会是什么呢？"

"我的天，这玩偶也太逼真了吧！"

"如果是我，肯定当场被吓哭！"

观众们屏息以待，面带笑意地看着明明吓得发抖的木鹤大着胆子和玩偶交流起来，并在短短的时间内就找出密室，解锁木盒，把布娃娃找到了。

预告里说好的吓到暴风哭泣呢？

"求问大佬，密码是怎么得出来的？"

"那道题是要用到高等数学的解法吧？"

“要是真没有台本的话，我只能说，她这么快就解析出三组密码，心算能力简直逆天哪！”

“不明觉厉！这绝对不是一个简单的傻白甜！”

木鹤成功拿到苹果后，导演组提示国王的心脏已被找到，跟拍老师对着她蒙圈的表情又来了一个特写，观众们齐齐笑喷了。以为找到心脏，游戏就结束了吗？天真！你恐怕是不知道你吃掉国王的手指把女巫给唤醒了吧？

不对，节目里她是真的不知道……

两人从小木屋穿出去，到了一座独木桥前，这个时候，观众留意到艾晴已经笑着晃出了镜头外，重新出现在木鹤身后的是一个白面红唇、妆容可怖的黑衣女人……

而木鹤对此一无所知，她小心地护着艾晴，声音发颤：“别怕。”

“真的好刺激啊！”

“原谅我不厚道地笑了，这是准备把嘉宾吓死的节奏吗？！”

“不知道说什么了，先笑为敬。”

“小姐姐快回个头，哈哈哈。”

屏幕右下角的小喇叭喊出一行字：“由于勇士误食了国王的手指，触犯禁忌，恶毒女巫被唤醒，游戏继续。”

大家看到木鹤焦急地回过头，不由得屏住呼吸等她的反应，可惜这里没有特写，只能看到她拼命甩开群演的手，拔腿就跑——

“啊……”

所有人的耳朵受到了前所未有的高音攻击。

木鹤跑了十几米就被追上了，那双明媚动人的眼睛已然染上泪光：“你、你别过来啊…”

群演冷漠无情地靠近她：“我过来了，你又如何？”

众人听到木鹤说：“我会……叫！啊，救命啊……”

弹幕里一片雪花般的“哈哈哈”护体：“弱小可怜无助。”

“再次高分贝警告！”

“我认真算了一下，小姐姐光是‘啊’就高水准地持续了三十二秒，这么好的肺活量，不去唱歌可惜了。”

导演组再次给出提示：只要找到最澄澈的“杨梅之心”，便可以杀死女巫。

木鹤一心只顾着逃跑，完全没听到这条提示。她一路狂奔，跑到了后山，一只正悠闲地吃草的绵羊被她吓得咩咩叫着离开了草地……

一个发着红光的精致木盒在地上缓缓出现。

木鹤没看见，还在继续奔跑。

导演组：“？”他们精心设计的梗这么容易就被破解了？

观众们：“？！”

“莫非、难道、该不会那盒子里装的就是‘羊没（杨梅）之心’？！”

“哈哈哈，好一个误打误撞，歪打正着！”

“女巫：我是怎么死的，我都不知道。”

“想采访一下导演此刻的心情……”

导演组痛心疾首地通知勇士们：“木鹤成功地找到‘杨梅之心’，女巫已死亡。”

木鹤跑得快脱力了，终于遇到林析羽和秦栀，她气喘吁吁道：“快，快跑，女巫来了！”

林析羽好笑地拦住她：“女巫死了。”

木鹤跑不了，飞快地躲到他的身后去，好一会儿才反应过来：“死了？！”

林析羽疑惑：“不是你找到杨梅之心，把她杀死了吗？”

木鹤比他更疑惑：“杨梅之心是什么？”

听林析羽简单解释完，木鹤觉得特别不可思议：“大难不死，必有后福。”

林析羽笑了，看她的眼神透着几分柔和：“嗯，有道理。”

屏幕外，霍斯衡笑意尽收，目光变得格外幽深晦暗，仿佛藏着危险。

女巫虽死，国王的复活之路却遇到了大难题——木鹤把他的手指吃掉了，就算他活过来，也是不完整的。对水果国王来说，没了两根手指就等于人丢了三魂七魄。

那该怎么办呢？

按照游戏规则，如果国王没法复活的话，勇士们也会受到牵连，陷入永久的沉睡中。

任务失败是要接受残酷的惩罚的。

幸好节目组还算有点良心，之前林析羽这组在守护之神的指引下，得到了一张时空穿梭卡。木鹤借此穿回去，顺利地拿到了完整的香蕉串。

国王复活，挑战成功！

弹幕恋恋不舍地布满屏幕：“万万人血书跪求木鹤再上一次节目！”

“美艳的外表，超高的智商，有趣的灵魂，连我一个女人看了都喜欢啊。”

“我本来是想看男神的……男神，对不住了，我先爬会儿墙。”

“她和影帝好有 CP 感啊，怎么回事？她和他说话时，眼里有星星！”

“此处天后应有姓名！她保护秦栀的样子和她坑害秦栀的样子，简直像极了爱情！”

不得不说，作为特邀嘉宾的木鹤，在这期的表现太令人惊喜，不为搞笑而搞笑，本色出演，连影帝和天后都被衬成了配角，至于秦栀，更是被压得一点存在感都没有。

今晚的热搜，注定是木鹤的包场。

“鹤羽 CP”“爱慕 CP”“木鹤超长尖叫”“木鹤杨梅之心”……

钟、央 CP：“前面两个都给我让让！我才是原配！”

热度潮水般汹涌而来，挡也挡不住，木鹤的粉丝数轻轻松松就破了一千六百万，随之而来的还有另一个惊喜——草莓台的跨年晚会邀请。

本来晚会两个月前就确定了出演名单，可有位原本定了独舞的女星由于私人原因退出，加上星宇传媒强大的运作能力，这个空出的名额就落到了木鹤的头上。

木鹤为难了：除了演戏，她其他才艺都不会啊。

像钢琴、舞蹈这类，她小时候没条件学，现在恶补也来不及了。

谭绵问："那唱歌呢？"

木鹤谦虚道："还行。"山歌唱得挺好的。

叶汐拍板定案："那就唱歌吧。"

木鹤想到了节目弹幕里观众们的调侃："唱《青藏高原》吗？"

谭绵扑哧一下笑了，叶汐同样摇头失笑。

三人选来选去，最后选了《莫斯科郊外的晚上》。

叶汐又说："要加点新意。"

谭绵提议："苏联名曲，要不，加上口风琴前奏？很应景、很有感觉啊！"她推了推木鹤的肩膀，"央央，口风琴很简单的。"

木鹤很喜欢这首歌："行啊。"

然而，被音乐老师虐了两天还没学会口风琴后，木鹤对谭绵口中的"简单"产生了深深的怀疑。她干脆放弃了，提出新想法："要不，唱两句俄语怎么样？"

谭绵惊喜极了："央央，你还会俄语啊？"

"我不会，"木鹤摇头，语气中流露出某种骄傲感，"可我有个……朋友，俄语说得特别好，我可以让他教我。"

于她而言，这世上再不会有比郗衡更好的俄语老师了。

当晚，木鹤跟郗衡简单地把要在草莓台跨年晚会上唱《莫斯科郊外的晚上》这首歌的事说了一遍，顺口就提出想跟他学俄语的请求。

头顶上的橘色灯光，安静地将男人笼在柔和的光晕中。他偏斜视线，不动声色地看她，半晌后才扬起嘴角："可以。"

“不过，”他话锋一转，“要交学费。”

木鹤愣住了，他们这么熟，他居然还要跟她收学费，过分了啊。

霍斯衡抬手慢条斯理地系上袖扣，整理好袖口后，掀开黑胶唱片机上的绸布，将唱针轻放了上去，悠扬的旋律流水般缓缓而出，正是那首《莫斯科郊外的晚上》。

他微微弯腰，朝她伸出手，神态举止都尽显风度，嗓音低沉，听起来格外有磁性：“我有这个荣幸吗？”

木鹤的全副心神都被吸引了过去，眼前的男人姿势优雅，桃花眼里闪着微光，仿佛埋伏着无边无垠的诱惑，同时也映着她的身影，只有她。

这是一场无声而温柔的俘获，而她已无处可逃，也不想逃。

脑中一片空白，木鹤清晰而欢喜地听到了心动的声音。

她弄错了，不是因为占有欲而喜欢，而是因为喜欢才想着去占有。

就像——清泉冲破冰面汩汩而出，漫山遍野绿意尽染，千朵万朵的花开，是自然而然、根本无法控制的事情。

在这一刻，她无比确定她喜欢他——是女人对男人的那种喜欢。

# 第七章

## 我的心上人

拨开云雾见月明，颇有豁然开朗之感。

她喜欢他，就是这么简单。

木鹤心跳如雷，一声又一声，震耳欲聋，乌黑的眼眸也被笑意点亮，仿佛万千星光乍现，熠熠生辉，她面含羞色，缓缓地把手交给他。

霍斯衡和她十指相扣，另一只手绅士地贴上她纤细的腰身，他手心覆上来时，她好像被烫了一下。他碰到她哪里，她就哪里失守，溃不成军。深深的悸动后，她抬手轻搭在他的肩上。

他带着她，踏着美妙的乐声，在昏黄的光影中起舞。

木鹤不会跳舞，开始时跟不上节拍，还踩到了他的脚，红着脸道歉，只得到一声轻笑回应。她收回心神，渐渐进入他的节奏，进入了一场浪漫而旖旎的梦境中。

没有红色舞鞋，有的是脸红心跳和迟来的情窦初开。

这支舞是他送她最好的礼物，在她确定对他动心的时候。

一曲终了，幻梦画上休止符。

霍斯衡将搭在她腰间的手收回去，十指还扣着，他低头，长睫毛掩盖下的目光深沉："木央央？"

木鹤如梦初醒般"啊"了一声，局促地抬头，直直地对上他的眼，又怕被窥见心事，生硬地移开视线，照着在电视里看过的，提着裙摆，微微屈膝下蹲，动作到位，唯独忘了微笑颔首。

她口干舌燥，心快要撞破胸腔，柔软的线条因轻喘而曼妙地起伏着："我、我先去喝杯水。"

几分钟后，木鹤喝完水回来，看到郗衡神色慵懒地靠在沙发上，袖扣重新解开了，领口稍稍敞开着，锁骨精致而性感。

她不由得想起在金叶会所那次，为了验证他的身份，她强行解开他的衬衫扣子检查有没有伤疤的事，当时不觉得有什么，如今心境变了，只觉得没羞没臊的，一点都不矜持。

木鹤坐到沙发上，和他隔着一个位子的距离，她打开音乐播放器，搜索出《莫斯科郊外的晚上》。上大学时听说过“三分钟韩语，三小时英语，三年俄语，三十年阿拉伯语”的说法，深知俄语不好学，她也没太高要求，学上两三句，到时作为跨年晚会演唱的亮点就可以了。

只是，木鹤看着俄语歌词，哪个部分比较简单啊？

将其切换成中文后，她的心瞬间就被第三段歌词击中了，这简直是为她写的，完全写出了她此刻的心情。

霍斯衡靠过来：“想学哪段？”

刻意拉开的距离被他一下子缩短，木鹤紧张得几乎不能呼吸了，她挺直腰背，眼波流转，红唇却矜持地抿着：“第三段行吗？”

想了想，她又补充道：“我是觉得，可以用来压轴。”

霍斯衡抬眸看向屏幕，她说的第三段歌词正是：我的心上人坐在我身旁，默默看着我不作声；我想对你讲，但又难为情，多少话儿留在心上。

他喉结微动，低声和她确认：“这段？”

木鹤轻轻地“嗯”了一声：“有什么问题吗？”

霍斯衡嘴角勾起若有似无的弧度：“没问题。”

她又问：“那……学费怎么算？”

霍斯衡偏过头，黑色长发掩映中，她颈间的肌肤白皙如玉，若隐若现，他的眼角溢出淡淡的笑意：“刚刚不是已经交过了？”

他指的是那支舞？

怪不得说，无意间的撩最是勾人。

木鹤不否认选那段歌词让他教是存了某种心思，没想到反过来被他撩得七荤八素的，如同一池春水被搅得水波潋滟。在感情方面，和从小长在莫斯科的他相比，她终究段数太低。

撩人而不自知的郗老师开始上课了，第一个知识点就是俄语中的颤音“P”，她有耳闻过“P”的难度之大，甚至有些俄语生学了两年都发不出来。

日常的语言体系中没有颤音的缘故，负责管理这块的大脑细胞就退化了，加上她已经过了学习语言的最佳年龄，别说发准这个音，能发出来就很不容易了。

木鹤照着他教的方法，大着舌头“得儿”了老半天，舌尖都发麻了，忍不住鼓起双颊，叹气：“好难啊。”

谁知他竟用两指捏上她的脸，转了过去：“舌尖抵上硬腭，然后用力往回抽。”

呼出的气流使舌尖上下颤动，接着声带振动，发出颤音。

木鹤又“得儿”了一下，理论她懂，可就是怎么都发不出来。

另一层挫败感来自——他肯定没对她存有那方面的心思吧？如果有的话，会把她的脸捏得变形？

他会不会觉得她对他有男女之间的想法很奇怪？

霍斯衡察觉到她的走神：“在想什么？”

“没。”木鹤赶紧摇头，“在想着怎么……得儿！”

一不小心口水直接喷到了他的脸上，她先是扑哧笑了，然后才手忙脚乱地去擦：“我不是故意的。”

他的脸摸起来手感很好，不知道亲起来是什么感觉？

不对，亲过了。

可之前要么是很纯洁的吻颊礼，要么就是不小心亲到，如果带着喜欢的心情去亲……

嗯，他肯定又要说她非礼他了。

“木央央同学，专心点，嗯？”

她专心不了，他就是最大的干扰源。他一靠过来，她都要心率失调了。

木鹤困在暗恋的心悸和颤音的舌发麻的折磨中，度过了这个漫长的夜晚。她睡前“得儿”，睡醒后，趴在床上对着墙，想着隔壁房间的郗衡，捧着热度惊人的脸：“得儿！”

上午有一场重要的戏，她吃过早餐就赶去片场了。

八点出头，一身黑衣黑裤的霍斯衡手臂上挂着外套，从屋里出来，张长、张弓已在地下停车场候着，几分钟后，一部崭新的黑色卡宴从金月湾开出，驶向郊区的私人山庄。

路上，张长详细地汇报了霍家的情况。

霍斯衡身侧放着一沓纸张，像是设计图，修长的手指在纸上有一下没一下地敲着，听到张长提起越少时，他才懒洋洋地抬起眼皮。

张长说的越少，是和霍斯衡同辈的霍斯越，排行第六，因从娘胎出来身体底子就不好，是出了名的药罐子，在霍家一向没有太强的存在感，不过，近几年霍斯越请了中医调养身体，气色明显大有好转。

饱暖思淫欲，这人身体一好，难免就会生出别的心思。

“根据可靠消息，越少在秘密和丁家接触。”

霍斯衡不以为意地笑了，潜伏这么多年，终于按捺不住了吗？

倒是高看他了，未免太沉不住气。

对于霍家的继承人之位，霍斯衡是志在必得，至于南城首富丁家以及那位丁小姐，既然霍斯越有心，为何不将计就计，帮他们促成这桩好事？

他向来有成人之美之心。

张长又说：“老爷子那边还是不肯松口，他似乎铁了心要您和丁家小姐联姻，而且……”他斟酌着言辞，“前两日，丁小姐上门拜访，是老爷子亲自接待的。”

张长心思尚浅，揣测不了老爷子的用意。

霍斯衡换了个姿势，看似在笑，眼神已然冷了下来：“老爷子也只剩这一张底牌了。”

老爷子无非就是担心霍斯衡将来接手霍家后会对霍家人下手，特意让丁家掣肘。老爷子肯定不知道，霍家他尚且都不放在眼里，又何况区区一个丁家？

十年前，他从莫斯科回到富春城，为的从来就不是霍家的权势富贵。

十年后，亦然。

张长的手机响起来，接通后听了几秒就挂断：“衡少，老爷子心脏病发，在医院抢救。”

“回富春城。”

东山影视城。

经历过微博风波后，这段时间，木鹤和袁欣儿的关系卡在一种微妙的平衡中，人前有说有笑，人后相对无言，她倒是跟钟离非日渐熟悉起来。

人与人的缘分就是这么神奇。

然而，大家似乎一致认为，她们这样的关系才是正常的，毕竟她帮钟离非抓过奸，钟离非为她宣传过杂志，钟央 CP 如今也有了专属超话。

钟离非带着专门的跟组台词老师，木鹤遇到拿捏不准的地方，就跑去蹭她的老师，有时遇上有对手戏了，两人趁机排练一下，一来二去就熟了。

本来彼此都挺慢热的，可架不住三观太契合了，聊着聊着，她们不知不觉便交了心。

钟离非还提到过去的情史，甚至连周竟低声下气来找她道歉的聊天记录都给木鹤看，木鹤也和她说起山城蓝蓝的天，青青的草地，清澈的小溪……

她们之间，没有山水集团的大小姐，没有偏远山区的贫穷女孩，只有相见恨晚、惺惺相惜。

有粉丝来剧组探班，看到她们捧着剧本，脑袋凑在一块，嘀嘀咕咕，顺手拍了一张照片发到微博上：“钟央CP实锤了。”

“天哪，好甜！”

钟央CP粉锣鼓喧天：“过年了，过年了！”

鹤羽CP＋爱慕CP：“我们这是双双被打入冷宫了？”

钟央CP扬眉吐气：“好走，不送。”

网上再怎么调侃，木鹤无暇去看，谢导正给她讲着戏：“犀音被剔去龙骨后，帝君为了保护她，将她藏到蓬莱仙岛，并切断她和外界的一切联系，实际上就是变相软禁。犀音盗取南海明珠，背叛了龙族，既是全族的罪人，又伤害了无辜百姓，她已是一无所有，加上不理解帝君的苦心，更是深陷情天孽海中。到时你从那边走过来……”

试戏、走位完毕，正式进入实拍。

木鹤从桃花林中缓缓走出，长发随风飘舞，画面赏心悦目，当镜头一拉近，她那依然清丽出尘的面容上，却是覆满冰霜，眸子失去了光亮，如同平静的死水。

和刚出场时那个纯真、懵懂、不谙世事的小龙女相比，犀音就像完全变了一个人。

“青离，”她的声音不再甜美，哑得如同钝刀磨着耳朵，“为何不好聚好散？”

齐灏负手而立，背对着她无声地苦笑：“犀音，我做不到，我不能眼睁睁地看着你堕入魔道。”

木鹤冷冷地发笑：“你囚得住我的肉身，却不知……我的心已成魔。”

“犀音！”齐灏转过身来，对上她的眼，那决绝无望的眼神直击内心深处，他忽然忘记了接下来要说什么，只能靠细化痛苦的神情来拖延时间。

木鹤和谢导几乎是同时发现他忘词了。

谢导考虑到木鹤的情绪太到位了，对演员来说，这样的时刻格外珍贵，可遇不可求，于是就没有喊“咔”，暗暗希望齐灏能自己记起台词来。

镜头对着齐灏，他表面上看不出异样，后背已有汗意，怎么都想不起来下面的台词。

镜头外的木鹤悄悄对他做口型：“莫要执迷不悟，世人都盼你死，只有我，想要你好好活着。”

齐灏短暂地愣了一下，迅速调整好状态，将她提醒的这句台词念了出来。

谢导举着大喇叭喊：“过！”

他朝木鹤招手：“过来，过来。”

木鹤看谢导板着脸，估计是又要训话了，这段时间她和他混熟了，没什么怕的，乖乖听训便是。

犯了低级错误的齐灏也走过来向谢导道歉，跟木鹤道谢，顺便听训。

“行啊，你，人形提词器？”谢导瞪着眼说，“怎么，所有对手戏的台词你都背下来了？”

木鹤谦虚道：“差不多吧。”她过目不忘嘛，闲着没事就去翻剧本，纸的边沿都被翻得卷起来了，台词还能记不住？

齐灏越发愧疚了，看她的目光带上那么几分异样的意味。

对于这么认真细致又低调敬业的演员，哪个导演不喜欢呢？谢导朗声大笑：“真有你的。”

转过头，他又恢复了一脸严肃：“齐灏！”

木鹤悄悄离开训话现场。

后面的拍摄很顺利，天色刚擦黑，剧组就收工了，回家的路上，木鹤收到一条来自银行的信息，当即惊呼一声，难以置信地将多出来的钱数了又数，之前的余额全变成了零头，可怜兮兮地挂在后面。

这么多钱……是不是打错了？

木鹤打电话跟叶汐求证，叶汐告诉她，财务部直接把《玫瑰杂志》和《智勇大挑战》的通告费一起打进去了。

结束通话，木鹤握着手机，许久后才回过神，她真的有钱了，可以给郗衡买很多好看的衣服了！

木鹤迫不及待地想和郗衡分享好消息，谁知回到家，迎接她的却是满室黑暗和冷清。她的心就像烈日炙烤的地面，迎来了一场暴雨，铺天盖地浇着，慌乱、无措又窒息。

她冲进郗衡的房间，床上的被子叠得整整齐齐。她打开衣柜，满柜的黑色衬衫。她顾不上细想，他为什么会有这么多衣服，她不停地安慰自己，衣服还在，说不定他只是出去了。

她坐在床边，拨打他的电话，一次次拨出去，一次次地被告知不在服务区，眼泪唰地掉下来。他是不是被家里人找到了？他是不是要被逼着和那个女人结婚了？他是不是不会再回来了？

木鹤环顾四周，一片空荡荡的，她抱住膝盖，深深地把头埋进去，整个人藏进黑暗中。

不知坐了多久，一阵嗡嗡的震动声打破死寂，木鹤猛地抬起头，屏幕上的“郗衡”二字跳入朦胧的视野中。她瞳孔骤然一缩，胡乱地擦了擦眼，确定真的是他，又哭又笑起来。

他的名字竟有那么大的魔力，她心间似有针扎的绵绵密密的疼痛正一点点地消失。

她用手指滑了好几遍，才接通：“……郗衡。”

霍斯衡听着那边传来的哽咽声，胸口发紧，声音因倦意而略显低沉：“我在外面。”

他一直待在医院，这边的信号断断续续，所以没接到她的电话。

老爷子的病情已经稳定下来，另有要事处理，霍斯衡原本计划在富春城待一夜，但现在，他改了主意。

他一边和木鹤说话，一边对旁边的张长打手势：调专机，回A市。

原来是虚惊一场。

她听到郗衡说晚上会回来，如同四周的黑暗将她一层层裹住的惶惶不安顿时消解了。她像溺水的人重新获得新鲜的空气，贪恋地呼吸着，哪怕再怎么克制，她还是发出了重重的鼻音：“嗯，那我等你。”

通话结束，她怔怔地对着暗下来的手机发呆。

趴在她脚边的碗碗担忧地喵了一声，她这才有了反应，抱住它，破涕为笑：“碗碗，我是不是好没出息呀？”

她只是太害怕……被人丢下了。

碗碗举起肉肉的爪子拍她的肩膀，像是在安抚她：“喵！”我不会离开你的！

“乖啊。”木鹤整理好情绪，抱着碗碗走出房间，眼睛涩涩地发疼，她把它放在客厅沙发上，转身走进洗手间，险些被镜子里的人吓了一跳。

——长发凌乱不说，脸上还有两道清晰的泪痕，鼻尖泛红，眼皮都肿起来了。

她有哭得这么厉害吗？

木鹤打开水龙头，捧着水洗干净脸，总算没那么狼狈了。她又进厨房找了冰块，尽量在郗衡回来前给眼皮消肿，要是被他看到这副没出息的样子，指不定会怎么笑话她呢。

窗外夜色渐深，明月高悬，星星稀疏，散发着清冷的光。跨江大桥上，车子来来往往，一派热闹。

晚上十一点多，霍斯衡风尘仆仆地回到金月湾，乘坐电梯上到顶层，他站在门前，单手插兜，寒意未散，面部线条凌厉，冻得微红的长指刚要输密码，还没按下去，门就从里面被打开了，接着，一双柔软温暖的手抱上了他的腰。

霍斯衡丝毫没有准备，被她撞得往后退了一步才稳住两人的身体，深棕色的眸里闪过一丝讶异，随后垂落视线："木央央？"

木鹤不说话，把他抱得更紧了。

外面风大，怕她着凉，霍斯衡只好搂着她进屋，随手关上门。客厅灯光明亮，她红通通的眼眶便无所遁形，很显然，发现他不在家里后，她哭了，而且哭得不轻。

霍斯衡低下头，细细地盯着她的脸，无声地轻叹，他今晚要是没回来，她得哭成什么样？

他揉了揉她的头发："小哭包。"

木鹤才不承认呢，可被他这么一说，又忍不住想哭，委屈得不行，眼前有心疼她的人，眼泪就跟开了闸似的。她强烈地控诉道："你这人太坏了，我还以为你又像上次一样，不说一声就走了……"

他在她这里，是有前科的。

虽然那时她就隐隐有预感，以他的性情，不会和她告别。

霍斯衡被唤起了某些回忆，只觉得心都被她的泪浸得潮潮的，轻轻地疼着。他用指腹轻轻拭她的脸，发现泪水怎么都擦不干，只好抽了两张纸巾，总算勉强止住了。

"上次，你也这么哭？"

霍斯衡太清楚，这副看似坚韧的躯壳下，藏着一颗怎样柔软的心，他不想看到她哭，所以当初才选择不告而别。

"我才没有！"木鹤嘴上坚决否认，眼泪却流了下来，她也不想的，就是怎么都忍不住，"你这是自欺欺人，你以为看不到，我就不哭了吗？"

她就要哭。

当时年纪小，哪里经历过别离？知道他走了，她哭得稀里哗啦的，一路从家里追到金兰江边上……从此以后，只能把他这个人连同名字深埋心底。

她甚至以为，这辈子都不会再见面了。

霍斯衡并不这样认为，他没有忘记过，在遥远的山城，有个叫木央央的小姑娘，对他有救命之恩，如果将来还活着的话，他计划等安定下来，就回去找她。

如果她还留在山城，他会带她去见识更广阔的世界。

如果她已经结婚了，他就护她余生喜乐无忧。

……

然而，现在的木央央，不在霍斯衡任何的计划里，他想亲自照顾她，想把她变成他的女人，想和她有个家。

在这之前，那个莫须有的婚约必须取消，他舍不得让她受哪怕一丁点儿的委屈。他的爱情和婚姻要干干净净，完完整整地属于她。

霍斯衡环住她的肩膀，让她能在怀里靠得舒服些。

可能是还没从犀音的情绪里走出来，加上失而复得了他，木鹤哭得更肆无忌惮了。

霍斯衡简直拿她没办法："央央，别哭了，好不好？"

木鹤见他胸前的布料湿了一片，有些心虚，换了另一块干的地方，继续哭："你这件外套……是我买的。

"我今天收到一大笔钱，想着给你买好多衣服，可是一回到家，你、你不在！我不给你买了……"

"好，"霍斯衡听得心里熨帖又受用，百般纵容着，"不买了。"

木鹤硬是要和他唱反调："不行！"

她还想再抬杠，肚子唱起了空城计——咕噜咕噜。

她羞得脸都红了。

霍斯衡语气略沉："没吃晚饭？"

木鹤抿唇不语，只顾着哭，忘了。

他将她颊边的碎发别到耳后："想吃什么，煮点面条？"

"不要，会胖的。"这个点，夜宵妥妥地吃上了，可木鹤实在是饿，抬起头看他，眼泪汪汪的，"你帮我煮燕麦吧，半碗就好，不要放糖。"

十分钟后，霍斯衡端着一碗燕麦出来了，八分满。木鹤耸耸肩，拿起勺子舀了一口送进嘴里，甜的，她提的要求，他一个都没照做。

吃完后，木鹤打算先看一会儿视频，然后去健身房跑步，怎么都要把多出的热量减下去。谁知半小时后，她来到健身房，发现门锁上了。

还能是谁锁的？

她只好回房间，洗完澡，在床上做完一套瑜伽才睡觉。

月落日升，时间如白驹过隙，温度越来越低，木鹤演完堕入魔道的犀音幡然醒悟，为救龙族和无辜百姓，不惜牺牲自己，化作南海明珠，永生永世守护她所爱的水域的戏份，在平安夜这天迎来了个人的杀青。

犀音的最后一个镜头：她站在南海边，回头望，眼神平静，没有爱恨，没有悲伤，没有不舍，也没有告别，在母后撕心裂肺的哭声中，她纵身一跃，跳入南海。

她父王望着海面，眼中含泪，喃喃自语："犀音没有死。"

她只是……回家了。

这一幕感人肺腑，在场的群演好几个哭红了眼睛。

木鹤许久后才从犀音变回自己，在心里悄悄地说："犀音，再见。"

她仍穿着戏服，接受一个个温暖而善意的拥抱，真诚地感谢他们的照顾，并合影留念。她手捧着应景做成圣诞树样式的花束，对着镜头，眼神清澈，笑颜如花，一如初见时的犀音。

木鹤收到了很多礼物，郑游游和戴老师自然送了，钟离非送了她一套C家的圣诞定制款口红，齐灏送的是珍藏版的签名专辑，是他当初以歌手身份出道时的作品，连袁欣儿也送了一瓶法国的名牌香水。

谢导对她赏识有加，特地准备了杀青宴，还拍板将犀音的黑白两套戏服送给了她。

这礼物简直送到木鹤的心坎里，她笑得眼儿都弯起来："谢谢谢导。"

谢导笑容格外温和："小木啊，加油，未来可期。"

她重重地点头。

热热闹闹的杀青宴结束后，大家各自散了，约会的约会，无约的要么加班工作，要么等着四面八方的狗粮热乎乎地往嘴里塞。木鹤看了看时间，才九点出头，就拉着郗衡一起出来。

街上到处洋溢着欢快的圣诞气氛，男男女女成双成对，小孩子开心地围着圣诞老人跑来跑去。

木鹤裹着围巾，只露出了一半的脸，头上顶着两只闪闪发光的麋鹿角，俏皮又可爱身侧人来人往，她担心走散，靠得离郗衡更近了些，彼此的外套衣角偶尔会擦到。

每碰到一次，她的心就怦怦地跳，犹如小鹿乱撞。

她试着伸出手去，轻轻揪住他的衣角。

像之前在江边散步时那样，可又不一样，现在的她，喜欢他。

木鹤怀揣着甜蜜的秘密，仅仅这么一点的暧昧，就让她感到心花怒放。

他肯定不知道，平安夜一起走在街上的男女，绝大部分是情侣吧？

她正分心想着，手忽然被他握住："冷？"

木鹤还没回答，他就把她的手塞进了他的外套口袋，由于这个浪漫的举动，她又开始暗自揣测，他到底是对她有那方面意思呢，还是没有？

很快，她得出结论——没有。

因为——他直接松开了手，只剩她的手孤零零地留在口袋里。

走出一段路后，木鹤轻声喊他："郗衡。"

霍斯衡回头："嗯？"

"我们拍张合照吧。"

木鹤把他拉到一棵圣诞树后，她拿出手机，打开照相机，举起来："能弯一下腰吗？你太高了。"

霍斯衡微微向前俯身，还是高出她大半个头。她在女孩子中个子也不算矮的了，可站在他的旁边，硬生生被衬得娇小玲珑，只好把手机交给他："还是你来拍吧。"

木鹤拉下围巾，刚摆好表情，就听到咔嚓的声响，她茫然地眨了眨眼，拍好了？

"给我看看。"

出乎意料，拍得居然还不错，光影处理得很棒，两人表情自然，虽然没有亲密的动作，但看起来好像一对情侣啊。

木鹤还想再照一张，就有某种奇怪的声音传来，她侧过头，发现不远处的角落里，一对男女正抱着亲得难舍难分……

没等看得更清楚些，她就被郗衡拉走了。

他压着声音笑："有什么好看的？"

她窘迫不已，这不是……没看过吗？

回到人多的地方，迎面寒风吹来，木鹤依然面颊滚烫，就像做坏事的人是她似的，她把围巾拉起来，欲盖弥彰地遮住脸。

前面有家网红奶茶店排起了长龙，她想把他暂时赶走，好降降温，加上今晚是平安夜，又正好杀青，难得放纵一下：“郗衡，我想喝奶茶。”

知道他没钱，她掏出钱包，挑了张百元钞票递过去：“抹茶红豆，要热的。”

一会儿后，男人颀长挺拔的身影出现在排队的人群中，不管是年龄，还是气质，和周围的年轻男女比起来，他都显得那么格格不入，那么耀眼。

木鹤看得眼睛直了，这是她喜欢的人，她生出与有荣焉的感觉。

霍斯衡自然也招惹了其他的目光，两个浓妆艳抹的女人出现在他的旁边，短发女人朝他抛了个媚眼，娇俏地晃着手机：“帅哥，加个微信？”

以前在莫斯科的街头、酒吧，霍斯衡遇到过无数次像这样不请自来的艳遇，向来都是冷漠以对，但今晚，他忽然有了和她们搭话的心情。他微侧过身，低眉浅笑：“看到了吗？那是我老婆。”

女人们不约而同地看过去，树下站着一道白色的纤细身影，看不清她的脸，但光看身材、气质，就知道一定是个美女。

再瞅瞅眼前原本面无表情的男人，看着他老婆时，眼神明显温柔了很多。

可惜，可惜，这年头帅哥们真的大都英年早婚了，她们自讨没趣，讪讪地笑着走了。

霍斯衡提着奶茶回来，木鹤好奇地问：“刚刚那两个女人和你说什么了啊？”

他面不改色：“问路。”

“那，你偏过头，看我干吗？”

“我告诉她们，你可能会知道怎么走。”

木鹤哪里还有不明白的：“她们是在借问路跟你搭讪吧。”

霍斯衡微微挑眉，不置可否：“是吗？”

木鹤用吸管戳开奶茶，趁他不注意，踩了他的影子一脚，不过是买杯奶茶，又招蜂引蝶了，哼。

小插曲后，他们走进商场，木鹤兑现承诺，帮他挑了几套衣服，顺便当作圣诞礼物，自己也选了条裙子，满载而归。

洗漱好躺在床上已接近十二点，木鹤强忍住睡意，一颗颗地数着玻璃天花板外的星星，数到第九十九颗时，门外终于有了动静，她立刻闭上眼装睡。

她没忍住，眼睛睁开一条细缝，她得好好看看，是不是圣诞爷爷悄悄过来送礼物了？

脚步声渐渐地靠近床。

木鹤屏住呼吸，心跳是唯一清晰可闻的声音，她能感觉到，他弯腰的动作，清冽好闻的气息扑过来，她用尽毕生演技出演一个熟睡的人。

殊不知，轻颤的睫毛出卖了她。

霍斯衡唇边噙笑，仿佛什么都没发现，转身走出去了。

门轻轻关上后，木鹤迫不及待地坐起来，从枕头一侧摸到了一个黑色丝绒盒，这么小，重量很轻，里面装的是什么？

她按亮手机，小心翼翼地打开盒盖，一枚戒指映入眼帘——

戒指？！

木鹤啪地开了灯，捧着盒子端详起来，静静地躺在里面的确实是戒指，不过，它设计得比较奇特，上面镶嵌了一只长着两个头的鸟，她的第一反应：这是俄罗斯联邦国徽的图案。

然而，和国徽上的金色双头鹰不一样的是，戒指上的双头鹰共用黑色的身子，左边的头也是黑色的，右边的则是白色，眼眶里缀着小粒的红宝石。

郗衡送她双头鹰戒指是什么意思？

木鹤一头雾水地打开了浏览器，输入关键字，页面跳转，百度百科上是这么解释的：双头金鹰雄视东西两边，代表俄罗斯是一个地跨亚欧两大洲的国家，同时象征着国家的团结和统一。

所以，郗衡是想表达，他是中俄混血，她是中国人，彼此的友谊长存？共用身体也很好理解，穿同一条裤子长大的兄弟嘛……满心喜悦像被戳破的气球，她捂着脸，懊恼地长叹，谁想和他做朋友啊。

她明明想做的是他的女朋友。

不对。

木鹤想起来，会不会是理解错方向了？毕竟黑色在俄罗斯人的观念里是黑暗和不祥的象征，戒指却大部分用了黑色元素。她马上推翻这个猜测，看郗衡平时总是黑衣黑裤的穿着风格，便知道他根本不迷信这些了。

她终于体会到了一秒云端，一秒深渊，大起大落的滋味，爱情这回事，尤其是暗恋、单恋，实在太折磨人了。

木鹤以为戒指的尺寸是随便定的，没想到居然顺畅地套进了中指，就跟量身定制一样，她翻来覆去看了又看，不得不说，还挺漂亮的。

本来吧，男人送女人戒指，这件事就足够暧昧的了，偏偏戒指还刚好符合她的中指尺寸，这不就意味着求婚吗？

她觉得既好气又好笑，他送她的戒指，居然是象征友谊的。

算了，算了，还是慢慢来吧。

木鹤被这份独出心裁的圣诞礼物搅得睡意全无。她把戒指放回盒子里，捞过手机，解锁屏幕，快十二点半了，微博消息跳出来，她登录后，一眼就看到《仙侠奇缘》的官博。

电视剧仙侠奇缘V：恭喜犀音@木鹤杀青！

万籁俱寂，木鹤回想了一遍从试镜到杀青的过程，心生无数感触，她转发了官博的微博："感谢谢导的指导，感谢剧组各位老师的关照，感谢……最后，犀音，再见啦，很高兴遇见你。"

这条微博召唤出不少夜猫子。

"女神杀青快乐！圣诞快乐！非常期待你的犀音哦。"

"这么晚了还没睡，难道……有什么情况？"

"嗷！想吃木央央的黄金狗粮！"

“别想了，这么浪漫的夜晚还有空发微博，很明显没有夜生活好吧。”

木鹤：扎心了，朋友。

底下出现不少调侃她的评论，后面风向就变得奇奇怪怪的，竟讨论起不可描述的事来。木鹤正好缺乏这方面的知识，不然也不会在街上看到情侣接吻都觉得大惊小怪了，她一条不落地看起来。

看了不到两分钟，墙后突然传来咚咚声响，木鹤心虚地按灭手机屏幕，听出来他是在催她：“睡觉。”

她回了个“哦”。

奇怪，郗衡怎么知道她还没睡的？难不成他一开始就发现她在装睡？

时间的确很晚了，木鹤关掉灯，重新躺回去，乖乖地闭眼睡觉。

随着人气上涨，各种广告、代言和节目邀约不断，这个月的工作强度不是一般大，几乎连轴转，幸好剧组那边顺利杀青了，得以放下一块心头大石，她很快就沉沉地跌入香甜的梦乡。

次日是圣诞节，叶汐只给她安排了一个访谈节目。这是《仙侠奇缘》最大的投资方旗下的视频网站的专访，台本前两天就发过来了，该怎么回答主持人的问题，她了然于心。

正式访谈前，尽职的主持人小橘特地来找木鹤对流程。她推开化妆间的门，看到坐在镜子前化妆的人，注意力一下就被吸引了过去。

这个圈子里从来不缺美女，可惜的是，群芳争艳、美得各有千秋的时代一去不复返，如今，美得大同小异，很容易就让人产生审美上的疲劳。

小橘作为主持人，肯定事先了解过木鹤的资料，按照以往的经验，不管照片上的人看起来多么美若天仙，都离不开修图师的功劳，甚至因为修得太过，导致和真人一对比，天差地别。

所以，当小橘看到化妆镜中映出的那张没有滤镜，却依然明艳生动的脸，难得地失神了。

她长得太灵了。

外貌和气质都特别有辨识度，绝对不是那种后期虚构、堆砌出来的美。

木鹤余光瞥到门边的人，微微点头致意，小橘回过神，平复激荡的情绪，朝她挥了挥手：“木老师，你好，我是小橘。”

木鹤的嗓音轻软动听：“你好。”

小橘走进去，化妆师正在给木鹤描眉，悄悄给她递了一个眼神：没整，纯天然的。

女明星的脸是不是原装的，骗得过粉丝，可骗不过化妆师，一上手就摸得出来。

这是他们的默契，也可以说是小乐趣。

小橘借着和木鹤交谈的机会，光明正大地一饱眼福，近距离看，皮肤好好，睫毛又长又密，尤其是那双杏眸，清透干净，眼神仿佛会说话。

这不仅仅是祖师爷赏饭吃，还是祖师爷亲自喂饭给她吃吧？

难怪她会打破星宇传媒捧谁谁糊的魔咒，在星宇传媒签约女艺人中一枝独秀，得到星宇的力捧，前途必定不可限量。

等木鹤化好妆，休息片刻后，专访就开始了。小橘很有经验地通过互动炒热气氛，再问出几个和《仙侠奇缘》有关的问题，比如对角色的看法，拍戏时印象最深刻的事之类，最后，还从自己的艺名小橘联系到了钟央 CP。

“你应该知道网上流传甚广的钟央 CP 吧？”

木鹤笑了笑，随后正色道：“我觉得大家可能对钟央 CP 这个说法，存在某种误解。”

专访是以直播形式进行的，粉丝们前段时间刚吃过她们的糖，以为木鹤要现场拆 CP，顿时泪洒直播间，弹幕成堆地飘过：没有误解！高举 ZY 大旗，今生今世不动摇！

小橘接住了她的梗："什么误解？"

木鹤微微弯着细白的颈，疑惑道："钟离老师不姓钟啊。"

弹幕："这一大口气喘的，吓死我了！"

"我要笑喷了，她是不是对CP名有什么误解？照这意思，因为复姓钟离，所以就得叫钟离央CP吗？"

小橘也被她一本正经的模样逗笑了，直播间的热度直接蹿到实时第一，还挤上了热搜的尾巴。

满屏欢乐的弹幕里，木鹤认真地看着镜头说："非常谢谢粉丝们的喜欢和支持，其实，我和钟离老师私底下是很好的朋友……"

哈哈哈，谁想听你解释啊？

我们只想嗑CP吃糖好吗！

专访结束，临近中午，木鹤特地带了如意楼的外卖回去，一道道清淡可口的菜摆好在桌上后，她才去叫郗衡出来吃饭。

两人坐在宽敞明亮的饭厅里，边吃边聊，大部分时间都是木鹤在说话，他偶尔会应答一两句，不动声色地把她爱吃的菜往她的碗里夹。

饭后惯例是学习俄语的时间，这大半个月以来，在郗老师耐心细致的指导下，加上自身不懈的努力，木鹤已经有模有样地学会了颤音："得儿！"

凭借强大的记忆力，她把歌词记得滚瓜烂熟，鼓起勇气在他面前用俄语唱："我的心上人坐在我身旁……"

如果不是有心撩而没胆看的话，她就会发现，坐在旁边的男人微勾起唇，露出意味深长的笑。

可惜木鹤没看到，唱了好几遍后，她得出结论：撩不动。

落地玻璃窗外，风和日丽，天气不错，她下午没有工作，待在家里的话太浪费了，可青天白日的，人多的地方也不好去，很容易被认出来的。

木鹤思来想去："郗衡，不如我们去般若寺吧。"正好有时间，她去跟月老还个愿。

对于她提出的要求，霍斯衡一般不会拒绝。

临出门时，木鹤看到他又换了一身黑衣，直接把他推回房间，重新挑了冬装三件套——白衬衫、灰色毛衣和深色大衣："去换，去换。"

等他从衣帽间出来，哪怕提前做好心理准备，木鹤还是被眼前的美色迷得头晕眼花的，他只是换了套衣服，便一改先前的冷峻气质，通身风华如同山间明月，清雅明朗。

她的眼光真好啊，无论挑人，还是挑衣服。

见她盯着自己，眼睛一眨不眨的，霍斯衡好整以暇地欣赏了几秒后，俊脸上浮现淡淡的笑意，低沉的音调却极为撩人："足够颠倒众生了？"

"还……行吧。"木鹤耳根红透，心扑通乱跳，"也就，一般般帅。"

他的眼神仿佛充满了穿透性，木鹤隐隐觉得血液都开始灼热、沸腾起来了，她转过身，走了几步，才想起来说："我们快走吧。"

霍斯衡看着她的背影，以指抵额，轻笑出声。

两人抵达般若寺已近下午四点，深山藏古寺，此处隔绝了繁华城市的喧嚣，遗世独立，入冬后，别有一番山林野趣，空气里夹杂着清香的草木气息，格外沁人心脾。

寺里几乎不见游人，鸟声匿迹，环境清幽，松竹仍留着一身绿意，暖阳被筛成一道道细细的金线，最明亮处，是一道高高耸立的牌坊门，历经岁月风雨的侵蚀而岿然不动，上面刻着"般若胜境"四个大字，意境深远，禅意扑面而来。

赏完景后，木鹤直奔月老殿，跪在蒲团上，虔诚地双手合十，在心里默念："月老，信女木鹤，小名木央央，两个月前曾向您祈求提前预支三年桃花运……如今，我喜欢上了一个男人，他叫郗衡。希望您能帮忙把我的姻缘红线系到他的身上，不胜感激！”

另一边，不信神和佛的霍斯衡，绕路来到后院禅房，找霍斯南叙旧。

觉明大师正敲着木鱼念经，门忽然被人推开，涌进来一大束的阳光，墙上刻的“清风谈般若，明月照禅心”八字随之被照亮，不用看也知道，是霍斯衡来了，而他仍低眉垂首，不受任何的干扰。

纤细的尘埃在四周浮动，霍斯衡随意地在窗边榻上落座，碎光透过菱形格子窗而入，星星点点地落在他的侧脸上，长腿舒展，悠然自若。

念完经后，霍斯南终于睁开眼，尽管已断掉三千烦恼丝，和红尘做了了断，但当看到坐在斜对面，白色衬衫挺括的人时，难免还是露出惊讶之色——霍斯南从认识霍斯衡起，就从没见他穿过黑色以外的衣服。

更让霍斯南震惊的是，上次霍斯衡过来时，自己还亲口跟他说：“你这面相，属天煞孤星，命定无妻无子，孤独终老。”

这并非危言耸听，也绝无半句虚言。

可是现在……到底怎么回事？他的面相竟然变了？

霍斯南再细看时，发现他眉宇间的阴冷和戾气消散不少，因长久失眠而如影随形的疲倦气息更是不见踪影，这副全新的面貌，哪里是什么天煞孤星，分明是福泽绵延、事业登顶、爱情婚姻美满之相。

佛曰：世事无相，相由心生。究竟是什么改变了他的心？

“老四，你这是……”

霍斯衡抬眼看他，眸色清净：“觉明大师，请记住您出家人的身份。”

霍斯南：“……”这时候倒是记起他已出家，不问世事了？

霍斯衡没有久坐，估摸时间差不多了，起身出去，顺手掩上门。他来去如风，只留觉明大师深陷团团疑云中，连经都忘了念。

霍斯衡径直来到上次重逢的院子，不出所料，在姻缘树下找到了木鹤。她正捧着一根红丝带，抬着头，在树枝间挑选合适的位子。

他走过去："之前不是求过了？"

木鹤微抿红唇："那次的不算。"现在这次求的才是姻缘。

她想到什么，把红丝带交到他的手上："你比较高，成功的概率会更大。"

事实是，她求的姻缘也有他的一半，如果让他亲自挂上去，意义就完全不一样了。

木鹤为这个想法而感到甜滋滋的。

姻缘树的叶子落光了，只剩下几百根红丝带在风中飞舞，这里面有多少人修成了正果，又有多少对已缘尽人散？

木鹤不知道。

她定定地望着树下被风吹得黑色短发微扬的清俊男人，眸底浅光摇曳，她所有的好运气，是在这儿与他再次相遇后开始的。

她想和他有个好的结局。

霍斯衡挂好红丝带后，他们又去听禾阁吃了素斋，等出来时，夕阳已经隐在山外，几乎眨眼间，天就黑了下来。寺庙里燃起一盏盏橙黄的灯火，成为凛冬夜色中唯一的暖色。

下山时，木鹤光顾着和他说话，一不留神就踩空了台阶，还好被他手疾眼快地拉住。她心有余悸地拍拍胸口，脚踝处传来一阵疼痛，忍不住嘶了一声，吃进去一口冷风，背过身去轻咳几下才缓过来。

霍斯衡打开手机手电筒，蹲下身查看她的伤情，初步判断，应该是扭到了。他的声音散在寒风里，听起来有些模糊："上来。"

木鹤：啊，上……什么？

下一秒，看到他弯腰的动作，她反应过来，他是要背她下去。

这样不太好吧？这么亲密的接触……

他不知道她对他心怀不轨吗？

好吧，他还真不知道。

霍斯衡等了好一会儿，她都没动静，于是偏过头，幽深的视线探究地落在她的脸上，似乎在揣测她的心思：“还是说，要我抱你下去？”

抱？公主抱那种吗？

木鹤的面颊顿时有如火烧：“……不用。”

她害羞地趴到他的背上，心底的欢喜怎么都藏不住，像有一束束烟花炸开。

别说我占你便宜，这可是你自己送上门来的。

底下的一百九十九级阶梯是下山唯一的路，木鹤的脚有点疼，走平地还行，下这么多台阶的话，肯定要废了，于是，她就心安理得地让他背着了。

两侧长满高大的树木，路灯光昏黄，将两人交叠的身影安静地映在地上。

木鹤歪着头专心致志地看他，如同炭笔勾勒出来的侧脸线条，铺了柔和的光影，时明时暗，她以目光为笔，将他的轮廓一寸寸地画在心上。

“木央央。”男人没回头，她看到他说话时呼出的一团白气，棉絮般轻飘飘地就散了。

“……嗯？”

霍斯衡明知故问：“你大学时学的什么专业？”

怎么忽然就说到她的专业了？她不明所以地答：“桥梁工程。”

霍斯衡低笑道：“你能分析一下我现在的受力情况吗？”

明白过来他的言下之意，木鹤轰地闹了个大红脸，她害羞，虽然双腿环着他的腰，可上半身还和他保持着一只手的距离，这样一来，重心就被拉高了。

木鹤克服矜持，缓缓地贴上去，他后背坚实，很有安全感，她又伸出手，搂住他的脖子。

他们严丝合缝，冷风再也无法从他们的身体间穿过去。

咚咚咚……

彼此胸口、后背贴得太紧，木鹤分不清这是谁的心跳声，还能是谁的？当然是她的，跳得这么厉害，他会不会也发现了？

她决定先发制人：“郗衡，你的心跳得好快。”

女孩子的呼吸沿着脖颈徐徐而下，温热而濡湿，霍斯衡很难忽略那压在背上的柔软，正是引发心跳失常的根源，原来他和世间所有的男人一样不能免俗，甚至沉迷其中。半晌后，他才轻轻地“嗯”了一声：“你太重了。”

她重？她哪里重了？！

“你胡说！”木鹤坚决不认，“我才九十斤。”

霍斯衡眼底笑意更深：“我觉得不止。”

无论哪个女人都不希望听到喜欢的男人说自己重，木鹤自然不例外，她收紧双臂，威胁似的勒住他的脖子：“我觉得我们可以绝交了！”

“好，”他配合着她，低笑道，“从现在开始，绝交到……到家？”

回到家里已经九点半了，霍斯衡扶她坐在沙发上。之前检查时，他就知道她没有伤到筋骨，他进厨房取了冰块，用干净的毛巾包着，帮她微肿起来的脚踝做冷敷。

丝丝缕缕的凉意渗入皮肤，刺激血管收缩，再加上他坐得近，气息清晰可闻，木鹤犹如身处冰火两重天，既想远离，又想靠得更近。

霍斯衡察觉到她缩了一下：“冷？”

“还行。”

她的脚长得白皙小巧，指甲形状精致，上面还染着红，仿佛一颗颗艳丽的小贝壳。霍斯衡比了比，整个脚掌的长度堪堪比他的手指多出一小截，而且握起来柔若无骨，怎么长的？

敷了足足二十分钟，压在脚踝上的毛巾终于移开了，木鹤得以松一口气，轻轻动了动，真的没有那么疼了，也有可能是痛觉被冻得麻痹了。

霍斯衡抽了两张纸巾擦手：“接下来几天尽量不要穿高跟鞋。”

木鹤点点头：“知道了。”

反正她下周的工作排得不紧密，最主要的任务就是跨年晚会的演唱节目，除了到电视台排练外，基本就是白天去公司跟着声乐老师上课，回家对着郗老师强化那几句俄语歌词，再跟铁肺天后艾晴取取经，吃吃小灶，顺便忙里偷闲到建桥大学作战指挥部群里灌灌水，了解一下大家最近的动态。

今天没有午睡，而且又上山下山的，实在是太累了，她掩嘴打了个长长的呵欠，眼里水雾蒙蒙的。

“困了就先去睡吧。”

木鹤一边应，一边起身，右脚不敢太用力，摇摇晃晃的。霍斯衡接住她，扶着进了主卧，等她躺好，交代了几句注意事项后，才出去。

他回到隔壁房间，从衣柜里挑了她买的新睡衣，进浴室洗澡。

细密的温水从花洒里冲刷而下，水珠从发梢滑过眉心、鼻尖、喉结、锁骨，肌理紧实的胸膛和小腹，漫过腰线附近的黑色文身……

比例极好的成熟男性身体，影子映在墙壁上、地面上。

水声停了。

霍斯衡随手捞过毛巾，将头发擦了半干后，换上睡衣走出来，床头桌上的手机屏幕亮着，他拿起来一看，是霍斯文发来的信息。

“四叔，这是礼服图册，您帮四婶挑一套呗。”

本来公司女艺人在跨年晚会上要穿什么衣服这种小事，根本无须霍斯文操心，可谁让那是他四婶呢？再说，他也想借此暗暗试探一下四叔的心意。

霍斯文这步棋是走对了，毫无疑问，“四婶”两个字取悦了霍斯衡。他顶着湿发，表情不见一丝烦躁地将电子图册从头看到尾，哪怕看完后眉心微蹙，打字的动作仍是慢悠悠的："没有别的？"

霍斯文"眼观字，字观心"后，回复："四叔，虽然是跨年晚会，但女星们一般都穿这种礼服，到时现场会有暖气的。"

当然，走红毯除外，那简直是大型的争奇斗艳、美丽"冻"人现场，大不了帮四婶把这个环节取消就是了。

他已经把布料过少的裙子剔除了，没想到剩下的还是入不了四叔的眼，这般挑剔，明显是将人摆在心尖上宠着了。

"四叔，要不，我再去找找？"

霍斯衡："不用。"

他看中了一套浅蓝色的长裙，明媚而不失优雅端庄，很符合她的气质，只是后面是深V的设计，足以露出大部分的背部："这里需要修改一下。"

霍斯文记下他的要求："好的，四叔。等设计师把礼服修改好后，我会让人送到金月湾。"

木鹤浑然不知自己将在跨年晚会上穿什么礼服的决定权掌握在隔壁某人手里，正做着一场绮丽的梦，梦中的主角除了她，还有郗衡。

地点就在他背她下山的路上，满天繁星，深不见底的长长的台阶，两边树影婆娑。

"郗衡，你的心跳得好快。"

"嗯，因为我也喜欢你。"

也？她还没想明白，他忽然侧过头，亲了上来。

他亲的不是脸颊，而是她的唇。

他们一边走，一边接吻。

她激动得浑身发抖，心跳仿佛都要停止了！

画面跳转，他不知怎么站在了树林的入口，笑容浅淡，却足够勾魂摄魄，他伸出手邀请她："央央，你要来亲我吗？"

梦太真实了，以致木鹤醒过来后，还有些恍惚，她用力揉了一把脸：“清醒一点啊，木央央。”

日有所思，夜有所梦。

木鹤埋进被窝里，她的喜欢不纯粹了，她居然在潜意识里渴望他的……

不对，梦都是相反的。

纠结来纠结去也没个结果，木鹤干脆不去想那么多，专心投入到歌曲的练习中。

二十八号这天，钟离非刚好在星宇附近的酒店出席某个品牌的活动，中午顺便请木鹤吃火锅。

她们去的火锅店隶属山水集团，主打小资情调，格外受白领阶层的喜欢，生意向来火爆，尤其到了年底，还得提前预约才能有位子。

有个临湖的雅间，从来不对外开放，是专门为钟离非留着的。

钟离非把菜单递过去让木鹤先点菜，等点好后，她瞅了一眼，大部分是她平时爱吃的，她们不止兴趣相投，连饮食喜好都这么相近。

钟离非又要了两盅滋阴美颜的汤，不到十分钟，服务生就陆续把食材和蘸料端上来了。尽管服务生训练有素，难免还是多看了木鹤两眼，毕竟大小姐除了经纪人和助理，很少会带圈内的朋友过来。

木鹤喝了口汤，尝出几种药材的味道，她小时候常常跟着隔壁的药婆进山采药，有这方面的经验，一入口便知是山中奇珍。

钟离非烫好了一勺雪花肥牛，先夹到她的碗里：“这个不错，试试。”

木鹤没有客气，蘸了点酱料，吃进去，口感嫩滑绵密，她笑得眉眼弯弯：“好吃。”

“那当然。”钟离非又给她夹了一个秘制手工牛肉丸，“镇店之宝。”

美食当前，木鹤早把郗衡说她重，立志要减肥这回事忘得一干二净，吃得不亦乐乎，颊边都泛起了玫瑰色。气氛太好，她忍不住对钟离非说起了心事："非非，我问你个问题啊。"

"什么？"

"就……我有个朋友吧，她的某个男性朋友在平安夜那晚送了她一枚戒指当礼物，这是什么意思啊？"

钟离非见木鹤含羞露怯的模样，漂亮的卡姿兰大眼睛已然看破了真相，并当场戳破："我的朋友即我系列。"

"好吧。"木鹤耸耸肩，承认道，"确实是我。"

钟离非问："他跟你求婚了？"

"没有，没有。"木鹤连忙摇头，欲言又止，"他送的戒指，有点奇怪。"

"怎么奇怪了？"

木鹤从手机里翻出照片给她看："喏。"

"双头鹰？"钟离非还是生平第一回见男人送女人这种戒指，她也拿不准其中的深意，"你是说，这枚戒指象征着友谊？"

她怎么就那么不信男女之间会通过戒指来表达纯洁的友谊呢？

木鹤说："我是这么理解的。"

钟离非一下就问到了点子上："老实交代，木央央，你是不是喜欢他？"

"嗯。"木鹤点点头，语调染上了甜蜜，"我是喜欢他。"

"有多喜欢？"

"大概就是那种，"木鹤笑容清浅而腼腆，"想和他在一起一生一世的喜欢吧。"

钟离非扑哧笑了出来。

木鹤忙问："怎么了？"

钟离非艰难地忍住笑意："没什么，我只是没想到，娱乐圈里还有像你这么……纯情的女人。"

“你们认识多久了？”

“八年多了吧。”中间的大部分时光，他们都是分离的，如果真要讲的话，那又会是一个漫长的故事，可他们确实相识八年多了。

钟离非惊讶极了：“这么久？”

她根据自己的理解分析起来：“认识八年多，那男的只要长了眼睛，就不会看不出你喜欢他，为什么一直不捅破窗户纸？要么他对你没感觉，要么就是把你当备胎，故意吊着……”

这样的大美女还用来当备胎，简直是瞎了眼。

木鹤知道她误会了：“他不是那样的人。”

“你这是情人眼里出西施。”

钟离非又问：“他长得帅吗？身材好吗？”

木鹤毫不犹豫都给出了肯定的答案。

钟离非的婚恋观一向开放：“现在是男女平等的时代，不兴女追男会掉价那套了，我觉得你应该勇敢、主动地去试一下，成了就成，不成，咱就去找更好的，天涯何处无芳草嘛。”

木鹤若有所思：“我好好想想。”

吃完火锅，她带着满腹心事回到住处，打开门就看到客厅里多了一个木衣架，上面挂着一条蓝色长裙，薄纱飘逸，仿佛月光下清波粼粼的湖水，有着难以抗拒的美。

木鹤的全副心神瞬间被捕获，不止眼睛，连脚步都挪不动了。

这是……公司为她准备的跨年晚会礼服？！

霍斯衡闲适地站在落地玻璃窗旁，看到她的反应，便知她是喜欢的，他深眸微敛，眼角弯起愉悦的弧度。

木鹤取下裙子：“我去试试。”

她进房间后，霍斯衡继续眺望日光朗照的远山，神色慵懒。他的世界充满黑暗、阴谋和算计，遇到她之后，好像破开了一条裂缝，有温暖明亮的光涌进来，无法阻挡。

听到轻微的脚步声，霍斯衡回头，一抹纯净的蓝飘入视野中，他以男人的眼光欣赏起来，面容清丽如春，肌肤白皙胜雪，锁骨精致，曲线曼妙而不露春光，腰身纤细，不足一握。

和想象中一样，她美得纤尘不染，美得轰轰烈烈。

木鹤羞赧地转了一圈：“好看吗？”

尽管她已经从他惊艳的眼神中得到答案。

“嗯。”

“那，”她俏皮地眨眼，“足够颠倒众生吗？”

他再次笑着点头。

木鹤心跳猛地加速，几乎溺毙在他的灼灼目光中，她听到自己的声音在问：“你，也是众生之一吗？”

霍斯衡缓步走近，微俯身，呼吸擦着她的耳根而过，喑哑磁性的嗓音从薄唇间溢出：“当然，宝贝儿，我早已为你神魂颠倒。”

# 第八章

## 欢言冬雪晚

是夜，注定是木鹤的难眠之夜，她脑中翻来覆去地想着，她问郗衡“你，也是众生之一吗”，他回答的那句俄语到底是什么意思？

当时，他近在咫尺，几乎是贴着她的耳朵说话，她能察觉到气氛变得暧昧，当然也不排除是单方面产生错觉的可能，说不定他是故意调侃她呢？

偏偏她一个单词都听不懂，后面不管怎么追问，他就是不肯告诉她，简直让人抓心挠肝。

木鹤决定了，她要学俄语，绝对不能让语言成为他们之间的障碍！

其实，她有个想学很久的俄语单词，滑开手机屏幕，她搜索：俄语我爱你。

她像个怀春少女般，躲在被窝里，照着网友总结出来的轻声念出：“呀溜不溜几比呀……”

一遍又一遍，不知疲倦。

女神赫本说：“我当然不会试图摘月，我要月亮奔我而来。”

郗衡说：“一般都是她们主动来追。”

钟离非说：“试一试吧，央央。”

作为女孩子，木鹤当然希望心上人奔自己而来，可，那是郗衡啊。如果最终能摘到月亮，哪怕要穿云破雾，历经千辛万苦，又有何妨？

她活了二十二年，只喜欢这么一个男人。

仿佛一粒沉睡多年的种子，被和煦的春风唤醒，生根发芽，破土而出，迎风生长，开出一朵朵纯白欢悦的花。

木鹤又犯愁了，要怎么追人啊？她完全没有这方面的经验。还有，如今正值事业上升期，公司会允许她谈恋爱吗？

郗衡家里长辈给他定的婚约同样是大问题。

她要好好理清楚才行。

二十九号，受邀参加草莓台跨年晚会的明星陆续抵达 A 市，机场被各家接机的粉丝围得水泄不通，盛况空前，甚至还动用了大批安保人员。

木鹤的最后一次彩排安排在明天下午，这会儿她也没闲着，在公司的音乐教室跟老师进行查漏补缺。虽说她不是专业歌手出身，要求不能太高，但这是她初次在这么隆重的场合亮相，加上《莫斯科郊外的晚上》于她而言意义独特，她希望做到尽善尽美，无愧于心吧。

叶汐抽空过来，陪着木鹤把节目流程走了一遍，并告知："临时接到通知，你走红毯的环节被取消了。"

不等木鹤说话，谭绵先"啊"了一声："怎么会这样？！"

难道又是某某走后门把名额挤掉了？呵呵，自己没点本事，全靠家里砸钱才能捧出红得不行的假象，有种正面对抗行吗？

这次她还真想岔了。

叶汐没打算瞒着木鹤，她指着天花板，压低声音说："这是上面的决定。"

好吧，谭绵老老实实地闭上了嘴巴。

木鹤没有太深的红毯情结，先前还担心穿着薄薄的裙子走红毯一定会被冻得瑟瑟发抖，听到公司的安排，暗暗松了口气，不用挨冻就好。

谭绵并不这么想，那可是红毯欸，多少女明星挤破头想上去，结果说取消就取消！可她只是一个小助理，力量微薄，能有什么办法呢？

木鹤笑着戳戳她气鼓鼓的脸。

谭绵噗地泄了气："知道，知道，知足常乐嘛。"

于是，三十一号下午，木鹤待在个人休息室，大屏幕上正播放着红毯现场的画面，坐在她旁边的谭绵撕开一包薯片，吃得嘎嘣脆儿响，时不时地点评两句。

谁大冬天居然穿透视装，谁脚蹬十几厘米的细高跟鞋，也不怕摔倒……

谭绵惊叫一声："我这嘴不会这么灵吧？"

高跟鞋女星不知道是故意还是不小心，转身时真的摔倒在地了，而且还走了光，媒体区的记者简直就像饿狼见了鲜肉，目露精光，咔嚓咔嚓，快门声越发密集。

谭绵瞪着眼看这个女星的反应，再联想到她工作室的行事作风："炒作无疑了。"

果然，"××× 走红毯摔倒"，很快就上了热搜榜。

女星们使出浑身解数，力求成为红毯上最璀璨的一颗星，身上的战袍几乎把赤、橙、黄、绿、青、蓝、紫轮了一个遍，然而，最显眼的还是她们在寒风中发颤的娇躯，以及红通通的耳朵、手和膝盖……

美丽是要付出代价的。

谭绵心底的天平上"自我安慰"这端多了新的砝码——待在休息室挺好的，有暖气，有吃的，有喝的，完全不用遭罪。

木鹤收到郗衡发来的信息："紧张？"

她握着手机，低头回复："有一点。"

如果他在现场就好了，但她转念一想，说不定那样的话她会更紧张。

"你会看我的演出吧？"

等了两分钟，郗衡没有回复，木鹤退出聊天页面，点进蚂蚁庄园收了一颗鸡蛋。这时，休息室的门开了，草莓台的特派记者薇薇带着摄像师出现："哈喽，我们来做个突击采访。"

真的是突击。木鹤事先没收到任何消息，好在她临场反应不错，落落大方地回以一笑。

摄像师发现了什么新奇玩意儿，将镜头对准木鹤的手机，屏幕上显示的正是遮掉个人信息后的庄园页面，一只肥嘟嘟、打扮喜庆的小鸡正眨巴着眼……

没多久，几乎被数位红毯女星包场的热搜榜上，出现画风迥异的"木鹤在后台休息室做什么"——

“哈哈哈，心疼！别人忙着走红毯，她却在蚂蚁庄园收鸡蛋！”

“我想成为那只小鸡，养在她的庄园里。”

“我要成为那颗蛋，每次被她的纤纤玉指一点，就浑身颤抖。”

“上面开车的，限速警告！”

……

大家一边大笑，一边留言表示等她出场时一定搬好小板凳蹲守草莓台，给她贡献收视率！

木鹤的节目安排在晚会中段，她做完造型，换好礼服，安静地坐在沙发上，默念俄语歌词。

一会儿后，工作人员过来通知准备上场，木鹤深深吸气，摸了摸左手中指上的双头鹰戒指，感觉就像他陪在身边一样。她回头对谭绵比了个“OK”的手势。

主持人开始报幕：“下面，让我们欢迎木鹤为大家带来——《莫斯科郊外的晚上》！”

上个节目是一位殿堂级的音乐大师演唱的《贝加尔湖畔》，幽蓝色的舞美效果还未隐去，新曲的旋律响起时，一抹蓝色身影缓缓出现在众人的视野中。

木鹤穿行于光影里，姿态优美，裙摆盈盈，像带着山间清风，月光雪色，潺潺流水。

她仿佛就是从贝加尔湖畔走来的美丽女郎，清澈又神秘。

到场应援的千纸鹤微愣后，高举灯牌、挥舞荧光棒，尖叫着喊出她的名字：“木鹤，木鹤，木央央！你太美啦！仙女下凡！”

舞台的灯光渐渐从蓝色变成了怀旧的淡金色，如同日落前的水天相接处，夕阳铺水，霞光浸染。

木鹤笑意盈盈地朝观众席挥挥手，下意识地摸了摸耳返，准确地切入节奏，低吟浅唱：“深夜花园里，四处静悄悄……”

观众们跟着她的歌声沉入意境里，有些上了年纪的老人或许被勾起了某些回忆，眼里隐约泛着泪光。

她唱到一半时，摄像师给她握麦克风的手来了个特写，纤白的手指，独特的黑色戒指，黑白分明，相得益彰。

屏幕前的霍斯衡略显意外地挑眉，缓缓露出意味深长的笑，她知道这枚戒指的寓意吗？她知道戴上它意味着什么吗？

直播视频网站的弹幕展开了激烈的讨论——

“小姐姐的戒指看起来好酷！”

“因为唱的是苏联名曲，所以特地戴上双头鹰戒指，太走心了吧！”

“只有我一个人觉得，戒指上共用身体的不是双头鹰，而是黑鹰和白鹤吗？”这条评论迅速淹没在汹涌而来的弹幕中。

木鹤走到舞台中央，橘色灯光映着她精致姣好的脸，眸底盈满了光：“我的心上人坐在我身旁……”

不管是现场，还是电视机前的观众都为之沸腾了，好些人直接站起来鼓掌，千纸鹤已喊到喉咙嘶哑，弹幕更是覆盖了大半个屏幕。

“天哪，她居然唱俄语！鸡皮疙瘩全起来了！”

“关键是她发音好准啊！”

“这是什么神仙在唱歌啊，耳朵要怀孕了！”

“啥也不说了，我直接跪下！”

“或许她没有专业歌者的技巧，但情感饱满，声音清澈明亮，太空灵了。”

“呜呜呜，我的耳机配不上木老师的天籁之声！”

“新来的，请问是直接跪吗？”

……

这无疑是一场视听盛宴，当主持人的声音出现，观众们才反应过来，曲终了，掌声雷动。

“木鹤俄语”的话题脱颖而出，直冲热搜榜第一名，不出半小时，视频播放量破两亿。

木鹤成了全网的热议对象，万众瞩目，好评如潮。

她本人则是低调地回到休息室，穿上羽绒服，化身成小粉丝，悄悄溜到演唱《贝加尔湖畔》的老师的休息室，跟他要了签名。

越强大的人往往越温柔，老师已过不惑之年，气质温润如玉，言谈举止总给人如沐春风之感，他还夸了木鹤两句，说她嗓音条件好，感情处理得很不错。

木鹤拿着To签，从他的休息室出来时，羞得两只耳朵都红了。

接下来，她又接受了两个采访，好不容易可以休息，人在电视台，心早就飞远了。

想和郗衡一起跨年。

——这个念头无比强烈。

没等晚会结束，木鹤以身体不舒服为由早退，到家已是十一点四十分。她特地带回一瓶香槟，进厨房找了两个玻璃杯，意图趁着这个难得的机会，让郗衡破掉酒戒。

他那时说，如果成功了，会给她奖励，她可以厚着脸皮请他做她的男朋友吗？

破了戒再说。

木鹤拉着郗衡来到落地玻璃窗边，月色中的西子江薄雾弥漫，隐隐多了几分神秘之色。她盘腿在羊绒地毯上坐下，面前摆着圆木矮桌，外套脱去，只穿了一条白色连衣裙，黑色丝袜勾勒出细细的腿，大波浪卷发散乱在肩侧，妆容依然精致，黑眸雪肤，红唇滟滟，看起来清纯又性感。

她微倾斜着酒瓶，问他：“喝吗？”

霍斯衡立场坚定地拒绝了。

意料之中的答案。

木鹤打开酒塞，给自己倒了半杯酒，淡黄色的酒液沿着杯壁流入杯中，色泽明丽，泡沫从底下翻涌而上，浓郁的酒香盈满鼻腔。为了上镜好看，她晚饭只吃了半碗银耳莲子羹，正好口渴，不免喝得急了些，三两口就喝完了。

唇齿留香，腹生暖意，脸泛红晕。

还挺好喝的。

木鹤将要喝第三杯时，新年倒计时开始了，西子江两岸聚集了不少的人，即使看不清脸，也能感受到他们的激动与喜悦，她跟着他们倒数："八……三、二、一！"

她看向对面的男人，绽放甜甜的笑容："郗衡，新年快乐哦。"

霍斯衡见她眼神迷离，似乎已经醉了。

不，确实是醉了。

木鹤发现他变成了重影，用力闭上眼，睁开后，不但重影没消失，连思绪都被拖入混沌中。几乎没办法思考了，她嘟起红唇控诉："你别动呀，晃得我头好晕。"

霍斯衡不由得失笑："央央。"

他刻意压低声线，放慢语速："你知道，在莫斯科，如果男人和女人喝了同一杯酒，他们会做什么吗？"

"……什么？"

霍斯衡身体前倾，越过小圆桌，靠近她："他们会亲吻。"

砰！砰！砰！

西子江不是政府指定的烟花燃放点，但在更远处，为了庆祝新年伊始，夜空上，还是有一簇簇烟火腾空而起，用一生最美的瞬间，与月光星辰争辉。

木鹤愣怔地盯着那张时而模糊、时而清晰的俊脸，眼里也有一场烟花盛开，仿佛看见遥不可及的月亮正朝她奔来。

此时，她全然丧失了思考能力，只会重复他的话：“亲吻。”

霍斯衡拿起她喝过的酒杯，长指轻捏着杯脚，微微晃动，然后，低头浅抿一口，喉结蠕动，酒已入腹。

他坚守二十八年的酒戒，在这一刻，为她而破。

他分明没有醉，可眼角眉梢隐隐透出春色，难以想象，向来高冷的男人居然会有这么，这么……“欲”的眼神。

木鹤也是满面红云，浑身因醉意和暧昧而发软，她受了诱惑，伸出手，捧住他的脸，对着他的唇，亲了上去。

虽然醉得不轻，视线根本无法对焦，她却亲得很准，嘴唇相贴，鼻尖抵着鼻尖。

温软的触感压上来时，霍斯衡只觉得心发颤，仿佛被一双无形的手攥住了。他等待着她的下一步动作，可她只是安静地贴着，他的鼻腔里盈满她呼出的醉人气息。

霍斯衡轻声唤她：“央央？”

木鹤没反应，两秒后，唇擦着他的脸，滑落到他的肩上，软软地埋入他的颈间。

这是……睡着了？

霍斯衡面上浮现一丝无奈之色，他扶住她的身子，单手挪开小圆桌，将她抱了起来。

突如其来的凌空让木鹤本能地心生慌张。她搂住他的脖子后，她的眉心才松开来。

这是霍斯衡第二次抱她了，明显有了经验，轻车熟路地把她放到床上，长发拨到胸前，再拉过旁边的被子盖上。他又进浴室去拿浸了热水后拧干的毛巾帮她擦脸，擦着擦着，发现不对劲。

他不仅没帮她擦干净，反而把妆擦花了。

霍斯衡好笑地轻刮她的鼻尖："小花猫。"

总不能让她顶着残妆入睡，他在浴室的洗手台上找到一盒卸妆面巾，照着上面的方法细致地擦拭后，她的脸终于恢复了莹白素净。

霍斯衡洗干净手回来，看到她把被子蹬开了，他弯腰重新掖好被角，她像存心作对，直接伸了腿出来。他在床沿坐下，握住她的脚踝，隔着薄丝袜感受上面的温热，刹那的分神后，才把她的腿塞回被窝中。

"郗衡。"

霍斯衡起身的动作一顿，以为她醒了，原来只是喃喃自语，酒意上涌，她满脸潮红，细碎地嘟囔着什么，他凑过去听——

"呀溜不溜几比呀。"

这句话，他没教过她，显然是自学的，发音不太标准，但他还是听出来，这是俄语里的"我爱你"。

一颗心忽然间充满柔情。

即使藏得再好，霍斯衡又怎么会看不出来，她对自己满腔赤诚的喜欢？更何况，她的脸红耳热，痴迷爱恋的眼神，根本就遮掩不了。

傻央央。

你不用走出一步，待在原地，等我过去就好。

只要你想要，我的人，我的心，我的全部，都是你的。

霍斯衡低头，带着怜惜地亲上她的额头："等我先把家里的麻烦解决掉，嗯？"

木鹤不知是听到了，又或许是在做什么好梦，嘴角溢出一缕浅浅的笑。

他在床边守着她，直到天色微明时分，才回了隔壁房间。

九点出头，宿醉醒来的木鹤只觉得头疼欲裂。她坐起身，揉了揉眉心，昨晚的记忆慢慢回笼，她从电视台回来，拉着郗衡坐在落地玻璃窗前，他拒绝了喝酒的邀请，她只好一个人喝。

然后就是倒计时，她和他说“新年快乐”。

清晰的记忆到此为止，后面零零散散的，他有没有回她“新年快乐”？

木鹤用尽全力去想，又有新的画面蹿出来，他喝酒了？而且，她好像还亲他了！

怎么可能？！

该不会是她在做梦吧？之前不是没做过这种羞羞的梦，这次居然是她主动亲他的，难道她真的已经对他如此迫不及待……

木鹤看着身上的白色裙子，唯一可以确定的是，他再次把她抱回了房间。

她无声地叹息，怎么每次被他公主抱，都是在失去意识后，就不能清醒的时候来一次？

要不，下次试着装睡？

木鹤想着这个计划的可行性，走进浴室，往浴缸里放好热水，又加了玫瑰精油，热气氤氲，她沉入水中，像一朵花缓缓地舒展开来。

泡完澡后，头果然没那么疼了，她穿着浅紫色真丝睡裙，站在镜子前吹头发，明眸潋滟，楚楚动人。

其实，她长得这么好看，整天在郗衡的眼皮子底下晃，他没道理不对她产生什么想法啊，会不会是因为太熟了，他压根没把她当女人看？

象征友谊地久天长的双头鹰戒指就是最好的证明。

什么“近水楼台先得月”，都是骗人的。

木鹤吹干头发，懒洋洋地趴回床上，玩起手机来。

微博上各大卫视跨年晚会的消息铺天盖地，和往年一样，大家最热衷的就是扒明星们是真唱还是假唱。木鹤赫然被列入真唱阵营，理由是她唱那段俄语歌词时，走音了。

她当时也有所察觉，过于注重咬字发音，音准就飘了，还好飘得不是很厉害，但怎么瞒得过观众们的耳朵呢？

有位知名歌手假唱得太明显，直接上了热搜榜，相比之下，木鹤刷了不少好感度，连路人都出来为她说话——人家哪是走音，那是走心好吧？她又不是专业的，要求甭太高，真唱大过天！

木鹤点进广场，整片看下来全是夸她的，什么仙女下凡、魔鬼身材、天籁之音，最多的是夸俄语演唱部分是如何惊艳，夸得她一边不好意思，一边心花怒放。

在某种意义上，这是她和郗衡共同的作品。

再往下，木鹤刷到了一条和礼服有关的内容，蓝色长裙被粉丝找出来是H家的定制新款，只是，和她昨晚穿的那条不同，模特身上的裙子后面开了深V，露出妩媚迷人的背部。

她想象着穿上它，在郗衡面前转圈的画面，呼呼，快要自燃了。

打住，打住。

木鹤回到微博主页，一夜之间，粉丝数涨了六百万，昨晚回来的路上发的微博，就简单四个字：新年快乐。评论条数二十一万，点赞破了百万。

她截图发给谭绵："公司没帮我做数据吧？"

谭绵秒回："绝对没有！"

"央央，不是我谦虚啊，你现在的热度直逼一线小花了！汐姐那儿新接到不少本子，有些还指定你去演女一号呢！"

木鹤："热度是虚的，如果没有好的作品，迟早会被观众遗忘。"

谭绵："嗯、嗯！静待《仙侠奇缘》播出。"她相信犀音的角色一定会深入人心。

她又丢过来一条链接："对了，央央，这里有个年度之夜的投票，你转发一下呗。"

年度之夜每年都会盘点和评选年度热门人物，先由网友们进行投票，再综合专家评审团的意见做出最终评定，其中有个专为出道三年内的女艺人设定的年度最具人气新人奖项，木鹤也被提名了。

哪家粉丝不想为自己偶像争取这份荣誉呢？千纸鹤早就收到消息，呼朋唤友，搞抽奖微博，定好闹钟，夜以继日地投票。木鹤点进链接时，看到她已经排名第三了，第一是秦栀，票数遥遥领先。

秦栀。

这个名字犹如一粒石子投入木鹤的心湖，泛起圈圈涟漪。

木鹤V：如果不麻烦的话，请大家帮忙投个票。

她饥肠辘辘，发完微博就准备去煮早餐了。

没想到，郗衡早已煮好蛋花粥摆在饭桌上，她走过去，拉开椅子坐下，拿起勺子吃了起来。

霍斯衡的身影从厨房出现，几乎一夜未睡，他面色不见疲态，仍是丰神俊朗的。

木鹤回头看他："昨晚怎么不叫醒我？"

霍斯衡把一杯热牛奶放在她的手边，抿着嘴角轻哼道："如果我叫得醒的话——"

木鹤微窘地摸摸耳朵。

"木小姐，"他站在桌旁，左侧是明晃晃的阳光，右侧是她，他曲起修长的手指在桌面轻叩两下，"你的酒量是不是太差了？"

木鹤挺直腰背，学着他的动作用筷子敲他的手背，然后迎上他的视线："郗先生，你觉得一个从来没喝过酒的人，有资格说别人酒量不好吗？"

看来她真是忘得一干二净了。

他不仅破戒喝了酒，也尝过她唇间醉人的芬芳。

霍斯衡偏过头去，抵唇轻咳，遮得住微弯的嘴角，却遮不住眼底的笑意。

木鹤捧着杯子喝了两口牛奶，隐约捕捉到他眼角那抹奇异之色：“怎么了？”

“你说得有道理。”他的手搭上她的椅背，姿态慵懒又随意，“但是，你的酒量真的很差。”

木鹤被他绕糊涂了。

既然她的话有道理，那他就没资格说她酒量差，不是吗？！

直到吃完早餐，木鹤也没想通，她拿起手机，惊讶地发现新发的投票微博下的转发栏多了十几个大神，险些以为看错了。

钟离非V：救救孩子吧//@木鹤V：如果不麻烦的话，请大家帮忙投个票。

爱妃：救、救、救，马上救！

钟央CP粉：吃完这口糖就去投！

艾晴V：大家还记得凉亭里那个乖巧地吃香蕉的小女孩吗？//@木鹤V……

晴天娃娃：收到，收到！唤醒女巫之恩，必当以投票相报！

从冷宫里出来的爱慕粉，生怕落在人后，去投票的身影快得像春天的闪电。

连齐灏、郑游游、戴老师和国民弟弟盛航都来凑热闹，木鹤甚至还刷到了影帝林析羽的转发——

林析羽V：转发微博。

尽管只有高冷的、系统默认的四个字，可羽毛们一贯走在为爱豆投票打榜的前列，战斗力彪悍，非常人能敌。

除此之外，星宇旗下平时和木鹤没多深交情的视帝、天王和流量大咖们，纷纷转发了她的微博。她的榜单票数以坐小火箭的速度噌噌地往上涨，稳居第二，并强势地朝第一名发起冲击。

“@木鹤，这是星宇团宠的节奏啊。”

“一下就收集了娱乐圈那么多的男神女神，羡慕了，羡慕了。”

木鹤更是受宠若惊，她人缘什么时候这么好了？她打电话问叶汐这是什么情况，结果叶汐也不清楚，只说不是公司的硬性要求，而是他们的自发行为。

手机又是一震，钟明玉发来微信："木鹤，新年快乐。"

木鹤心情复杂："新年快乐。"

看到疏离的回复，钟明玉心里颇不是滋味，以前两人一起跑龙套，看不见什么希望，但能相互依靠。她后来受不了，选择了捷径，本以为有靠山后会走得很顺，还计划等功成名就后，再回头拉木鹤一把，不料被残酷的现实钉在水深火热中。

反观木鹤，分道扬镳后，她就像开挂了一样，不仅得到谢导的赏识拿下犀音的角色，杂志销量冲入女星排行榜前三，还上了草莓台的跨年晚会，如今连投个票，都有那么多大腕帮她拉票。

钟明玉太清楚，木鹤一路走来多不容易，当然会为她感到高兴，更多的是怎么都止不住的涌出来的酸涩，在巨大心理落差的助势下，汇聚成了嫉妒的洪流。

钟明玉的自尊心让她做不到继续厚着脸皮和木鹤寒暄，她点开仍高挂热搜的视频，看着里面那个清丽灵动的蓝色身影，心碎裂成一片又一片。

另一边，南城丁家。客厅里，老保姆徐婆婆戴着老花镜，坐在电视机前，聚精会神地看着草莓台跨年晚会的重播，刚好丁吾从楼上下来。她指着电视，笑呵呵地和他说："这唱歌的女明星，和老夫人长得有几分相似。"

"是吗？"丁吾看过去，镜头刚好切换到观众席，他只看到女孩子们高举着灯牌，上面写着"木鹤" "木央央"的字样，他笑道，"物有相同，人有相似，没什么稀奇的。"

"徐妈，我出去一趟。"

"好嘞。"

丁吾走后，徐婆婆继续盯着屏幕上的木鹤看，嘀咕道："怎么会那么像呢？”

秦栀从出道至今，没什么拿得出手的作品，江山都是靠头顶“字母小姐”的美名，凭着一口 ABCDEFG 打下的，粉丝黏度不高，榜单数据基本靠买。而木鹤在千纸鹤和圈内各大神的粉丝的支持下，最终票数反超了她一百零二万，只要专家评审团那边没什么意外，年度最具人气新人奖将花落木家。

偏偏就是会有意外，谁让那是财大气粗的秦家小公主，后台强硬着呢。

谭绵不想打击木鹤的信心，又不忍心看到颁奖晚会那晚她直面打击，只好委婉地道出：“秦家不会坐以待毙，很大可能会背后运作。”

木鹤“哦”了一声，便没了下文，仿佛并不在意的样子。可她回到家，霍斯衡还是一眼就看出她极力掩藏的淡淡的失落：“发生什么事了？”

木鹤向来不瞒他，简单地把事情讲了一遍，或许她没有那么洒脱吧，对于当年被丢弃的事多多少少耿耿于怀，她想证明给秦夫人看，她并不比秦栀差。

可惜，她终究太天真，从头到尾，这就不是一场光明正大的公平竞争。

有些事情，不是努力就能改变的。

说出来后，木鹤好受多了：“其实，这种事在圈内很正常。”

她走到今天，没少受不公正待遇，也只是在他面前才会露出委屈的一面。

木鹤掩饰般侧着脸，将不小心掉出来的泪偷偷蹭在他的衬衫上，顺势靠向他的肩膀，趁机占便宜。

霍斯衡轻拍她的后背，以做安抚，另一只手握着手机，给霍斯文发了条信息：“内定？”

霍斯文反应迅速：“四叔，我也是刚收到内幕消息，秦家确实把名额内定了。”

霍斯文收到了前所未有的长回复：“我觉得还是凭实力比较好，你觉得呢？”

霍斯文从这平静的字里行间嗅出了罕见的愠怒之气："我当然也这么觉得，一切都得凭实力说话。"

瞧瞧秦家办的什么事，还搞内定，真以为娱乐圈是他们家开的？这下闹得四婶不开心，不就等于惹得四叔不痛快吗？

他拨打了内线电话，吩咐助理去联系年度之夜主办方。

霍斯衡没有再回复，调暗手机屏幕，丢在一边，面沉如水。

木鹤发现他衬衫袖子上的暗纹像半截翅膀，顿时心痒难耐，故作不经意地问道："郗衡，你为什么送我双头鹰戒指啊？"

听到双头鹰的说法，霍斯衡便知道她是误会了，他饶有兴致地扬起眉，问她是怎么想的。

木鹤蹭干净眼泪，不好意思再靠着他了。她坐直身体，如实地说出心中所想："中俄友好，友谊长存。"

霍斯衡听了她的话后，竟没控制好情绪，低声笑了出来。

他怎么都没想到，花了数个晚上才画好设计图，找了富春城最好的工匠打磨出成品，在平安夜送给她的戒指，会被误解为在传达……友谊？

男人送女人戒指，还能有别的寓意？

木鹤狐疑地打量着他的表情，试图看出某些端倪："你在笑什么？"

"木央央，"这样的开怀大笑，对霍斯衡来说，陌生又久违，片刻后，他才止住笑，伸手轻轻捏她的脸颊，"你怎么这么聪明？"

木鹤心略沉，像被那迟迟悬而不动的钟杵重重地撞了一下，心间充斥着沉闷的回响，这么说，她真的猜对了？

原来，他一直把她当作朋友对待。

不能凭着爱意私有的，除了富士山，还有天上的月亮啊。

木鹤努力把自己从低落的情绪中拔出来。

没关系的，木央央。

日久生情，反正人就在你屋里住着，跑不了，再说了，只要胆子够大，什么坏事做不出来？到时真没办法了，大不了霸王硬上弓呗。

当然了，这是下下之策。

眼下最要紧的，是怎么让郗衡知道，她对他有了男女间的“非分之想”。

木鹤瞬间就像打了鸡血，冲回房间，连夜赶出一份“勾引计划”，内容包括但不限于：时不时地抛媚眼，穿着性感睡衣，露出白皙笔直的腿在他眼前晃，尽可能地和他有肢体上的亲密接触……

霍斯衡早把她的心思摸得透透彻彻，更别提这些小把戏了，看她每天乐此不疲地勾引他，也乐得被她勾引。

木鹤还没把计划上的内容全部付诸实践，就迎来了年度之夜的颁奖晚会。

出门前，她抱着郗衡的手臂撒了一会儿娇：“我总有一天会拿到奖的。”

霍斯衡隐瞒了今晚送她的惊喜，嘴上故意调侃：“有生之年，我应该可以看到吧？”

她有这么差劲吗？！

木鹤羞恼地瞪过去一眼，又觉得好笑，长叹一声：“难说啊，所以，你最好要长命百岁。

“唉，不跟你贫了，我要走了。”

司机已经在楼下等着。

明知年度最具人气新人奖已被内定，此行注定是陪跑的，可木鹤还是来到叶汐特地为她安排的时尚造型工作室，花了三个多小时做造型，盛装出席晚会。

她近来热度水涨船高，又在网络投票中力压一线女星秦栀，独占鳌头，一出现，便遭到了记者的围堵。

采访内容无疑是围绕奖项展开，谭绵这个小机灵前天就把应对的官方说辞整理出来了，木鹤一目十行地扫过一遍，胸有成竹，对于记者们客套的祝福，她真心地表示了感谢。

几乎大半个娱乐圈的明星到场，星光熠熠，闪光灯不停地亮起，木鹤被安排在右侧中上段靠边的位子，旁边坐的是以优雅知性出名的女星关诗语。她虽然不算大红，但在圈内名声不错，为人低调，基本不炒作，美得淡雅大气，你若盛开，清风自来，气质上给人一种很舒服的感觉。

双方首次见面，礼貌地打过招呼后，木鹤提着裙摆落座。

秦栀则是坐在前排中间的位子，大概是确定奖项已为囊中之物，她特地穿了一身喜庆的正红色长裙，妆容艳丽，光彩照人，笑容满面地和其他人打招呼，眼角余光扫到木鹤的身影，略一停顿，视若无睹地飘过去了。

她一面满意主办方的位子安排，一面又有些得意——不过是个手下败将而已。

区区一个木鹤，原本秦栀还真没把她放在眼里，可自从在《智勇大挑战》节目中被她压得风头全无后，私底下就单方面地跟她结了怨。

之前那部宫斗剧里，木鹤还只是名不见经传的小龙套，镜头只有两三个，台词更是少得可怜，谁知这才短短几个月，人家就摇身一变，竟有脸和她抢新人奖了。

这不是公然宣战吗？

秦栀气归气，却没怎么上心，不料木鹤居然能让那么多大神出来帮她拉票，关键是，网投环节还被她赢了！

谁都不想被人压一头，尤其对方还是小透明，秦栀觉得受到了莫大的羞辱，如果真被木鹤拿到了奖项，那她以后还怎么在娱乐圈混？

幸好规则最终是由资本决定的，网络数据做得再漂亮又怎么样呢，不照样竹篮打水——一场空？从小到大，她秦栀想要的东西，就没有得不到的！

秦栀已经把获奖感言背下来了，工作室也买好热搜通稿，只待奖杯到手，荣耀为她加冕。

至于木鹤嘛，还是拎清自己的斤两，安安分分地给她当垫脚石吧。

镜头扫过来，秦栀摆出全副的淑女范儿，得体地微笑致意。

嘉宾们陆续入席，劲歌热舞开场后，颁奖晚会正式开始。一个个奖项按照流程颁发出去，林析羽、钟离非分别获得了“年度男神”和“年度女神”的称号，两人都是北影毕业的，被主持人留在台上调侃，他们配合默契，又擅长抖包袱，将现场气氛炒得火热。

坐在下面的木鹤，笑容就没停过，摄像老师好像格外偏爱她，她的笑脸被镜头捕捉到，送进直播画面里，粉丝们也跟着开心了——

“她笑得好甜啊，不知道的还以为她得奖了，哈哈哈。”

“这笑容绝对是真心的，不掺一丝水分！”

林析羽、钟离非合完影走下舞台，接着是中场休息时间，铁肺天后艾晴上台演唱了一首嗨到爆炸的高音歌曲，直接将气氛推到高潮。

颁奖典礼继续。

主持人宣布下一个要颁发的奖项是年度最具人气新人奖，后排的栀子花们立刻就疯狂了：“秦栀，秦栀，栀栀！”

千纸鹤不甘示弱：“木鹤，木鹤！”

“下面有请颁奖嘉宾，表演艺术家赵开老师，为我们公布获奖名单。”

听到熟悉的名字，木鹤眸底亮光乍现，赵老师是她最敬重的前辈之一，她经常研究他的影视片段，学习他的演技，没想到他会以颁奖嘉宾的身份出现。惊喜的同时，她难免觉得遗憾，如果他能给她颁奖，那该是多么圆满。

赵开直接打开名单照着念：“恭喜年度最具人气新人奖获得者——木鹤！”

整理好裙摆准备起身上台领奖的秦栀：“？！”是她听错了，还是他们搞错了？

全体栀子花跟着安静如鸡，千纸鹤的喊声则是一波高过一波：“木鹤！木央央！”

镜头和追光聚集在木鹤的身上，她表情呆呆的，像是还没反应过来，不是说内定秦栀了吗？到底怎么回事？

木鹤云里雾里地走上台，成为所有人视线的焦点。

赵开先和她握了手，再把奖杯递过去，温和地笑着说：“恭喜。”

“赵老师，”木鹤忍不住上前抱了抱他，眼眶微热，这种感觉，大约只有真情实感地追星，而且成功追到，不仅见了面，还跟爱豆拥抱过的粉丝才会懂了，“真高兴是您给我颁奖。”

赵开入圈近四十年，哪里会看不出这小姑娘并非说场面话，而是动了真情，他轻拍她的后背，说了几句鼓励的话。

木鹤连连点头：“谢谢您，赵老师。”

她拿着奖杯走到立麦前，脑中几乎是空白的：“说实话，我没想到会拿奖，所以……”也不知道该说什么好。

看到后排激动挥手的千纸鹤，她终于想起来了，长长地呼出一口气，笑意盈盈道：“谢谢主办方，谢谢专家评审团的老师，谢谢我的粉丝千纸鹤，我很荣幸……”

台下的众人和电视机前的观众都看得出来，木鹤是真的没有一丁点儿准备，而镜头给到的那个显然有准备的人——秦栀，她面上笑意全消，绷得连根针都插不进去。

直播弹幕里全在笑木鹤紧张又高兴的反应太真实了，重点关注她有没有手抖，或者腿发软，可惜看到的只有一双白得发光的美腿。

“这个腿，我酸了！”

“小腰精露出大长腿，在线索命啦！”

“同样的镜头，同样的滤镜，她怎么就能美成这样！太犯规了吧！”

“哈哈哈，跨年晚会她把贝加尔湖带来了，今晚带的是繁花盛开、生机勃勃的春天……”

木鹤的长卷发柔软蓬松，身穿一袭品牌高定的浅绿色短裙，收腰设计，裙摆是繁复精致的手工绣花，看起来清新甜美，她顺利说完发奖感言，捂着胸口，深鞠一躬。

她在热烈的掌声中回到座位，一颗心仍剧烈地跳动着。

她仿佛飘在云端，即使手里握着沉甸甸的奖杯，仍有种不真实感。

站在后台的叶汐和谭绵又何尝不是感到难以置信，什么情况啊，这是？

叶汐急急忙忙找人写通稿宣传木鹤得奖，没想到，“木鹤喜获新人奖”已经上热搜榜了，她这个经纪人，未免当得有点省心了。

直到颁奖典礼临近尾声，木鹤终于平静下来，她悄悄拿出手机拍了张奖杯的照片给郗衡发去：“你可以开始夸我了。”

“恭喜聪明伶俐、美丽大方、温柔善良……的木央央小姐。”

木鹤喜笑颜开，总觉得这一连串的形容词莫名熟悉，想起来了，这不是她写在检讨书里的吗？他要不要这么偷懒啊？

颁完剩下的重磅奖项，晚会就结束了，木鹤被记者拦下来采访。同一时间，秦栀回到休息室，她给爸爸打了电话，质问他为什么说好的奖项不翼而飞？！

秦远不知发生了什么变故，好生安慰起女儿来：“爸爸这就去问清楚。”

挂断电话后，秦栀仍觉得不解气，对着经纪人和助理发了一通火。

过了一会儿，秦栀接到父亲的来电，没听完就怒气冲冲地摔门而出。

另一边，木鹤从记者的包围中脱身，回休息室的路上，遇到了脚步匆匆的秦夫人，她目不斜视地和对方擦肩而过。

秦夫人倒是回头看了她一眼。

深夜，木鹤回到家，郗衡还在客厅等她，她正在兴头上，和他聊到两点多，在他的再三催促下才去睡觉。

还没从初次得奖的喜悦中走出，木鹤收到一个晴天霹雳——郗衡要回家了。

其实，随着农历新年临近，她有所预感，就是不肯去面对罢了。当这一刻终于到来，她心慌意乱，不知所措。

说不定他又要一去不回。

说不定，等再次出现，他已经和那个女人结婚了。

可她没有立场和理由阻止他回去和家人团聚。

霍老爷子毕竟年纪大了，力不从心，重要事务还得由霍斯衡操持。霍斯衡一日又一日地推迟归期，如今已是不能再推，何况，此行的头等要事，是解决丁家那个麻烦。

只是……霍斯衡看着房间里忙着帮他收拾行李的人，心情格外复杂。

她不再使小性子，把难过都藏起来了。

霍斯衡习惯颠沛流离，不记来路，不知归处，从未觉得离别是让人感伤的事。

同时，他又觉得踏实、安心，大概是因为此次远行，有她在家等候。

而他唯一能给她的安慰是："等我回来。"

郗衡离开后，木鹤独自回到空空荡荡的大房子，抱着碗碗在客厅沙发上枯坐到半夜，次日迷迷糊糊地醒来，做好早餐去敲他的门，久久无人应答。

她这才意识到什么，缓缓地蹲下身去，眼泪如同断线的珠子，大颗大颗地砸到地板上。

木鹤整个人失魂落魄，对什么事都提不起兴趣，郗衡应该很忙，最后发的信息还停留在离去当天的"到了"。她怕听到不好的消息，也没主动去联系他。

她心事重重，一天比一天想他，夜夜辗转难眠，唯有跑到他的床上，枕着他的气息才能睡着。

清冽的气息渐渐淡去，她就去衣柜里找他的衬衫，抱在怀里，方能熬过漫漫长夜。

不知不觉，除夕如约而至。

木鹤整天时间都被工作填满，临近午夜，她疲倦地坐在车里，穿过半城的喜庆回到金月湾，门卫室还有三个保安在值班，她让司机停了车，把带回来的礼品送他们一份。

保安们笑着道谢，其中看起来最年轻的男人说："祝您和霍先生新年快乐。"

除了公司的那位霍总，木鹤并不认识别的霍先生，以为他认错人了，浅浅一笑，下车走了。

小区里四处张灯结彩，年味十足。

寒风迎面扑来，木鹤裹紧外套，依然不紧不慢地走着，今晚没有月亮和星星，夜空漆黑如墨，家家都在团圆，她好想好想爸爸……也想郗衡。

她走着走着，发间微凉，她抬起头，下雪了。

A 市的初雪，在除夕夜姗姗来迟。

木鹤伸出手，掌心落雪，冰凉一点点地化开。

他的城市也有下雪吗？这个时间，他在做什么呢？

继续往前走，她猛地顿住脚步。

路灯下立着一道熟悉的笔挺的身影，男人穿着她买的深色大衣，身形修长，昏黄的灯光夹着雪花落在那轮廓分明的脸上，平添了几分柔色——风姿绰约，光风霁月。

他出现得如此忽然，又如此恰到好处，木鹤以为产生了幻觉，用力眨了几下眼，他还在，她欣喜若狂地飞奔过去，撞入他的怀里：“郗衡……”

大概是在外面等了很久，木鹤摸到他外套上沾的寒意，万千思绪齐齐涌上心头，她下意识地、紧紧地抱着他，热泪盈眶，不能自已。

所有的彷徨不安、犹豫和担忧，全在看到他的一瞬间消失，她不想再等下去了。站在爱情的入口，她一无所有，只剩下满腔孤勇。

离别的这十日，空间拉远，使木鹤更清醒，也越发确定——她喜欢他，她想要和他在一起。

试一试吧，木央央。

木鹤满心滚烫，喉咙似乎含着一块热炭：“我、我……”我喜欢你，我可以追你吗？

可是，说出来，怎么，怎么就这么难呢？

男人的食指轻轻压上她的唇，带着微微的凉意。

木鹤浑身一颤，眸子里的光骤然消失，比头顶的夜空还暗淡，他是不是已经猜到她要说什么了，可他不让她说下去，意思还不够明显吗？

雪花一朵朵地从天上落进她的心里。

他的手指移开了，阴影笼罩上来，她的唇被新的重量覆住……

木鹤震惊地瞪大眼，距离那么近，又密又长的睫毛几乎扫到他的脸上。

他在亲她？！

他的唇也是凉的，却很软。

木鹤想到了什么，又不太确定，心乱如麻，依稀听见有声音在问：雪花融化后，会变成什么？

又有个声音回答她，变成春天。

扑通扑通，她的心好像重新活过来了。

霍斯衡含着她的唇瓣，轻描浅画她的唇形，并未深入，却有着勾人心魂的魅惑，他贴着她的嘴角，低声说：“婚约取消了。”

木鹤环着他腰的手猛然收紧，直直地撞入他的视线：“所以呢？”

“所以，”他眸底仿佛蕴藏着光，沉吟道，“我可以追你吗，木央央小姐？”

本来就被他亲得晕头转向，这下，木鹤是彻底傻了。

他的每个字，她都听得清清楚楚，就是不明白什么意思。

不对，他怎么说出了她的台词？

他要追她？不是说他从来不主动追人的吗？

他这是在和她表白？

等等，话题是怎么从她向他表白未遂，到他反过来表白的？还有，他不是只把她当朋友吗，那为什么要亲她？

不行，不行，木鹤觉得脑子不够用了，她得好好地冷静一下，然而怀里抱着巨大的干扰源，根本无法冷静，她只好松开手，后退两步，转过身去。

她孩子气的举动，让霍斯衡微微失笑。今晚是除夕，吃过年夜饭后，他从富春城赶回金月湾，进屋后不见她的身影，便知人还在外面。他来到楼下，为的是让她能早点看到他。

她冲过来拥抱他，在他的意料之中，可表白这种事，不该由她来。

所以，哪怕环境并不合适，他还是直接跟她摊了牌，又觉得她呆愣的模样格外动人，于是遵循本心地亲了她。

凛冬深夜，木鹤却全身发热，忍不住抿抿嘴，上面似乎还有他嘴唇的温度，颊边红晕蔓延，连带着耳根红了个透彻。

将遇见他之后的事捋了一遍，她又是兴奋，又是娇羞，心底的欢喜满得要溢出来。她真想去跑上三千米，想到他还在身后等回复，不想走开，蹦蹦跳跳的，又显得好傻，干脆蹲下身去。

她明明想笑的，却不知怎么红了眼眶。

她就像被逼至绝境的赌徒，拿出最后的筹码，孤注一掷，都做好输掉的准备了，结果还没上牌桌，竟被告知——全世界的财富都是她的了！

那，还等什么？

木鹤站起来，动作太急，双腿发麻，她顾不上了，重新扑进他的怀中，满脸红通通的害羞之色，笑意盈盈的眸子亮如星辰：“不用追，我愿意当你的女朋友。”

霍斯衡似乎并不意外听到这个答案，声音散在风雪中，仍听得出温柔：“不再考虑一下？”

“不。”

为什么还要考虑？傻子才考虑呢，这是她的美梦成真、如愿以偿啊。

木鹤开心地在他的胸口蹭了蹭，听到他的心跳，一下又一下，蓬勃有力，跳动的频率和她的差不多。除了刚刚的吻，她又找到了他动心的证据。

之前，从般若寺下山的路上，他背着她，她听到的心跳声，其实是他的？

“郁衡，你是什么时候喜欢我的？”

霍斯衡轻轻拂去落在她发间的雪花：“在你不知道的时候。”

木鹤：“……”这答不答有区别吗？

入夜后，温度降得厉害，天寒地冻的，他拿起她的外套帽子给她戴上：“上去吧。”

木鹤伸出手，碰了碰他的手背，被他默契地裹进手心，暖意从那处扩散至周身，她轻挠两下，被他握得更紧。

屋内保持着恒温，温暖如春，正如木鹤此时美得不行的心情。她把外套放在沙发上，侧头打了个喷嚏。

霍斯衡抽了张纸巾递给她：“先去洗澡。”

“不要。”木鹤接过来擦了擦，揉成一团丢进垃圾桶，晃晃和他十指相扣的手，“再握一会儿。”

霍斯衡只能由着她去。

他的手长得真好看，脸也好看，全身上下哪哪都好看，以后他就是她的了。

她真想登上微博，昭告全世界，她木央央有男朋友了！

——也只能想想而已。

“木央央？”霍斯衡见她怔怔地失神，提醒道，“时间不早了。”

木鹤知道不能再拖下去，恋恋不舍地松了手，起身回房。

半个小时后，她从浴室出来，雪肤生粉泽，眸子泛着水光，她趴到床上，卷着被子滚来滚去，又高举着手，在半空写他的名字，一笔一画，盈满了甜蜜。

团圆夜，男朋友就在一墙之隔的地方，她没道理自己一个人睡吧？

有过一次经验，木鹤直接抱着被子敲门进了隔壁房间，她的理由特别强大：“万一明天醒来，你不见了呢？”

霍斯衡已经洗了澡，穿着深蓝色条纹睡衣，正靠坐在床头。他发现了枕头上的长发和独属于她的气息，不难看出，他离开的这段日子，她是在这边睡的。

他拍拍床的另一边：“上来吧。”

木鹤连人带被子上了床，乖乖地在他旁边躺好，不安分的手却伸了出去，穿过两床被子，找到他的手，握住。

她还不满足，干脆身子也一点点地挪过去，余光悄悄看他，胆子越来越大，整个人挪进了他的被窝里，环住那精瘦的腰，心满意足了。

木鹤在泡澡时，整理出了很多问题。

她先问出最重要的：“婚约真的解除了？”

霍斯衡低低地“嗯”了一声。

说来还颇费了一番心力，霍斯越那边不成问题，最大的障碍是老爷子，作为霍家三十多年的掌权者，要想改变他的想法并非易事，好在几经周折后，还是顺利地说服了他。

木鹤好奇：“怎么解除的？”

霍斯衡言简意赅："有个堂弟，对这门婚事很热衷，所以我就顺水推舟了。"

"你们家里这么乱啊？"

他笑而不语，揉了揉她的头发。

木鹤又问："那枚双头鹰戒指，到底有什么深意？"既然他也喜欢她，那么戒指肯定就不是象征友谊的。

霍斯衡轻笑后，才说："那不是双头鹰。"

"啊，那是什么？"

"黑鹰和白鹤。"

木鹤似懂非懂："白鹤是我，黑鹰是你？"

想到它们连为一体的设计，木鹤很难不往某个不纯洁的方向想，喀喀，她收回心神，跟他翻起旧账："上次我问，你怎么不解释清楚？"

——还误导她胡思乱想。

霍斯衡无奈道："我没想到，有人想象力这么丰富。"

木鹤撇撇嘴，回敬："我也没想到，有人示爱都这么含蓄。"

她说着，扑哧乐了。

"含蓄？"霍斯衡似乎不赞同这个说法，难道她喜欢直接的，他眸色深深，"戴上它，可就是我的人了。"

按照他的说法，她在去年平安夜就是他的人了，于是，她又是阵阵的脸红心跳。

"郗衡，那句俄语是什么意思？"

他瞬间会意，依然是那副低沉迷人的腔调："当然，宝贝儿，我早已为你神魂颠倒。"

光是声音就足够让人迷醉，更别说内容了，木鹤意乱情迷，痴痴地凝视着他，好半晌才有反应。她猛地坐起来："郗衡，你这人……太坏了！"

原来，在她对他动心的时候，在她饱受单恋之苦的时候，他并非无动于衷，而是用自己的方式回应她。

他到底还有多少事瞒着她？

他问可不可以追她时，她干吗那么痛快地答应和他交往？

太便宜他了好吗？！

“我反悔了。”木鹤从甜蜜的氛围中回过味来，直接趴到他的身上，和他四目相对，郑重宣布，“我收回当你女朋友的话。

“我要你追我，清清楚楚、明明白白地追我！”

现在的主动权，掌握在她的手里。

她不能稀里糊涂就被他追到手，她要好好享受被他追求的过程。

温香软玉在怀，霍斯衡懒懒地笑道：“我这是弄巧成拙了？”

事实上，这和他的初衷不谋而合，他阻止她表白，主动提出追她，是为了让她以后想起来，不留一丝的遗憾。在这个陌生的领域，他毫无经验，但她作为女孩子，对爱情怀着的所有美好想象，他都会尽可能地满足。

“我不管。没得商量，反正我就是反悔了。”

随着她轻晃的动作，某处柔软的触感更为清晰……

霍斯衡难得有些心猿意马，扶住她的腰身，笑里带着纵容：“反悔有效。”

这么简单？难不成埋伏了什么后招？

“真的？”木鹤跟他确认，“无条件吗？”

霍斯衡幽幽地道：“都已经是前男友了，有什么资格提条件？”

木鹤乐得不行，他们会不会是有史以来最快分手的男女朋友啊？不管怎么说，她对最终结果还是挺满意的，甚至隐隐对他产生了一丝同情。

毕竟他除夕夜千里迢迢赶回来陪她，便宜被她占了不少不说，男朋友的位子还没坐热，就成了前任。

她既想笑，又觉得心软：“你今晚走了，家里人没说什么吗？”

霍斯衡早把霍家的事情打点好了，年初一的祭祖活动，他从未参加过，老爷子虽对此颇有微词，却拿他无可奈何。至于潜谋于无形之中的霍斯越，也被他逼出了狐狸尾巴，从暗处转向明处，后顾之忧已除，霍家到他的手上，只是时间的问题。

“我怕不回来，”他嘴角噙笑，“某个小哭包可能就要泪洒西子江了。”

还真被他说对了，木鹤心虚地把头埋在他的胸口，没有底气地辩驳道：“你胡说，我才不会。”

外面隐约传来烟花声，听得不真切，伴着呼啸而过的寒风，催眠曲似的，木鹤累了一天，眼皮发沉，渐渐地失去意识，压着他睡过去了。

霍斯衡等她呼吸变得和缓后，把她抱到旁边，亲了亲那柔软的唇：“晚安。”

在霍家那十天，白天忙，她不在身边，夜里难以成眠，如今她近在咫尺，触手可及，他闭上眼，很快便陷入沉睡。

次日清晨，霍斯衡醒来，发现半边身体被她压住，尤其是她的脚踝，刚好压在某个地方……

他全身线条绷紧，缓了好几分钟后，小心翼翼地将她的脚踝挪开，低头看了一眼，无奈地摇头，翻身下床，走进浴室。

等他出来时，床上的人也醒了，迷迷瞪瞪地看着他，眼神朦胧又单纯：“郗衡，你怎么一大早就洗澡啊？”

霍斯衡微抿着唇沉思起来，这是清晨男人正常的生理反应，自然也不可能如实回答她。他轻描淡写地以“室温偏高，出了汗”为由，顺理成章地将这一页揭过去。

木鹤之前在他这儿睡，确实嫌冷把温度调高了，所以对他给出的理由，她并没往深处想。

一夜好眠后，她舒服得连骨头缝里都透着酥软，一动也不想动。从今天起，郗衡就是她的追求者了，勾引计划正式作废，她无须做什么，等着他来追就好。

他会怎么追？

木鹤特别期待，同时暗暗提醒自己，他光凭那张脸就够勾人的了，更别提段数还高，她一定要时刻保持警惕，不能被他的美色所迷惑，以致像昨晚那样冲动之下做出决定。

幸好有后悔药可以吃。

木鹤忽然想到，他们已经“分手”了，她再来找他睡觉的话，是不是就名不正、言不顺了？

不对，不是这个逻辑。现在可是郗衡喜欢她，要追她，她想怎样就怎样，能由得了他？

木鹤把脸埋进被窝里，她喜欢他身上的气息，仿佛行走在雪霁后冬阳照耀下的松林，鼻子吸入的都是清冽干净的天然香气，让人流连忘返。

时间还早，她睡了个回笼觉，直到日上三竿才醒，按照惯例地赖床后，才去洗漱。

下了一夜的小雪，地面和树枝上铺着浅浅的莹白，天气虽冷，挡不住大家出门访友、聚会的热情，停车场出口的雪地上凌乱地印着一道道车辙印，菱形格子地砖露出暗青色的边角，又被新的雪花轻柔地覆上。

木鹤本来打定主意三天不出门，提前叫谭绵准备了不少食材放在冰箱里，她翻出一包速冻水饺，煮热一锅鸡汤，将水饺下进去，水开后，搅一搅，等再次沸腾，再加入新的冻鸡汤。重复三次后，水饺就煮好了，个个完好无缺，没有破皮。

这是爸爸教她的。

以前每年除夕夜，爸爸去慰问各家各户，她在家里等得心急，总把饺子煮得皮开肉绽，后来她学会了方法，父女俩总算能吃上完整的饺子了。

热气熏红木鹤的眼，她抬起头，水光在眸中打转。她缓缓地露出浅笑，在心里默默地说："又一年了，爸爸，新年快乐。"

木鹤整理好情绪端着水饺出去，她知道他观察入微，泛红的眼眶肯定瞒不住，主动交代："我只是想起我爸爸了。"

当年，霍斯衡在她家里住了半个月，却没有和她爸爸见上一面，只看过墙上老旧的照片。她爸爸人如其名，通身浩然正气，至于真实品性如何，看他养的女儿就能知道。

爸爸去世后的这几年，她是怎么过来的？

如果他没有回来，她又会怎么度过这个家家团圆的节日？

"我没事，"木鹤在他的旁边坐下，递过去一双筷子，"快吃饺子吧。"

霍斯衡接过来，神色若有所思，她见他眉峰微蹙，靠过去，头抵着他的肩，轻声地说："以后，我有你了。"

霍斯衡喉中发涩，低而缓地"嗯"了一声。

他也有她了。

两个孤寂荒凉的生命越过茫茫人海相遇，哪怕是背靠着背，也能彼此温暖。

落地玻璃窗外透进来的阳光一点点地有了温度。

女明星都有一套严格的身材管理法则，木鹤的碗里只装了四个水饺，吃完三个就饱了，之前她不好意思让他吃自己剩下的食物，这不是都亲过……关系不同了吗？

她直接把水饺夹进他的碗里，美其名曰："新年礼物。"

霍斯衡收下礼物，指了指她的碗："把汤喝了。"

"鸡汤热量好高的。"

"不喝也行。"霍斯衡并不强求，慢悠悠地说，"那今天不带你出去了。"

要出去？算是约会吗？他要开始追她了？

“其实，”木鹤端起碗，“热量好像不是那么高。”这碗喝下去，最多也就两百大卡，只要走四十分钟就能消耗掉。

她小口小口地把汤喝完了：“我们要去哪里玩啊？”

霍斯衡带她去的是近郊区的千岛湖，霍氏集团旗下的产业之一，超过半数的小岛已设施齐备，陆续对外开放，小部分还在开发中。

东南方向有座形状似半月，既开发完成又不对外开放的私人岛屿，登记在霍斯衡的名下，他带着木鹤登陆此岛。

岛上风光绮丽，他们走了好久，不见其他人影，连工作人员都没有，根本就不像景区，木鹤不由得心生疑惑。

“郗衡，”她指着远处彩旗飘飘，看起来好像很热闹的小岛，“我们是不是走错了？”

霍斯衡看过去：“你想去那？”

“嗯。”木鹤点点头，环顾四周，“这里很美，却没有人气。”过年这样的喜庆日子，她更喜欢待在烟火气息浓的地方。

霍斯衡只想着和她独处，倒是没考虑到这点，他牵起她微红的手塞进外套口袋：“那我们过去。”

毕竟是公众人物，木鹤出门前都会准备好口罩，这次出来得急，忘了带，好在她给郗衡搭配衣服时选了一条围巾，从他那儿顺过来，裹得整张脸只露出眉毛、眼睛。

岛上人声鼎沸，休闲娱乐设施健全，摩天轮、旋转木马、过山车，最让木鹤啧啧称奇的是各种主题馆——海洋馆、恐龙馆、原始森林馆等。它们并非以真实的生物呈现，而是采用了3D技术，还原度极高，让人犹如身临其境。

时空穿梭，她从幽蓝的深海走入森林，看火山如何喷发，看地震与海啸怎样形成，看恐龙是怎么从一颗蛋长成庞然大物，看它们从地球霸主走向灭绝，看人类的衍生、进化，再到高级的文明。

她又进了宇宙馆，徜徉于日月星辰间，感受黑洞的无边吸力，体验世间沧海桑田的变迁。

从最后一个主题馆出来，被迎面的冷风一吹，木鹤面上的热度消去几许，她双眸亮晶晶的："郗衡，我好喜欢这里。"

它不像其他地方的主题馆，借着囚禁生物的自由来达到盈利目的，她相信，小岛的开发者或者设计师一定是有良知、有大智慧的人。

霍斯衡心里受用着她的夸赞，笑意淡淡："喜欢就好。"

木鹤搂住他的手臂："我们继续走吧。"

走出几十米远，她发现了新奇的玩意儿，花红柳绿的宣传图片上写着九个大字——"自助照相亭，立等可取"。她拉着他进入密闭式的小隔间，发现这是一个不太正经的照相亭——

因为它可以玩各种角色扮演。

当然了，不是换装，而是靠滤镜。

木鹤拿出手机，扫码付钱后，选了一组古风的。站到镜头前，她立刻变成了古装扮相，眉心印着一朵深红花钿，而郗衡则是书生装扮，斯文、清俊。

木鹤灵机一动，和他换了位子，等照片拍出来，她是俊俏的白面小书生，他则是那美得不可方物的倾国倾城色。

将来他们有了孩子，那得是何等的美貌啊。

嗯，似乎想得太长远了……

霍斯衡不经意地瞥见系统页面上的一行小字，他指尖轻点，压着声问她："这个来一套？"

"什么？"

话声一落，木鹤就看到画面里，她披着白色头纱，他则是穿着黑色正装，这分明是婚纱照，她颊边微热，他还没转正呢，就想和她结婚了？

——想得真美。

霍斯衡按下拍照按钮，咔嚓一声后，娇羞的新娘和英俊的新郎被定格在永恒的瞬间里。

他们总共拍了七组照片，洗出来后，木鹤一张张地认真看过，她的镜头感不错，也很会找角度，至于他，全程一个表情——面无表情，将清冷、矜贵贯彻到底。

木鹤的目光忽然顿住，婚纱照里，男人嘴角微扬，漂亮的桃花眼角勾着清晰的弧度，眼神温柔，又莫名地透着灼热，直击她的内心深处。

外面传来说话声，木鹤如梦初醒，赶紧把照片塞进包里，重新拉起围巾裹住脸。有一对年轻情侣推门进来，看到里面有人，连忙退了出去。

木鹤喊住他们："我们好了。"

她和郗衡一前一后走出。

察觉到女孩的注视，木鹤有点紧张，怕被认出来，还准备咳嗽几声假装感冒来"解释"为什么要裹得严严实实，谁知对方的注意力全在郗衡的身上，看得目不转睛。她男朋友似乎对此见怪不怪了，无奈地拖着她进了照相亭。

木鹤想起平安夜那两个表面上是问路、实际上是来搭讪的女人，吃起了飞醋。她轻戳他的手臂："郗先生，好像不管走到哪里，你都很容易招桃花啊。"

霍斯衡闻到酸味，心情大好。日光丰盛，他微眯了眯眼，笑意从眼角溢出："你指的是那些桃花？"

木鹤抬眸望去，一大片桃花林出现在视野中。她惊喜极了，花树的枝头，卧着薄雪，唯有桃花盛放，灼灼如火。

岛上有专门为游客准备的列车，可沿着十里桃林进行环岛观光，两人包下一节车厢，总共六个座位，空间私密而舒适。木鹤挑了窗边的位子坐下，摘掉围巾，列车缓慢地穿行于桃林中，她满眼映着流淌的嫣红。

列车行进掠起的风吹得两旁的桃树摇晃，花瓣在空中飞舞。

温暖明净的阳光映在玻璃窗上，变成了七彩的光晕。

人面桃花相映红，木鹤白里透红的脸沉浸在一片柔和中，连纤长的睫毛上都挂着光亮，清眸流转，百般媚。

她的心底浮现某个念头，莫负好春光啊，要是……能做些什么就好了。

在霍斯衡的眼中，窗外开得最盛的桃花也不及她明艳动人，他心念微动："央央。"

木鹤下意识地偏头。

接着，唇就被他吻住了。

这算是心有灵犀吗？

木鹤感觉仿佛有密集的鼓点砸在心脏上，一下比一下更剧烈，前方千树万树的桃花相迎，她无暇欣赏，闭上了眼，睫毛轻轻地颤动着。

昨晚雪地里的吻，或许也可以说是初吻？木鹤蒙圈又紧张，还没品出是什么滋味就结束了。此刻，他像是要弥补她的遗憾，吻得格外细致、认真。

他从嘴角吻到唇珠，来来回回，又轻咬唇珠，反复吮吸，直到柔软如数落入那炙热的吻里，她已心神俱散。

受不住了，快不能喘气了，木鹤急急忙忙地推开他，双手撑着桌沿，弓着背，大口大口地呼吸着，颊边密布潮红，心尖滚烫，整个人晕乎乎的。

霍斯衡同样气息微乱，低笑着调侃道："不会换气？"

木鹤软绵绵地靠在他的胸前，抬起手无力地砸了他一下，这不是……忘了吗？

她听他的心跳声，同样震耳欲聋。

被这样高冷的男人摆在心尖温柔对待，哪个女人抵制得住诱惑？

——简直是兵败如山倒。

可是，她昨晚才信誓旦旦地让他追她，结果一天不到就妥协了，很不利于以后的家庭地位的稳固啊。

新鲜空气涌入肺腑间，热度散去小半，木鹤稍微清醒了些，她猛地反应过来："似乎，你还是追求者的身份？"

这说亲就亲的待遇，明显是男朋友才有的吧。

"抱歉，我忘记自己已经是前男友了。"霍斯衡的语气听不出半点歉意，"下次，我会先咨询你的意见。"

木鹤开始没琢磨过来他的意思，得意地"嗯"了两声后，提高音量："什么，你还想有下次？！"

他的声音清清淡淡，却透着缱绻的余味："难道你不想？"

木鹤红着脸说不出话了，只会鼓着气，装腔作势地拿眼睛瞪他。

她想起来一笔旧账："跨年夜，你是不是偷偷亲我了？"

那时以为是梦，而且好像是她主动的，不过，以她"木"的性子，就算醉了酒，她也不可能做出那种事，除非，他刻意引诱她。

不管事实如何，先把锅推过去总是没错的。

金月湾的客厅是装有监控的，霍斯衡的手机里存着那晚整个过程的完整视频，但他选择隐瞒真相，坦然承认："是。"

——如果可以让她更开心的话。

木鹤心内暗喜，果然是他亲的她，这么说，她的初吻在跨年夜就丢了？

"那，你是不是也喝酒了？"

霍斯衡再次点头。

木鹤从他的怀中抬起头，黑眸如清泉般灵动，泛着粼粼波光："你还记不记得，要是我破了你的酒戒，你会给我奖励？"

"记得。"

她以为他接下来应该会问："你想要什么奖励？"

出乎意料的是，霍斯衡轻笑一声，呼出的气息拂过她额前的碎发："送我，你要不要？"

木鹤："……"她输了。

耳根子跟着酥了，她是计划跟他要人来着，可现在情形不是不一样了吗？

她要也不是，不要也不是。

"暂时拒收。"木鹤忍住笑意，生怕他进一步追问，看向窗外，一朵朵绽放于枝头的桃花，安静幽然，美不胜收，车厢里也开着漂亮的一朵，花蕊上还藏着甜甜的蜜。

列车抵达的终点是一个叫武陵源的地方，下了车，春意扑面而来，木鹤置身桃花林中，香风阵阵吹过，扬起桃花花瓣，漫天漫地，犹如仙境。她站在树下，回眸一笑："郗衡，帮我拍照。"

她身后的粉色花海成了背景，暖阳从枝头轻盈地抖落，如同白玉沁了粉，风又起，花瓣纷纷扬扬，有一片从她的眉心滑落，被霍斯衡恰到好处地捕捉进相机里。

木鹤跑过来，挨着他的胳膊凑近去看照片，乌发雪肤，粉光若腻，顾盼生辉。他拍得太好了，技术快比得上专业摄影师了。当然了，最重要的是，她长得好看。

她还以为唇膏被他吃掉了，多少会影响效果，谁知双唇却是不点而红，艳色更甚。

"再来。"

霍斯衡举着手机不停地拍，她行走于日光、微风和桃林之间，或优雅、或俏皮、或柔弱……神态各异，千娇百媚。

拍了一百多张照片，木鹤总算把喝下的鸡汤的热量消耗光了。她蹲下来，将满地花瓣拢到一处，摆出爱心的形状，用手机拍好照片后，登录微博小号。

站住！打劫棒棒糖："和 × 先生约会的第一天。"

小号只有十二个粉丝，要么不认识，要么是僵尸粉，自然没人评论、点赞。

木鹤收好手机，朝他伸出手，借着他的力量起身："走吧。"

沿着小溪走到尽头，展现在他们面前的是一座湖泊，深绿色的水面铺着浅浅的桃色，太阳照下来，碎银子似的闪着耀眼的光，湖心有只竹筏，上面站着古代装扮的男人，正往湖里撒网捕鱼。

十几座并排的屋子，一派古香古色，屋前屋后，栽桃种桑，竹林掩映处，还有几户人家。

很明显，这里是仿造《桃花源记》打造出来的。

木鹤觉得有趣，四处走了一遍，每家都进去看看。她从一位织布的大婶口中得知，村头有座酒肆，桃花酒是全武陵源一绝。

木鹤笑眯眯地表示一定会去尝尝。

她和郗衡重新走回湖边，渔夫正好收网上岸，木桶里多了几条活蹦乱跳的鱼，都是要送去酒肆的。

他们跟着渔夫来到一栋木屋，门口立着牌子，上面写着“问津酒肆”，应该是在对应诗里的“无人问津”。开门做生意嘛，当然是客人越多越好。

他们在临窗的桌前落座，一面山水屏风将其他的桌子隔开，倒也清幽雅致。等酒菜上齐后，木鹤卸下脸上的伪装，迫不及待地倒了两杯桃花酒：“干杯。”

有了喝香槟醉酒的经历，木鹤先浅酌一口，味道清淡，度数肯定不高，她就放心地喝完了。

这酒水对霍斯衡来说，和白开水没有太大的区别，他仰头一口饮尽。

木鹤见他喉结蠕动，唇间水光潋滟，仿佛失了神，酒不醉人，人自醉。

霍斯衡靠坐在木椅上，好整以暇地欣赏她的表情，好一会儿后，才出声：“木央央，你为什么一直看着我？”

木鹤听出他的戏谑之意，连忙低垂视线，理直气壮道：“因为我醉了！”

一顿饭吃下来，让木鹤最满意的是那道鲜嫩美味的清蒸鲈鱼，她本来打算意思意思，吃小半碗就差不多了，结果吃着吃着，几乎整条鱼都进了她的肚子。

她不敢计算到底有多少热量了。

离开酒肆，木鹤决定去散步消食，走了不到十分钟，被粉雕玉琢的古装小男孩拦住。他往她的手里塞了一张传单，奶声奶气地说：“姐姐，话剧《桃花源记》即将开场哦。”

木鹤的心快被他萌化了，从口袋里伸出手揉了揉他的小脸：“好的，姐姐一定去捧场。”

霍斯衡轻扯嘴角笑了笑，接着，陪她看了一下午的话剧。

话剧结束已是天色擦黑，他们坐火车原路返回，刚好赶上了小岛的烟火晚会和水幕电影。木鹤目不暇接，不知道该看哪边好，她随口抱怨道：“安排得太不人性化了，我都想看。”

周边的人太多，挤来挤去的，霍斯衡把她护在身前：“好，让他们改。”

风太大，加上戴着帽子，木鹤没听清他说什么，她专注地看着五彩斑斓的水幕上，少年英雄小哪吒踩着风火轮从天而降，意气风发……

电影时长只有半小时，围观的人群四散，栏杆前只剩木鹤、郗衡和一对忘我接吻的情侣——正是他们在照相亭遇见的那对年轻男女。

木鹤一边羡慕，一边想着，自己应该是没有在大庭广众之下和他这般亲密的机会了。

分分钟上热搜榜的节奏，词条她提前想好了，“木鹤街头激吻，疑恋情曝光”。

烟花还没放完，木鹤和工作人员聊了几句，拿到一次燃放权。烟花在山城是稀罕物，过年都是点炮仗，噼里啪啦炸出喜庆。

她点燃引信后，立刻躲到郗衡的身后，揪住他的外套衣摆，从他身侧探出头，火树银花，肆意绽放，点亮一角夜空。

霍斯衡回头，烟火中，人群里，他幽深的眼底，她是唯一的存在。

木鹤去还打火机，回来时，手里多了两支仙女棒，也不知道是从哪个小孩子那骗来的，围着他转了几圈，小烟花就燃放到底了。她顺手将黑乎乎的小铁条丢进垃圾桶，心痒痒的："郗衡，你等我一下下。"

说完，她冲进孩子堆里，和他们追逐玩闹起来。

霍斯衡倚栏而立，单手插兜，英俊的侧脸笼罩在半明半暗的交织的光影中，他视线锁住那纤细的白色身影，不知看到什么，漫不经心地笑起来，浑然不在意招惹了周围多少目光。

木鹤终于玩得尽兴，这次她带回来的是羽绒服上被烟花烫出的一个洞，还特地给他看，神情委屈巴巴的，仿佛在外面受了欺负，回家找家长告状的孩子。

霍斯衡除了忍笑安慰她，还能怎么办，总不能把闯祸的熊孩子抓起来打一顿吧。

看到不远处的湖边有人在放莲花灯许愿、祈福，木鹤瞬间把破洞忘了个一干二净。她花二十块钱买了一盏灯，握着笔偷偷写下：愿木央央和郗衡相守白头。

然后，她虔诚地双手合十，目送莲花灯带着她的心愿缓缓地驶向远处。

台阶湿漉漉的，木鹤转身上去时，不小心脚底打滑，失去了重心，还好郗衡站在后面，她直接砸到他的身上，用力抱住他，从围巾里呼出一口气，有惊无险。

就是鼻尖撞到他的胸膛，疼得不行，她揉了揉，脱口而出："你太硬了。"

说者无心，听者有意，霍斯衡动作微顿，颇具深意地看她一眼。

还没来得及说什么，面红耳赤的木鹤捂住了他的嘴，凶巴巴地威胁道："你不准说！我不是那个意思，你知道吧。"

男人温热的气息喷洒在她的指间，被捂着的缘故，嗓音听起来有些闷，却字字分明："那个意思是哪个意思？"

“谁知道呢。”明知故问。

木鹤跳上台阶，跑远了。

霍斯衡摇头失笑，跟上去，在一个玩射击游戏赢奖品的摊位前找到了她。

木鹤正看着游戏规则——只要羽毛箭命中大圆盘上的目标，那么就可以获得相应的奖品，种类丰富，圆盘上占多大面积是由奖品的价格决定的，比如面积最大的是指甲剪，而她想要的那枚男式戒指，面积则是只有火柴盒大小，显然易见，是所有奖品中价格最高的。

羽毛箭两块钱一支，木鹤买了五支，打算试试水。老板做生意特别精明，羽毛箭轻飘飘的，只有箭头才稍微有点重量，而且距离远，“火柴盒”又夹在一片令人眼花缭乱的花花绿绿中，她没掌控好力度，第一支箭刚飞出一半就掉在地上了。

第二支直接脱靶。

木鹤发现还得考虑风力的影响，她计算好角度，重新发箭，还是失败了。

胖老板缩着脖子站在旁边，看出她一心想要赢戒指，可哪有那么容易呢。大过年的，他不忍心看到客人一无所获，希望双方都能讨个好彩头，笑呵呵地建议：“美女，你要不要试试发夹、钥匙圈，小玩意儿做工也挺别致的。”

木鹤笑着拒绝了，很快，她手里只剩下一支羽毛箭。

霍斯衡走近：“真那么想要？”

木鹤点点头：“嗯！”

霍斯衡把羽毛箭拿过来，小小的一支，被他夹在修长的两指间，说不出地好看。

木鹤看他站姿随意，似乎是那么心不在焉地随手一扔，她根本不抱什么希望了，然而，咻的破风声后，箭头竟稳稳地插在“火柴盒”上！

他是怎么做到的？！

老板目瞪口呆，忙不迭地提着身上两百多斤的肥肉跑去检查，还真是射中了，力度用得也足，他用了不少力气才把羽毛箭拔下来。

木鹤惊呼一声，面露喜色地冲过去抱住霍斯衡的胳膊：“郗衡，你射得好准啊！”

这话用在此刻的语境里，是完全没有问题的，可对刚刚被她无意中用言语撩拨过的霍斯衡来说，哪怕定力再好，也难以克制地生出某种燥热。他解开衬衫最上面的扣子，衣领往两边拨了拨，走到风口的位子散热。

他不费吹灰之力，一次就命中“火柴盒”，木鹤比中了五百万元还要兴奋，根本没发觉他的异样，一心一意只想着把奖品拿到手，偏偏老板磨磨蹭蹭好久后，才把一枚男式戒指交给她。

戒指简约大方，设计独特，银圈上嵌着小粒黑曜石，精致清晰，明显是手工雕刻出来的。木鹤没想到小摊位上会有这样的精品，还被她得到了，简直就是意外之喜：“真好看。”

胖老板一脸心疼：“纯银的。”要一千多块钱呢！

这里是高级景区，不下点血本搞噱头，怎么能招揽到游客？如今，最大的彩头被人用十块钱赢走了，明明难度都设置得那么大……

不远处，霍斯衡忽然产生了抽烟的欲望，和她住在一起后，他就没再抽过了，身上自然是没带烟的。他松开握成拳的手，见她左顾右盼，便知是在找他。

霍斯衡走过去。

“郗衡，”木鹤看他将外套挂在手臂上，只穿了薄薄的衬衫，扣子还是解开的，疑惑地问，“你不冷吗？”

霍斯衡淡定地点头。

木鹤献宝似的，手捧戒指递给他看：“喜欢吗，我送你的新年礼物。”

虽然是他赢回来的，虽然没有他送的鹰鹤戒指那般独出心裁，但某种意义上，戒指是她先看中想送他的，所以也算是回礼。

逻辑满分。

“试试。”木鹤取了戒指往他的手上套，中指套不进去，戴在小指上会脱落，总不能戴到无名指上吧，那不成婚戒了？

她嘀咕道：“怎么就不合适呢？”

站在旁边看他们旁若无人地试戴戒指的胖老板被塞了满嘴的狗粮，只能在心里回道：又不是定做的，当然不合适了，再说了，你怎么不往他的无名指上戴？我还可以给你们现场播一首《婚礼进行曲》啊。

“好了。”木鹤顺利地把戒指套上他的食指，转了转，还有剩余的空间，或许，戴到无名指会更合适些？

不过，她现在是不可能帮他戴的。

木鹤笑意盈盈地跟老板道谢：“祝您新年快乐，生意兴隆。”

过年谁不爱听吉利话？老板的胖脸上满是笑意，不愧是生意人，嘴皮子耍得溜，说了一长串祝福语都不带喘口气的。

时间不早了，木鹤打算就逛到这里，等下次有机会再来：“我们回去吧。”

霍斯衡抖开外套，披到她的肩上，知道她会担心他着凉而拒绝，他凑过去，不太正经地笑着：“机会难得，还请木小姐不要剥夺我献殷勤的权利。”

木鹤的胸口咚咚作响。

夜空迷离，不见月亮、星星的影子，小岛的夜色被彩色灯光驱赶得七零八落。

走了几步，木鹤感觉到他的手越过衣摆，轻轻握住了她的，微凉的戒指也印上手心。她扬唇偷笑，象征性地挣扎两下，就让他握着了。

到家就十一点了，碗碗几乎整天没见到他们，等门一开就绕着木鹤打转。她抱起它，陪着玩了一会儿，才去洗澡。

洗完后倦意消了大半，木鹤躺到床上玩手机，《仙侠奇缘》剧组的微信群正在下红包雨，她抢到谢导发的六十六元七角钱，手气最佳，又往群里丢了个两百块钱的红包。

钟离非看到她冒泡，私戳她："在干吗呢，木老师？"

木鹤："白天出去玩了，刚洗完澡，躺着呢。"

钟离非嗅觉灵敏："约会？"

木鹤："？"

钟离非："好吧，我知道了。"

木鹤："？"不是，我说什么了，你就知道了？

钟离非："还是那位八年之交？"

横竖没别的人可以分享心事，木鹤侧过身，发了条语音过去："非非，你知道吗？原来他也喜欢我，还说要追我。"

"怎么回事？！"

"就昨晚，除夕夜嘛，我参加完卫视台的节目回到住处，你猜怎么着？他站在楼下等我，当时就觉得像做梦一样，我本来打算跟他表白的，还没说出口，他先跟我表白了。"

钟离非："那他还算个爷们儿。"她又问，"你是不是马上答应了？"

木鹤："……"

钟离非："真被我猜中了。"

木鹤强行"挽尊"："可我很快就反悔了。"

钟离非毫无感情地回复："哦，那你可真是棒棒的。"

想到木鹤之前"喜欢到想和他一生一世"的说法，她提醒道："我跟你说啊，别轻易答应他，得吊着，男人都一个德行，等到手了，新鲜感没了，就不珍惜了。"

木鹤："知道啦，钟离老师。那你觉得我什么时候答应比较好？"

钟离非和她开玩笑："他白白浪费了你们八年时间，怎么也得追个三年五载吧。不是……木央央，我记得那时你似乎才十四岁？初二？春心萌动得够早啊。"

木鹤："我那时就是年纪太小，对他压根没想法好吧。还有，我十四岁，念高一。”

“学霸啊，膜拜！”

木鹤：“山里的娃儿穷，不仅早当家，上学也早。”

钟离非：“你继续吹。”

她大二暑假下乡支教过，去的是南方偏远山区，女孩子基本读完初中就辍学了，要么在家里帮忙，要么嫁人，像木鹤这样跳级上高中的，她只想到一个可能性——成绩拔尖，而且是尖上尖的那种。

木鹤把话题扯了回来：“非非，可能你会觉得我的想法可笑，可我感觉啊，这辈子就他了，再也找不到比他更好的人了……”

钟离非：“不可笑，我认真的。就像诗里写的那样，一生只够用来爱一个人，这才是爱情最纯粹的样子啊。至于什么时候答应他，跟着你的心走就行。”

她的一番话简直说到木鹤的心坎上：“嗯、嗯！”

钟离非：“明天要陪我妈回外公家，睡了，你也别太晚。”

木鹤：“晚安。”

她还不想睡，登上微博大号：“从转发里抽出一只千纸鹤请我吃她家的年夜饭。”

“啊，来了，第一！”

“来、来、来，张嘴，喂你吃。”

“她家？请女神考虑一下男粉丝的感受，一碗水端平好吗？”

木鹤惊讶，原来她有这么多男粉丝啊。这条评论成了他们的聚集地，楼顶得老高，她一层层地爬完，累坏了，将手机丢到一边，揉揉发涩的眼。

是不是把什么重要的事给忘了？

她重新坐起来。

之前在金叶会所，他以长辈的身份吻了她三次脸颊，现在过年了，他不得给她这个晚辈红包压压岁？

木鹤溜进隔壁房间，说明来意。

霍斯衡刚从浴室出来，短发微微湿着，有几缕凌乱地垂在额前，俊颜上笑意淡淡："要红包没有，要人倒是有一个。"

再见。

"你这样的态度，很容易败坏好感度的。"

"那我补救还来得及吗？"

要怎么……

他忽然低头，轻啄了一下她的唇，蜻蜓点水，一触即离。

"郗衡，"木鹤心尖发软，"我觉得你……"好像占便宜占得越来越熟练了啊，偏偏她还真的吃这套，完全没有抵抗能力。

"嗯？"霍斯衡尾音微扬，"怎么？"

"越来越无耻了。"

他笑意更深："过奖。"

木鹤本想在这边再赖一夜，转念一想，要真睡下了，他岂不是会更嚣张？她变了主意，潦草地挥挥手："晚安。"

回到主卧，木鹤在睡衣口袋里摸到一个红包，难道是他亲她的时候放进去的？这下更睡不着了，她继续刷手机。

朋友圈里，大家喜气洋洋地庆贺新春佳节，有个高中同学除夕夜喜得千金，木鹤评论后点了赞，进入对方的主页，意外刷到一条爱心筹的转发消息。

她每次看到这种类型的筹款，不管手头宽不宽裕，多少会捐点钱。她点进去，一个并不陌生的名字跳入眼帘——尤芬芳。

木鹤看到身份证上的住址，确定是那个女人无误，爸爸去世前曾交代她，如果经济条件允许的话，尽量每月往这个地址寄三百块钱。她照做，却心怀不解，直到去年爸爸的忌日，她回去扫墓，才从他的日记中得知原因。

尤芬芳尿毒症晚期，急需肾移植，筹款的目标金额五十万元，因为扩散的人少，只筹到两万多。木鹤把这事记在心上，次日通过初中同学辗转联系到尤芬芳的儿子，以匿名的形式，给他转了五十万元钱。

由于年前郗衡离开的那段日子，木鹤的行程排得很满，所以她的春假放到了大年初六，初七到公司领了丰厚的开工红包，就正式投入到繁忙的工作中。

初十这天，木鹤出发到南城参加时装周活动，加上广告拍摄，预计要元宵节才能赶回来。

想到有五天多的时间见不到郗衡，木鹤心生不舍，黏着他，把该占的便宜占尽后，一步一回头地下楼和谭绵会合。

由于叶汐家里有事请假，这次去南城全程由谭绵陪同，搭乘的航班不设头等舱，木鹤走私账帮她升到和自己一样的商务舱。

谭绵感动地抹了一把脸上并不存在的泪："央央，你真是太好了，我愿意给你做一辈子的助理！"

木鹤好笑道："你的演技还可以更浮夸点吗？"

谭绵嘿嘿地笑，话是夸张了，但她的感谢是真心实意的，明星助理听着好听，实际就是全职保姆，哪个不累啊？她家木老师，性格温软不说，还特别体贴，她是累并快乐着。

商务舱是交错式的布局，米色风格，素雅简约，两人找到相邻的座位坐下，压低声音聊天。

谭绵突然瞪大了眼睛："央央，你快看！"

木鹤侧头看去，右前方靠窗的单独座位旁，站着一道挺拔的身影，她的眼睛瞬间直了，一眨不眨，他、他怎么会出现在这儿？！

谭绵比她更激动，猛扯她的袖子，挤眉弄眼的：这就是我上次跟你说的，在金月湾楼下遇见的男人，是不是很帅？天哪，坐个飞机都能再遇，这是什么缘分？

谭绵看到男人左手无名指上戴的戒指，两眼冒光，她没猜错，他真的是结婚了！天哪，他的手也长得太漂亮了吧，修长而骨节分明，指甲修剪得干净整齐，她不是手控都受不住了！

木鹤同样注意到了，不由得颊边微热，他什么时候把戒指换到无名指的，不是一直戴在食指吗？

她心底渐起波澜，他却悠闲地坐着，目不斜视，仿佛就是一个萍水相逢的陌生人。

毕竟是在公开场合，而且谭绵还坐在旁边，木鹤再心痒难耐，也只能忍着。她收回视线，配合着他当陌生人。

木鹤试着聚集心神，盯住前面的显示屏，可他的存在感和干扰性太强烈了，视频的画面进了眼里，却怎么都进不了心里。

飞机进入平航期。

木鹤好不容易恢复平静，余光若有似无地瞥过去，他若有所察般，眉头略扬，左手斜着垂落椅侧，无名指朝她钩了钩，像是某种邀请。

他们之间仅隔半个手臂的距离。

他又不动声色地将外套一点点地挪过来，几乎搭上她的座椅扶手。

木鹤看一眼谭绵和后面的乘客，悄悄伸出手，从外套底下穿过去，不到一半就被他握住，十指相扣。

她的心跳频率达到前所未有的峰值，几乎震破胸腔——甜蜜又刺激。

（第一部完）